雀尔飞

彭小琴◎著

团结出版社

图书在版编目（CIP）数据

雀尕飞 / 彭小琴著. -- 北京 ：团结出版社，
2017.9（2020.2重印）

ISBN 978-7-5126-5567-6

Ⅰ．①雀… Ⅱ．①彭… Ⅲ．①长篇小说—中国—当代
Ⅳ．①I247.5

中国版本图书馆CIP数据核字（2017）第223170号

出　　版	团结出版社
	（北京市东城区东皇城根南街84号　邮编：100006）
电　　话	（010）65228880　65244790
网　　址	http://www.tjpress.com
E-mail	65244790@163.com
经　　销	全国新华书店
印　　刷	三河市京兰印务有限公司
装帧设计	成都天恒仁文化传播有限责任公司

开　　本	170mm×240mm　　1/16
印　　张	17
字　　数	219千字
版　　次	2017年9月第1版
印　　次	2020年2月第2次印刷

书　　号	ISBN 978-7-5126-5567-6
定　　价	59.80元

CONTENTS 目录

第一章　除却巫山

1

大卡车像只老迈的蜗牛，它铆足了劲爬啊爬，仿佛跟那条溯江而上的货船比着赛似的。其实它哪里比得过呢，货船早到石头坪了吧。货船长长的响鼻被学舌的群峰远远地送了过来：嘟——靠岸喽！靠岸喽！像是故意炫耀。空荡荡的山道上便只剩下龇牙咧嘴的蜗牛吭哧吭哧的喘息声。

江水无言，默默地送了我们一程又一程。路上偶尔一两个背着背篓的山民，不慌不忙在背篓下支起打杵，吧嗒两口旱烟，眯缝着眼睛将蜗牛脑门上的大红花追出老远。

蜗牛的背上，驮着我们的一整个家呢，沉重是自然的。它的脚步，似乎一点也不因为栏板两侧"支援三峡建设光荣"的横幅而变得轻快，反而像个愁肠百结的女子一路呜咽着——这呜咽好长好长，无穷无尽似的，我老担心它会长得换不过气来，突然就死掉了；而且，这呜咽里明明还憋着一股怨气，却又像个能受气的小妇人，宁愿将她的愤怒卡在喉咙里，也不肯一吐为快，就那么让压抑的呜咽绵绵不绝地在耳边纠缠，叫人无限烦闷。

终于，多多在我的怀里熟睡，手里紧紧捏着家（ga）公（家公，三峡方言，即外公）用木块削制的雀尕儿，小脸上还挂着两颗泪珠。

多多的哭闹一停，汽车的呜咽声便陡然高了几拍。土根默默接过多多，给她换了个舒服点的睡姿，然后就成了一副雕塑；年轻的司机也是个闷葫芦，一路上一言不发，严肃得像开着灵车；我更不敢随便开口，阴险的汽油味一直在我的鼻子周围不怀好意地游荡，四处寻找最后的突破口。土根常常笑话我，在江里，能把一条"豌豆角"的小划子划得跟泥鳅样活泛，却这么怕坐车。是的，坐车的时候，我的神经会变得异常敏感，不敢关窗玻璃，哪怕寒冬腊月；也不敢向后或向侧看，就好像那里埋伏着魔鬼，我一扭头，魔鬼就会长驱直入。

既然这样，我也就任自己和大家一道掉进沉默里，掉进汽车单调而揪心的呜咽里。

绕过几座山梁。黄牛岩像个不知愁的孩子，淘气地和我们捉起了迷藏。它一会儿躲得无影无踪，一会儿又偷偷地钻了出来，还时不时摆出不同的姿势。但最后终于也玩累了，将它弯弯的犄角藏进漫山遍野的红叶中，不再搭理我们。

中堡岛活像一条剥了鳞的鲤鱼，正无可奈何地被花花绿绿的工程机械按压在空阔的江心。它春绿秋黄的身姿，真的会永远沉入江底吗？它单薄的脊梁，真的会长出翅膀、真的能托起那么巨大的梦吗？鱼背上那面醒目的红旗，分明是谁的手，挥了又挥，一直将我们挥到它目光的尽头……

沿途的房子渐渐密集，山渐渐平缓、稀少，车速明显快了起来。

后视镜里大片大片的红叶渐行渐远，越来越模糊，最终，那熟悉的颜色完完全全在我的视线里消逝。我们被抛弃在散发着别样气息的土地上了。毫无疑问，车子已经走出了三峡腹地。

眼前已经明显不同于三峡的山水、建筑，真真切切地告诉我：三峡，已经远了。

我听到我的心咔嚓碎裂的声音，我看到它慢慢地汩汩地流出红色的汁液，它又苦又咸的气味将我拧得生疼。我闭上眼，尽量让陌生的风景不在眼前突兀，尽量让心底的伤感不致掀起波澜。可是，我的身后有多少只执拗的手呵，那些被汽车轮子吞噬的熟悉风景用滚烫得足以销蚀我的目光撕扯着我，让我不得不忍着痛睁开双眼，不得不把头冲出窗外。

我不顾一切地探出半个身子，向远去的三峡扭头凝望。

于是，我又看见了那幅奇怪的画面。

我不知道我在哪里。我像是急着赶路的样子，脚下却没有土地，只有一个巨大无边的黑洞在对着我嘶嘶地吸气。我急切地想找一样实实在在的东西来安顿我的双脚，没有土地的接应，它们显得那么虚无。然而不知为什么，那个被称为土地的巨人，席卷了一切看得见摸得着的东西出逃了，唯独抛下了我。我看见它站在我的头顶上，它背上的大口袋里，有我熟悉的江河村庄、树木房屋，还有许多我叫得出名字他们却对我板着的面孔。口袋里的江河、房子和人，一律都长着长长的根须，并且快活地钻出口袋，远远地真切地在我的头顶搔首弄姿。我的脚茫然失措，忘了自己的职责，双臂反而变得忙碌，它们像我曾经无数次游过长江那样挥舞不停，根本不理会离开水面的桨的挥舞有多么徒劳。我知道我注定追不上头顶的大口袋，但是我不敢停下来，我不想被吸入脚下那个无底的黑洞，我只能毫无意义地重复着挥舞的动作。慢慢地，我的身体越来越轻，越来越薄，越来越小，我的双臂带着我一冲而起，竟然穿过了遥不可及的大口袋，最后停在了一根电线杆上。我的脚不再无依无靠，只是，我变成了一只麻雀。

汽车出了山，开始在脏乱拥塞的省道上颠簸着。原以为山外的路条条康庄，一脚踏上去才知道并非如此。虽然没有了陡陡的高山，也没有了S形的回头线，但坑坑洼洼的路面和来来去去呼啸而过的车辆，以及各种尖利的喇叭声，心脏的负荷并不比在山路上轻松。一路上，我除了吃过一片晕车药，不敢吃任何食物。仍然感觉百万大军在胃里翻江倒海，抑制不住地想呕吐。土根只好赔着笑，请求小司机时不时把车子停下来，以让我出去稍作整理、透气。然而每次真下了车，却光是干呕，胃里似乎并没有可供呕吐的东西，如此折腾几番，司机虽然没有作声，但他绷紧的脸和惊叹号似的急刹，已经很明白地表示他的不耐烦了。其实，这样走走停停于我，晕车的难受不仅丝毫没有减轻，倒像是在油锅里反反复复煎熬，受折磨的过程又无端延长了好几倍。于是我叫司机不用管我，只管专心开车，晕就晕吧，反正晕车不会死人，早点到达就好。

初冬的下午，太阳格外懒散，打了个照面就溜得不见踪影，早早地把傍晚塞给了我们。车窗依然洞开，风扑进来明显带着一股寒气，司机依然是一副"拉这趟活简直倒了八辈子霉"的神情。我已记不得走了多少村寨，这一天漫长得就像过了几个世纪。我的初衷是离三峡越远越好，可现在，这种遥遥无期的煎熬让我已然崩溃，我只盼着司机突然说一句，到了，那也许就是最幸福的时刻了。

然而司机仿佛已经坐化，长路漫漫，等待我的徒刑还有千年万年。

幸好多多没有犯病，只是在汽车开上轮渡时对着隔在岸边的家公和婆婆爷爷哭闹了一会，土根哄了哄就没事了，一路上，不同于老家的一切东西，倒让她兴奋不已，除了吃睡，竟还哼唱了一遍家公教她的童谣：雀尕雀尕飞，雀尕雀尕飞，飞到老家去看家家（家家，读gaga，即外婆）……

唉，到底只是孩子！可怜的多多，如果你知道，我们再也不可能回来，再也见不到最疼你的家公，妈妈其实是要带着你永远离开三峡，你该是怎样伤心呢？

我的多多，幸亏你只是个孩子！

2

搬家的汽车昨天一大早就过了江，却因为路窄无法开到家门口，只能停在离家好几里路的山脚。那些琐碎的家什物件、坛坛罐罐，全凭扁担和背篓一趟趟转到车上。这要在平时，我们在大哥家的小卖部门口招呼一声，随便邀上十来个乡亲，小半天也就收拾停当了。可现在不一样，大坝动迁，红叶村我们是第一户，紧接着全村一百多户人家也都搬迁在即，村里早乱哄哄成了一锅粥，根本找不出半个闲人来。

年轻人盼着移民。红叶村是远近闻名的穷村，除了满山的红叶，村里没一栋体面的房子，没一条像样的路，隔山隔水的，出趟门都难。虽然近两年来看红叶的游客多了些，村里有了小旅店、小饭馆，但也就是个把多月的红火，其他的时日，还停留在八百年前的样子。眼看着人家对岸的新房子一天比一天盖得高，小日子一天比一天过得滋润，两岸的差距越来越大，这边只能瞪着眼干着急。现在多好的机会，不用求人，政府出钱搬迁，当然出去！只要能出去，哪怕一样是种地，也比困死在红叶村强！年轻人个个摩拳擦掌。

老人们却没几个愿意搬走。婆婆（即奶奶）是头一个反对搬迁的人。红叶村再穷，它也是自己的根！就说这老屋吧，几辈人都住过来了，风风雨雨再住个几十年也未必不可，可拆了呢？拆了就什么作用也没了！厚厚的墙土搬不走，灰灰的瓦片带不走，顶多椽子檩子劈了当柴禾烧。种了不知多少年的土地，开了不知多少茬红叶的山林，长出不知多少鱼虾的老虎嘴，统统都要淹到水里了，这些都不说，婆婆最伤心的是连那在山上睡了几十百把年的老祖宗也要吵醒，这太说不过去了！那是婆婆心里供奉的神灵啊，他们在天上照应着老李家哩。婆婆刚嫁过来那年发大水，天穿地漏，滔天的洪水冲塌了多少房子收走了多少生命哪，婆婆家的房子却奇迹般安然无恙，老李一家也毫发无损；大饥饿那年，隔三岔五就有人饿死，有人去老虎嘴捕鱼一去不回，守寡的婆婆硬是守着她的独苗挺了过来；土根那年被葫芦包蜇得连医生都无办法，最后也是虚惊一场——这些不是祖宗的照应是什么？婆婆活了一大把年纪，只晓得连皇帝都不敢不恭敬祖宗，到了自己这里，却要亲手去扒自家祖坟！这不是让婆婆死了也没脸去见先人吗？婆婆一伤心，就赌上气了，说你们谁搬我也不拦着，哪怕红叶村走光了呢，我也还得守着土根他爷爷。

爹也是作难的一个。红叶村是他的舞台，这个舞台再小再破，却始终热闹着，他是唯一的主角，只要站在这里，他就知道该把戏怎样演下去，观众是他的，掌声也是他的。如今，曲终人散，终于要落幕了。下一个舞台，也许更宽广，可是爹说他累了，决定后靠。他舍不得红叶村，要一辈子守在这里。不过现在，爹还不能退场。县领导说了，他得把这场戏唱好，唱完。因为，爹是这次搬迁工作的责任人，要负责协调移民的全程工作，既要完成上面交给他的任务，又要做通每一个村民的思想工作，还要参与征验、参与搬迁……

其实每个人都在心里骂过贫穷的红叶村，老人也曾年轻过，也曾骂过。可是到了这个时候，红叶村突然变得那么亲切，那么难舍。整个村子就要连根拔了，往后的去处，会不会不如红叶村安逸呢？红叶村穷是穷点，可半靠着山半靠着水，也没出过大乱子。还有，据说那移民村的地场子，竟是要全村盖在一溜儿，风水、朝向什么的自己全作不得主了——世道真是不一样了啊。然而，建大坝是国家大事，迁移是政府拍了板的，不搬不成，儿们也都盼着哩！搬吧，往后的天下可是后一辈的了，再怎么着也不能挡了儿们的道儿！村里开会也说了，实在不愿搬远的，可以后靠，娘娘庙那里有屋场子——政府也算仁至义尽了，这在早年，国家的事还用这么跟你客气？

都知道移民是板上钉钉的事情，所以无论欢喜无论愁，大家情绪

归情绪，私下里却都在紧张地为未来盘算着谋划着。确实，祖祖辈辈居住在这块土地上不觉得什么，但真的要搬走了，却有千头万绪的事情要操心。故土难离，难离故土，谁说不是呢！前一阵子，大家闹着没用的情绪，消极应付着征屋征地的事，等尘埃落定才听说，人家太平村的才没这么磨叽呢，心思全花在怎么多挣几个钱上面，征量组到达之前，家家户户赶着开荒、栽树、搭养猪养鸡的棚子，圈一切能圈到自己名下的地，哪怕是窄窄的田界也不放过，这样下来，一家少说多挣好几千元呢。红叶村个个按兵不动，实报实销，我爹得了上头的表扬，红叶村成了民风淳朴的典范，也从此成了外面人嘴里的"苕"。不过，"苕"了这一回，村人开始学乖了，大家紧紧盯着移民新村的动向，无论如何，这关键的一脚再不能踩了空，这一茬要是再错过了，好风水让别人给抢占了，红叶人可就真是"苕"了。

红叶村有"腊月不搬家"的习俗，在这腊月之前的几个月，家家户户都忙得鸡飞狗跳，所以我们搬家也就没指望别人。爱弟和想弟姐嫁得老远，我们又搬得急，根本来不及去叫。大嫂二嫂借口要去移民新村看地，扯着她们的男人一道出了门。两个嫂子斗了好些年，头一次站到了同一条战线。我知道，嫂子们心里不平衡，红叶村除了就地后靠的几家，将全部成为鸡公山蔬菜基地的菜农。爹是铁了心后靠，不再当他的韩书记；大哥的杂货店好好的要关张；二哥移民后能不能保住他的村治保主任的"官位"，谁也不知道。这等于说，嫂子们不仅依然要和泥巴打交道，还将从原来的"商人"家庭、"村官"家庭贬成最普通的农民家庭，而我这个捡来的可怜虫，却时来运转，竟要和土根丢了锄头把，去城里当工人"享福"——她们的不平衡也实在在情理之中。

公公公婆自然依了婆婆后靠。婆婆得知我们要去几百里外的东湖市，躺在床上不吃不喝，像个孩子一样赌上了气。公婆一边假装骂我们狠心，一边拿话劝婆婆，一个人唱起了双簧：路路啊，你们也真狠得了心，说走就走！东湖市天远地远的，婆婆要是想你们想病了，还不得坐飞机回来？哎哟……婆婆，您也莫怄气了，土根路路去东湖市，远是远点，说不到有个好前途呢！现如今山里年轻人个个想往城里奔，哪里那么简单？倒是咱土根路路赶上了好机会！人家厂长说了，土根去开的那个行车，在屋顶上跑呢，风不吹雨不淋的，比驾船可神气多了！路路呢，也讨了当过老师有文化的好，去搞化验，也是又干净又轻省的活！婆婆呀，土根路路都是善良的娃儿，就是走到天边，那还不是老李家的子孙！再说，多多的毛病，到了大地方，不定就医好了。到时候，俩孩子再给您添个大胖孙子，多好！您放心，您跟前，现在不是还有我们吗？

善良的人啊！要是知道我们再也不打算回来了，你们会怎样呢？我悄悄拉过土根，小声说，你还是留下来吧！婆婆是土边上的人了，爹妈也上了岁数，你这一走，还不等于挖了他们的心！土根犟着，除非你跟多多也不走！你们也是我的心！

我再也无话。三峡，我是一天也不能待。

搬家是因我而起，我却像个失魂落魄的局外人，茫然地和公婆收拾打包着行李，公公和土根则负责搬家的所有力气活。我爹是中午从镇里开完移民工作会后赶来帮忙的，他见我冷着脸并不欢迎，就扛着一口大箱子唤上多多去了车上。土根说爹到底在部队待过，幸好有他在，不然一大车家什谁也弄不顺溜。我们本指望小司机偶尔可以搭把手，谁知他心安理得地享受了我们大鱼大肉的款待，却自始至终袖着手在驾驶室里睡着大觉——也幸亏他昨把瞌睡睡足了，不然今天还不知会成什么状态。最终，尽管我们带走的东西减了又减，一家人仍然忙到深夜才装好车。

3

没有人替换，小司机日夜兼程，困得呵欠连天，仿佛下一秒就会睡着。土根也终于顾不上担心我，耷拉着头打起了瞌睡，不过听不到鼾声，表明他睡得并不深。他的头一点一点的，下巴如果磕着多多的脑袋，马上会吓得醒过来，愣愣地撑开眼皮看看怀里的多多，又看看如同害着大病的我，再迷迷糊糊眯过去，如此反复。也难怪，昨天累了一整天，今天又赶第一班轮渡，他太需要休息了，但是他这种睡法，看着挺累，不知道可不可以算作休息。

我虽然也疲倦得一塌糊涂，然而全无睡意，眼睁睁地挨着这份难受。汽车正在穿过一个市区，阑珊的灯火，勾勒出它繁华而又模糊的轮廓。我木然地看着眼前一晃而过的街道建筑，就像漫不经心翻阅一本硬塞进手里的乏味的书。突然，我的眼睛停留在一个闪烁的霓虹灯招牌上，忽明忽暗的"沙洲市"让我心底的某根弦敏感地颤了一下。

趁着司机又一个呵欠打得基本结束时，我小心翼翼地问，师傅，这儿是沙洲市吗？

唔。师傅面无表情地嗡了一声，又张大了他的嘴巴——原来，我们的嘴巴除了吃饭说话，驱赶瞌睡的功能也蛮强大呢。

哦……沙洲市……我们省……就这一个沙洲市吧？我的意思是我们省会不会还有同名同姓的叫沙洲市的，但不知怎的，和这个连打呵欠也绷着脸的小司机说话，我竟不由自主地语无伦次，逻辑不清，往往话一出口，就变得十分可笑。

果然，司机以看神经病的眼光乜了我一眼，不置可否，似乎根本没必要回答我这个愚蠢的问题。

那我们要去的东湖市……离这里远吗？司机的爱理不理实在让人不想多问，好奇心却像一条按不下去的馋虫，无奈得很。

不远，出了城半个小时就到。东湖市原来叫东湖县，是个农业大县，这几年在发展工业，就改成东湖市了。惜话如金的司机大概烦我老是打断他的呵欠，干脆兜了底，省得我挤牙膏。

天哪，这里的沙洲市居然就是与我有着丝丝缕缕关联的沙洲市！而且，它与我们的新家如此邻近！我费尽心思地逃离三峡，逃离过去的一切，不料兜兜转转并未走远。怎么会这么巧呢？难道这就是我的宿命？沙洲市，这个让我恨并牵挂着的城市，当它还在传说中，抗拒和吸引两股不同的势力，就已经常常搏杀得难分高下，现在，它来到了眼前，毫无预兆地出现在我的视线之内，就在离新家仅半小时车程的地方，那么真实而具体，更让我无比慌乱与纠结。之前，我时而会突然迫切地想窥探关于它的一切，时而又拼命想把这个念头掐灭，我在心里胡乱猜测沙洲市的神秘模样，却又刻意地回避着它，害怕去真正地触碰它。我千万次演算着，是将它永远深埋心底，还是打开然后从容地走进，最后总是羞耻让我默默藏起对它的好奇。但是现在，我连犹豫一下的机会都没有，命运就已经重新撕开了岁月的疤痕。我像是无端地捡到一只潘多拉盒子，满以为那里面多少会盛载一些美好的东西，可当我满怀希望地开启它，却发现那只是所有灾难的起源。

4

终于在东湖市安下身来。忙碌中，我暂时放下了沙洲市带来的困扰。

铸钢厂的新家与厂长孙厚德的承诺大相径庭。好在我的初衷只是逃避，并无其他奢念。房子是一栋飘摇沧桑的单身宿舍楼，裸露的红砖，被岁月和风雨剥蚀得形销骨立，新旧不一的门窗极像化了蹩脚的妆的女人，使本来安静着的丑陋一番努力遮掩之下反而响亮起来、了然起来。宿舍楼总共三层，每层十套，二十多户移民全都收纳其中。说是套，其实就是一大间房隔成了里外两间而已，里屋放下一张床、一个柜，

外屋放下饭桌椅子，剩下的空间就不多了。楼下的空地上有许多用油布罩起的蒙古包，那里堆着移民们屋里放不下的行李。我们的行李倒简单，不用另外寄放，不过也将两间房塞得满满当当，转个身都难了。没有厨房，所幸过道还宽，锅灶通通支在过道里。从正中间的楼梯上来，过道的最西边，有一个乌漆漆的公用水池子和一个又脏又小不分男女的公用厕所，我们的家就安在二楼最西靠近厕所的那间，安在踢踢踏踏的脚步声和稀里哗啦的流水声里，炊烟的浓稠常常掩不住那一小股倔强的异味，而我敏感的嗅觉也从不体谅脆弱的神经。不过，比起四面透风的三楼，能有一面遮风挡雨的屋顶，也算是幸运的了。

平湖铸钢厂的前身是东湖农具厂，地盘不小，方圆好几十亩地。生产车间、原料成品仓库、宿舍楼、办公楼以及食堂门房一应俱全，只是处处透着破败、衰落之相。凡房屋必墙体斑驳、颤颤巍巍，凡空地必荒草萋萋、无处插脚。厂子放假一年多了，移民搬进来之前，这里早已停止供水供电，厂里员工连看门的老头都遣回老家了。如果不是从大门到宿舍楼之间的路面，搬迁的汽车新碾出两道深深的沟痕，根本看不出这里尚有人迹。

五十个移民，除了我和土根，都是从另外三个村子挑选来的，大多是带着孩子的年轻夫妇。虽然最大的孩子也不过七八岁，但一家三口窝在这么小的笼子里，也实在憋得慌。三楼的泥鳅老是抱怨，他屋里塞得满满当当的，简直成了老鼠的天堂，耗子们大白天的就在脚底下窜来窜去，抓也抓不住，赶也赶不走，还见天把屋顶上的瓦拨开一道道缝，像是故意示威似的。只有单身的杨小小和寡妇陈春花住得宽敞，春花还带着个五岁的儿子小亮，小小则一个人住着过道最东边的套间，既安静又干净，羡慕死人了。好在这里也只是个临时的家，孙厚德拍着胸脯说，最多一年半载，新房子盖好了，家家户户都有一楼一底的洋房子住，大家心里也就平和了。

看得出其他移民来自相同或相邻的村子，从前就是相熟的，只有

我和土根跟大家素昧平生——这也正是我希望的。陈春花却说她还是
个十二三岁的姑娘伢时就认得土根。春花大嫂的娘家在太平村，她头
一回单独去嫂子娘家时上错了船，到了红叶渡口才晓得，急得她要收
了班的船老大退她的五分船票钱，还要人家把她送回原地。退钱好说，
送回原地怎么可能呢？而且就算送回去，太平村的船也收班了呀！船
老大正跟伶牙利嘴的小姑娘扯不抻的时候，儿子在岸边喊爹了。儿子
是来迎爹回家吃饭的，听说小姑娘是去太平村，就说，就走旱路嘛，
翻过黄牛岩就到了。爹说不行，那路不好走，天马上黑了，她一个小
姑娘半道上遇到狼可不得了，不如回去跟你姐姐们凑合一晚上，明天
再说。但春花坚决要去嫂子家，说约好了的没去，嫂子一家还不得担
心一夜？儿子就说，那我送你过黄牛岩，过了黄牛岩，路就好走了。
春花也不谢，反而冲他噘嘴，哼！小气鬼，送就送到，干吗只送到黄
牛岩？光路好走有什么用？天那么黑，我害怕！儿子闷声说，你要是
害怕早哭鼻子了，我才不信！走不走？不走就自己想办法，我爹反正
把船钱退给你了！春花也就只好点头——好吧，黄牛岩就黄牛岩——
到底跟在儿子后面走了。出发时，船老大从船上找来一支火把一包火
柴交给儿子，只说去吧，再无"小心、注意"之类的嘱咐，想必对儿
子是放心的。儿子也是一路无话，真的只送过黄牛岩就不走了。不过，
他将手里的半截火把留给了春花，毫无表情地说，火柴我拿回去了，
莫让火把熄了！

　　毫无疑问，这父子俩就是土根父子。

　　可是春花姐，那么多年过去了，土根那时和你一样也不过十二三岁，
他自己都不记得这回事了，你怎么还记得，而且还这么确定呢？

　　春花哈哈大笑，当然确定！这么多年了，你男人的那个黑，还有
那个闷葫芦性子，一点都没改变呢！

　　春花娘俩就住我们隔壁，她儿子亮亮比多多大不了几天，两个孩
子是早玩到一块了，我也因为到了陌生的他乡，暂时不必再面对过去

的一切，心情稍觉轻松，所以也就没有拒绝春花的热情，和她最先熟络起来。

听厂里的老师傅讲，农具厂在东湖县原来是个红红火火的老厂子，那些年，只要有农田的地方，就一定会有东湖的农具。锄头镰刀、铁锹犁铧，样样有，好用，俏销得很。但是这几年随着农业的机械化，农具开始大量积压，到最后，产品低于成本价出售都没人要，厂子彻底瘫痪。厂里发不出工资，工人闹腾得厉害，厂部也实在敷衍不下去了，正打算申请变卖一部分土地，将工人打发了事，突然传来好消息：厂子有救了，市经委为农具厂争取了一个项目和一笔资金。

这个项目就是现在的铸钢厂。

5

所谓的行车工，化验员，都还是空中楼阁，没影子的事，孙厚德给我们画了一个大大的饼在那里。铸钢厂一副百废待兴的样子，五十个移民稍一安顿下来，就成了新车间的基础建设者，加上原来几十个老工人，很快组成了一支廉价杂牌的建筑队伍。男人们和沙拌浆、挑砖递瓦，给瓦工师傅打下手，女人们则收拾满院的荒草瓦砾、负责厂里百来口人的午饭，机动灵活，哪里需要就临时安排到哪里。山里人实在，虽然眼前干着的全然不是当初承诺的工作，但是想着等厂子建好了，终究会有令人羡慕的正式的班上，会有一楼一底的大洋房住，也就不计较眼下的活儿了。建筑小工要的是力气，山里人不缺，何况"力气是奴才，去了又回来"，舍几斤力气算什么呢？

有一天孙厚德让我去他办公室，说办公室当前很多杂事，要收拾整理，要接待各级领导，铸钢厂是市里支援三峡建设的典型，有时还要写个报告什么的，觉得我当过教师，可以应付，先借调一段时间。

其时我正挥舞着大铁铲在锅里炒菜，脑筋一下子没转过来，蹲在灶门口的杨小小飞快地扔了手中的柴火，梦呓般喃喃地说，那不就是办公室秘书吗？天哪天哪，路姨！你怎么这么幸运哪？

其实小小也二十出头，我总共大不了她两三岁，这个有些矫情的丫头硬是管我们结了婚的女人统统叫姨，我也懒得纠正。我望一眼独自在一边玩耍的多多，呐呐地对孙厚德说，可是，多多怎么办呢？

对呀对呀，多多妹妹发起母猪疯可不是好玩的哟！孙厂长，让我去吧，我好歹上过高中呢，虽然没拿毕业证，怎么着也比初中生强吧！

小小一番毛遂自荐当真就去了办公室，虽然只是临时去干一段时间，倒把她欢喜得像小姨娘扶了正，自感身价高了不少，还特意去买了一双扎眼的高跟鞋，每天在大家复杂的眼光中，一扭一扭地穿过坑坑洼洼的煤渣路面，扭进那栋铸钢厂唯一算得上体面的白房子。

春花愤愤不平：好好的干吗要让杨小小去呀？未必办公室椅子上有屎？

这里不是一样挺好的吗？

一样？烧火佬跟坐办公室一样？亏你还当过老师，算的什么账！你呀，简直就是个打杂的命。

是嘛，在这里是打杂，去办公室不也是打杂？

那怎么能比？你看杨小小尾巴翘得！她凭什么？要脸没脸要屁股没屁股的，都没长开呢。

我忍不住笑了，不就是办公室帮几天忙嘛，又不是选美，要什么脸跟屁股？

哼，你没看见孙猴子那双狼眼吗？看人恨不得把皮都剥了，他那点心思，可瞒不过我。

这么说我不去倒是对的，你恼火个什么？

咳！是啊，我恼火个什么！可不就是见不得杨小小那个张狂样嘛！

算了，她爱去去吧，跟个小丫头计较什么？

说得也是，不计较！这个不晓得天高地厚的二百五，到底是跟婆

婆爷爷长大的，没得爹妈指教，迟早要见鬼。

我其实一点也不为这个生气，我甚至不着急正式上班，因为如此收拾打杂倒正好可以带着多多。但小小嘴里的母猪疯三个字却像针一样刺痛了我，多多来到这里，并没发过病，我们也从未跟任何人提起过，小小却像八百年前就知道了似的自然地脱口而出，这让我始料不及。除了多多的病，究竟还有多少秘密已经不是秘密了？如果我想苦苦隐藏的那个真相经过这么山高水远的颠簸，最终还是会大白于天下，我们的背井离乡还有意义吗？

多多好多回嚷着要和小亮哥哥一样去上幼儿园，我都一如既往地敷衍她，下学期吧。其实，我心里也矛盾得厉害，以后一旦正式上了班，是不是真的要考虑把多多送进幼儿园？虽然孙厚德曾经承诺可以安排我和土根轮流上班，方便带孩子，但是一来厂子这么多人，我不想搞特殊；二来看着多多羡慕哥哥姐姐们上学的眼神，也实在心有不忍。我毕竟不能一辈子把孩子牵在手中，总有一天，她要自己面对生活，不上学，不接受教育怎么行呢？土根却老是说，不急，孩子又小又病，上什么幼儿园！这不是给孩子找罪受吗？你平时教多多认字唱歌，她不几遍就会了，一点不比上过幼儿园的孩子差，我看还是大些了直接上一年级吧。又说，你想想，这么点就不在眼跟前，是个利索孩子也还惦记呢，何况她那病说发就发，我们能安心上班吗？说得倒也在理，这事就拖了下来。

经过一个多月的拾掇，厂子亮堂了许多。虽然厂房还是那个厂房，但没有了荒草和垃圾的陪衬，铸钢厂像个胡子拉碴的男人进了趟理发店，顿时精神了不少。小小通知我们，上午去保管员潘正菊那里领工作服，下午开移民欢迎大会。末了还以领导的口气强调，都穿整齐点啊，市里有领导来，别掉我们铸钢厂底子！春花夸张地咂巴嘴，啧啧，哪里来的只癞蛤蟆没睡醒，在这里直打呵欠？众人大笑，小小估计没听懂，但大约也知道不是什么客气话，遂红着脸急急逃开了。

三峡的动工，它究竟意味着什么？欢迎会上，孙厚德慷慨陈词，大家来自三峡，三峡工程的伟大意义我就不多说了。我只说它对于我们铸钢厂的意义。说它是挑战，是机遇，是财富，都不为过。这么浩大的工程，它需要钢材吧？当然需要！而且需要各种各样的钢材，需要多得数不清的钢材！可以这么说，再有十个平湖铸钢厂，也远远不能满足它的需求！这是百年难逢的机遇啊！说到激越处，孙厚德雄心万丈地昭示他的野心：尤其是我们未来的产品高锰钢，更是俏销货！为什么？工程机械上到处要用到这种高锰钢！不说多了，举几个简单的例子：像球磨机的衬板，破碎机的锤头，挖掘机的斗齿，等等，这些机器零部件用的钢材，都是高锰钢！为什么非用它不可？高锰钢又硬又有韧性啊，它耐磨、耐挤压、耐冲击啊！

前排的泥鳅高声插进一句：敢情这高锰钢就跟男人的家伙一样，要硬还要耐磨呢！一句话惹得大家哈哈大笑。市里领导们一一发完言离开后，会场气氛活跃了不少，对泥鳅的荤话，孙厚德一点也不恼，还接过话头说，对！就是这个意思！做男人没个好家伙不行，搞工程没个好机械不行！什么样的机械是好机械？光硬是不够的——铁硬，它韧性不够啊，你说破碎机锤头要是生铁做的，一家伙锤下去还不得先把自己报销喽？普通的钢材，韧性倒还不错，却又不够硬——这我就不必举例了吧，你说一硬不起来的物件，再耐磨有个鸟用呢？

又是一阵哄笑。杨小小此时笃笃笃地扭上台去给孙厚德续水。人们本来仅仅沉浸在没有具体人物的荤段子带来的快感中，她这么不合时宜地一出现，仿佛一下子让人给揪出了臆想中的主角，刚刚退了潮的笑声便又卷土重来，还夹杂着几声不怀好意的口哨，会场一时掀起了一个不大不小的高潮。

好了好了，说笑归说笑，咱们言归正传。孙厚德为还蒙在鼓里的小小打着掩护，把嘴靠近声音时大时小的麦克风跟前吹了两下，示意

噤声。大家别以为我尽在瞎扯淡，等着吧，铸钢厂就要大干一场了！一个月三百块算什么？一楼一底的楼房又算什么？往后，我们还要家家户户买冰箱彩电雅马哈，家家户户都用上大哥大！孙厚德一边比画一边唾沫四溅地描摹着海市蜃楼般的美景，台下的新老工人无一不被这遥远的蓝图憧憬得热血沸腾，只有春花是一副满不在乎的鄙夷神情。她吊着好看的丹凤眼，小声地啐了一口，骗鬼哟！就这么个破厂子，能掀起多大的浪？高锰钢高锰钢，吹得比天好，赶明儿人都去造这个，不用干别的了！

孙厚德坐在高高的主席台上，像长了顺风耳，继续煽动大家：有的人也许会说，高锰钢这么好这么俏，人家要是一窝蜂都去生产怎么办？是的，高锰钢项目是块唐僧肉，想吃的人多呢！可是唐僧肉是这么好吃的吗？

我赶紧笑着拉拉春花的衣角，低声说厂长专门在给你解疙瘩呢。春花不以为然撇撇嘴说，哼，满嘴跑火车的孙猴子！孙厚德四十来岁，没有中年人常有的发福，瘦而精神，比实际年龄看起来年轻，春花一口一个孙猴子。

孙厚德似乎准备充分，他列举了大量的他足以独自吃掉唐僧肉的例子。我们农具厂仓库里有上千吨废铁，有足够生产半年高锰钢的现成原材料，我们有自己的深加工车间——虽然鸟枪换炮还要改造，但总归是有，人家他有吗？

春花冷笑，这农民没有收成，倒拿种子炫耀上了。

我们农具厂几百亩土地别说建个把铸钢厂绰绰有余，就是要建个飞机场也不必另外征地，人家他行吗？

国家的土地都荒成这样了，一点也不害臊。

三峡高速通车还要一年，我们从建厂房到培训工人也是一年，时间刚刚好，到时高速一通车，不爬山不蹚水，铸钢厂的产品直接送达三峡工地，就像坐直升飞机，顶多花三四个小时。在这一年里，我们有强大的资金来源，有政府部门的支持，不会因为产品没有投产就断了大家的生活费，换了人家他办得到吗？

春花越听越不服气：说得好听！还强大的资金来源！我呸！不是靠我们移民的安置费，他孙猴子早回花果山去了，还有个屁铸钢厂，这50万不多久折腾光了，咱老的小的就等着喝西北风吧。

移民其实就是铸钢厂的财神跟救星，这我是知道的。移民政策爹最清楚，我虽然不理他，却从土根那里间接知道了不少。移民移居农村的，会分给一定比例的山林、耕地，移居城市的，则是每人1万元的岗位安置费，这是人人皆知的大政策。别人不知道的是，这1万块，其实不包括我们的搬迁费，不包括我们上岗前每月的生活费，所以厂长说铸钢厂不会断了大家的生活费既是实话也是谎言，哪里是铸钢厂发下来的生活费呢？另外，移民建新房，是另外有几万块的地皮费和建房费的，款子也是统一打在铸钢厂，但这笔钱，不知为什么厂长从未提起，也许还未到账？不过可以确定的是，50万元的安置费，铸钢厂是净得的，据说安置了一定数目的移民，企业要扩建、改建项目就可以大摇大摆享受银行低息甚至无息贷款了。所以就算只有这50万元，铸钢厂也暂时不会死掉，我们也暂时不会喝西北风。

我当然不会跟春花说这些，尤其是在这样人多嘴杂的会场。多多安静地坐在我腿上玩土根新买的塑料小雀尕儿。雀尕憨态可掬，用手捏一下，就能发出一种好像被捏疼了似的声音，一松手，还能像个不倒翁似的摇摇晃晃，比家公削的木头雀尕儿好玩多了。我嘱咐多多开会的时候不能捏，多多很乖，果然只是轻轻摆弄。

多多突然哭了起来。我一边赶紧捂她的嘴巴，一边轻轻叱呵：开会呢，快别出声……大家的目光已经聚集过来，春花一惊一乍地说：哟哟哟！瞧这孩子脸上！

我当然也看见了，多多白白嫩嫩的脸上赫然印着几道蓝色污渍——正是我刚刚蹭上去的。我们马上发觉，这是刚发的工作服惹的祸。蓝

色的牛仔布像一块厚厚的复写纸，蹭上去就掉色，多多的玩具，我们的手指头，全是一片脏兮兮的蓝。

嘿！我说厂长，这破衣服打哪捡来的呀？样子难看也就算了，还摸不得！春花站了起来，三下两下剥掉工作服，朝主席台挥舞道：这不是出我们洋相吗？

缺德！孙缺德！

听说五十多一套呢，要扣钱的！

姨妹子采的货，不狠劲赚一笔？

……

人群开始骚乱。台上紧挨孙厚德坐着的潘正菊突然把头探向麦克风，大声威严地咳嗽了一下，乱哄哄的台下立即响起一大片抬头、直腰、目光敬畏仰视的声音。多多被突如其来的咳嗽吓得一哆嗦，惊恐地贴紧了我。潘正菊肥腻的大脸此时像个愤怒的罗汉，平时陷落在肉堆里的五官因为绷得太紧这时候一起被解救，并且变得异常清晰，虽然它们几乎全不在对的位置，但那眼神里射出的凌厉之光看得出是冲我们这一块来的。

春花索性提高了半个音：咳什么咳？吃了不消化就吐出来！说完大概还怕台上的听不见，故意挑衅地竖起她的凤眼逼视潘正菊。潘正菊是孙厚德的小姨子，原本是完全有机会弄个会计当的，无奈她小学未毕业的水平怎么也扶不上墙，只好先干着没有技术含量的仓库保管，但她似乎并不安于现职，常常要师出无名地跟随在姐夫左右。春花一路打听，早把她的底细弄了个大概，所以也就并不怕这一声名不正言不顺的咳嗽。

大家本来被潘正菊一吓，是准备正襟危坐的，竟又让春花硬生生搅乱了。不许笑！严肃点！潘正菊的恼羞成怒的吼叫掷地有声，每个字从她嘴里蹦出来，都极像她肉球似的身子，硬且充满质感。雀尕吧嗒掉到地上，发出呜的号叫，刚被哄好的多多又吓得哭出声来。哭声在大家一瞬间的安静下显得格外刺耳，工人们齐刷刷把头转过来看我们，我赶紧低着头红着脸轻轻哄着多多，土根心急火燎从后面挤过来，抱起多多就往外走。人们指指点点，会场开始混乱。

春花突然站了起来，挑衅地斜望着台上：哟！严肃点！还不许笑！潘大姨妹子！这可是开欢迎会，不是开批斗会，更不是开追悼会呢！要不要我们低头认罪三鞠躬哟？人们哄笑。潘正菊的脸轰隆隆滚过乌云，眼看就要下暴雨了，孙厚德挥手制止，大家安静安静，会议马上结束马上结束！

6

初夏来临，第一批工人总算要去培训了，在离东湖市五六十里地的沙洲市船舶柴油机厂铸造分厂。培训分两个批次，这次去的包括行车、空压、车工、焊工和机修工，是相对大众化、轻松易学的工种，只有三个月的集中短训；下一批次才是铸钢厂的核心工种，培训安排了半年时间，这个批次除了化验工在体力上比较轻松之外，其他如造型、翻砂、炉前等都是钢厂最苦最累的行当，所谓"男不进钢厂女不进纱厂"，说的就是钢厂的翻砂工、炉前工。

土根他们第一批次的培训原计划是在年前，结果因为接近年关，建筑队的工人都是四里八乡集结起来的农民，大家都有早早回家过年的打算，人心涣散，而上面的领导又轮番催着铸钢厂，命令无论如何厂房的基脚一定要在年前下好，无奈，厂部只好决定，暂缓培训，先调动一切力量建厂房。这么一拖，就拖到了腊月底，厂房基脚倒是打好了，第一批要出去培训的工人也听从安排，统统老老实实待在铸钢厂过年，以备年后随时出去，不料柴油机厂那边却出了状况。新年过后，铸造分厂换了厂长，原来的培训协议因为培训时间不确定没来得及行文，只有一个口头约定，新官上任竟漫天要价，不仅把原先谈妥的培

训费抬高了几倍，把柴油机厂子弟学校腾出的几间用来做宿舍的空教室作了他用，还放出话来，说就是这个条件这个价钱了，你们爱培不培，不培拉倒，咱还看不上平湖铸钢厂那区区培训费。

柴油机厂是国营大厂，它要摆谱，别说东湖市管不了，就是沙洲市也奈它不何，孙厚德那些天简直就是猪八戒照镜子——里外不是人。市里领导天天等着支援三峡的样板企业给东湖市露脸，铸钢厂的工人至今到了是一堆农民，大家连"铸钢"长什么样子都不知道；工人们提起培训也是牢骚满腹、怨气冲天，人家叫花子还有三天年呢，咱为了个鸟培训回不成三峡过不好年，末了倒好，培训也黄了。

不知道是孙厚德烧了香拜了佛花了银子，还是各级领导多方疏通抑或是施以支援三峡的压力，总之培训的事最终还是敲定下来了，不过，这一拖就是大半年，平湖铸钢厂的厂房都已经雏形初具了。

土根出门的前两天，突然变得像个碎嘴的婆娘，嘱咐了这又嘱咐那，末了仍然放心不下：我还是带上自行车吧。

不是说好了厂车半个月去接一回吗？你也不嫌麻烦。

我问过孙厂长了，我们每个礼拜都有休息，单周一天，双周两天，自行车带着方便，单周休息我打电筒骑夜车回来，可以在家足足待一天。

柴油机厂听说还在沙洲市郊区，大老远的，人家都不回，你就莫搞特殊化了。

不远，走夜路凉快，我下了班就走，最慢两个半小时能到家。又不违反培训纪律，算什么搞特殊。

那又何苦呢？就那么一天时间，早也赶晚也赶的！你洗洗衣服、歇歇脚、逛个街什么的，一天就打发了。多多这大半年还太平，再说厂里人多，不比三峡山大人稀，离医院又近，你就安心待在那边吧。

不行，半个月时间太长了，我恨不得天天回来才安心。

正好这时春花抱着盆衣服去水池边洗，捡着土根的话头就不依不饶了：哎呦呦！看不出来啊！咱土根兄弟平常无事闷头傻脑的，给屋里的说起话来还是蛮体己蛮巴肉的嘛！啧啧，恨不得天天回来！猛一听还以为是哪个新郎官在酸文咬醋呢！路路啊，这有男人和没男人还真是没法比呀！

大半年的邻居，土根渐渐习惯了春花的口无遮拦，所以并不脸红，也不答话，牵过多多的手说，走，跟爸爸下楼去擦飞马。多多把爸爸的自行车叫飞马，家里空间太小，自行车只好拴在一棵老柳树下，土根怕雨水淋坏了它，就在树下用木板搭了个雨棚。平常，多多最喜欢听爸爸说去雨棚擦飞马，因为擦完之后，爸爸肯定会驮上多多上街买菜买米，就是不上街，也会在厂子里转几圈逗她玩。

多多雀跃着和土根下了楼，春花扁着嘴冲我龇牙：这个黑皮，除了你们娘儿俩，对谁都黑着他的包公脸！

那不怪他，他天生的就黑嘛。不等春花接话，我赶紧拿把扫帚假装扫地，趁机躲到里屋。春花什么都好，就是大嘴巴。

但她显然意犹未尽，举着一双沾满肥皂泡的手撵进来，故意把嗓子压得低低地问，喂，你家黑皮跟你干那事也是这么木着个脸吗？然后看着我古怪的表情，一个人暧昧地嘿嘿邪笑。

老不正经的！我跺跺手里的扫把，拿背对着春花。

哈哈，你们天天做的倒正经，我一个死了男人的寡妇说说就不正经了？这个疯女人今天讹上我了，我只好装聋作哑不接茬。

跟你说路路，这破屋子不隔音，我瞌睡小，夜里你们里面的动静我捂着耳朵就能听见，你信不？

我像被当众扒光了衣服一样窘态万分，春花却越说越来劲：隔壁的死大柱夜夜整得鬼子鸡喊鸭叫，鬼子也讨嫌得很，平时低眉顺眼说话细声细气怕吓死了蚂蚁，到了夜里那个声音浪得像只叫春的猫，也不怕叫醒了脚那边的丫头！我正寻思着哪天烦了在她碗里下副哑巴药呢，这回不用了，起码要清净几个月了！刻薄的春花把史大柱叫成死

大柱，把桂子叫成鬼子，好好的名字到了她嘴里全被糟蹋了。

我忍不住笑：春花姐还不如自己吃一剂聋子药省事！你药了人家，迟早也是脱不了干系的。

这耳朵我还得留着！想听听你们夜里的动静呢！我就奇了怪了，死大柱他们搞得雷轰火闪的，你们这边倒像是没住人！我天天尖起个耳朵听，你们两口子唠完话就没了声响，偶然有个响动呢，也准得是土根在放屁打鼾——难不成多多是你们唠话唠出来的？春花边说边嘻嘻哈哈退了出去，大抵她也知道再说下去我的扫把该抢到她身上了。

土根果然一个星期出头就回来了，还捎回了一道学行车的桂子。他们到家时晚上七点多，孩子们吃完饭在楼下玩得正欢，我和春花坐在门口过道里，一边拆多多的旧毛衣一边唠家常，偶尔也扫一眼客厅电视机里雪花乱飘的节目。

三峡的旧历五月正是粽叶飘香、不凉不热的好光景，这里的夏季却仿佛是不曾经过春的过渡，直接穿过四面透风的严冬仓皇扑过来的。宿舍楼薄如纸片的墙衣，像一个沦落风尘的女子，麻木地承受寒与暑的轮番蹂躏。夏季这才刚刚开了个头哩，逼窄的屋子似乎已经装不下那不断发酵胀大的空气，人在里面也感觉随时会窒息、爆裂，异样的憋闷，让人只想一个劲逃出来，真不知道随之而来的盛夏会是怎样的一番热烈景象！

桂子和大柱结婚好几年没怀上孩子，春花曾说，他们领养盼盼，其实是拿这丫头做"引窝仔"，就是跟母鸡下蛋得先放枚"引窝蛋"在鸡窝一样。不过，这个"引窝仔"好像不灵，盼盼眼看都8岁了，桂子的肚子还是瘪得跟个吊死鬼一样。

啪！看吧，鬼子这回是寡母子死独儿，彻底没得指望了！春花一边用汗涔涔的手拍死一只吸血的蚊子，一边看着兴高采烈地进了屋的桂子和大柱恶狠狠地说。我一愣，心里说这里可只有你自己一个寡母子哩。不过这话只在嗓眼上转了转就吞回肚子里了，我可不敢招惹这只浑身是刺的刺猬。土根到了家，我放下毛衣起身捅开炉子给他热饭。

哼！两口子没日没夜地干就造不出根人毛来，这一分开，三天打鱼两天晒网的，想生娃，只怕更难了！春花把屁股挪了挪，做出和我耳语的样子，声音却一点也不耳语：你说这死大柱铁塔一样的身板，子弹咋这么赖呢？我那死鬼男人，当年才偷了一回腥，就把种子种上了，害得我急急慌慌跟了他，早知道他那么短寿，我是宁可死也不会生下小亮的！

小亮又乖巧又懂事，春花姐没准老了享他的福！

想儿的福？白日梦哦！有哪个儿大了是记得娘的？跟你说，路路，这人一辈子，知冷知热的还得是两口子！我们这破厂，数来数去有福的也就是你了，看黑皮把你疼的，让人眼红呢！

我把锅铲在铁锅里使劲敲打两下：怎么又绕上我了？

绕上你又怎么的？心里烦得很！

春花姐也会烦啊？我漫不经心应着她，舌头下压着一句：烦恼本来绕着道儿，是你自己寻上去的。我把热好的饭菜端到屋里桌上，土根也锁好自行车扛着多多牵着亮亮上楼了。

我又不是四个脚的哑巴畜生，怎么就不晓得烦！

谁惹春花姐了？土根放下多多，随口一问。

臭黑皮！谁是你姐？我有那么老吗？我们可是同年同月生的哩，只不过我的糊涂娘忘了具体生在哪天——肯定你不会比我小，你那张皮粗得，起码大了我十岁。

多多，过来，妈妈给你洗澡去。春花是一副吃了枪药见人就开火的架势，土根赶紧端着碗往嘴里扒拉一大口饭，我则忍着笑拉了多多进屋，一家人打算全面撤离战场，免得全当了炮灰。

哎哎哎，我说这新闻联播都没放完，后面还有两集电视剧呢，你们着哪门子急！亮亮，牵着多多妹妹再下去玩会儿！这声武断的号令

正合了孩子们的意，亮亮多多高高兴兴领旨而去，我也顾不上打听土根培训时的新鲜事，只好捡起半截子毛衣重新坐到门口。

他妈的，今儿晚上又要睡不着了！孩子们一转身，春花的粗口就爆了出来。我望着桂子家紧闭的大门，揶揄道：春花姐今天去下哑巴药怕是来不及了。土根听着我们莫名其妙的哑谜，一脸茫然，两个女人相视大笑。

这不下蛋的老母鸡，出门不过五六天，说话调调都高了半拍，怕是骚得骨头缝里都痒痒了哩！哼，不是我把开行车的名额腾出来，哪里轮得到她去嘚瑟？最多就是个烧火佬！失悔哟！

有什么好失悔的？你不是也进了化验班，如了愿嘛！

如愿个鬼啊！我那时见你和杨小小都在化验班，眼一红，就逼着孙猴子改了招工表，当时也没想别的，寻思都是去学，还有学不会的？

就是嘛。

问题是我中午听杨小小说，化验组人多了，八个人最多留六个，学完了还要考试，后头两名刷下来进炊事班，其他组的学员倒不用考试！妈的！硬是便宜了鬼子！

我马上想到，化验组八人中，只有我和顶职进厂的何向东是初中毕业，小小虽然高中没上两天，毕竟也算上过。这么说我和何向东倒最可能回厨房了——倒也轮不上你。

不是哩……我……我小学没毕业哟……

什么？春花姐不是高中毕业吗？我和土根同时吃了一惊。

哪里啊！人家眼红你们穿白褂子嘛，糊弄孙猴子，瞎填的……

我吃惊得眼珠子快掉下来了：这春花的胆子也忒大了，我虽然初中毕业，好歹也上过几天化学课，想不到她小学未毕业竟敢骗人家说是高中生！这下子完蛋了，别说考试，光是听课，她听得懂吗？

看着春花烦躁不安的样子，我又好笑又好气：算啦，这也怨不得桂子抢你饭碗，认命吧，好歹有我陪你当烧火佬。

不行！我吞不下这口气！我小学没毕业不是脑袋瓜子差，是家里穷，鬼子我是晓得的，她是又穷又笨，凭什么让她捡了我的便宜去！这开行车虽然不比开飞机牛，说什么也强过当烧火佬吧！

春花一星期后还真进了行车班。厂里议论纷纷，说陈春花不过是长了张只会说人的嘴，成天把潘正菊杨小小鄙薄得一文不值，自己扮得像个贞洁烈妇，弄了半天是一路货，到底也进了白房子……不知什么时候，"白房子"不再是办公楼的通称，也不是指我们每月去领工资的那间房子，而是专指孙厚德的厂长办公室。

白房子共两层，一楼主要是个大会议厅，里面摆着一排排陈旧的有的甚至缺胳膊少腿的条椅，西侧隔出的一间是劳保用品仓库，平时去领个手套笤帚什么的，潘正菊一准严肃倨傲地坐在她的那张古董似的办公桌前。二楼上去依次是财务室、虚设的工会办公室、小会议室和两间预留的不知作何而用的房间，最里面也就是劳保仓库的正上面才是厂长办公室。厂长办公室是个套间，一点不比我们的宿舍楼套间小，外屋放下两张办公桌和一圈沙发茶几，还显得宽宽松松，里屋的门一般关着，我没进去过，春花有一回去财务室领了工资内急，想到杨小小曾炫耀厂长办公室里有卫生间，曾冒冒失失闯进去过。她出来后这间屋子就再也没有什么私密可言了，春花一张大嘴，弄得全厂皆知：孙猴子的办公室里，竟安了一张大得可以打滚的双人床！言下之意，你孙猴子就算日理万机偶尔要打个小瞌睡，犯得着用双人床吗？于是双人床变得暧昧起来，白房子也变得暧昧起来。

起初大家只把目光集中在孙厚德不合逻辑的小姨子身上，春花更编出详细的故事情节：孙猴子在上面一拍双人床，下面的小姨子接到暗号就上去了……时间长了，大伙才知道孙厚德跟小姨子其实是公开的秘密，在老工人中一点也不稀奇。孙厚德的老婆潘正英据说是在孙厚德最不得意的时候嫁给他的，人长得比她妹子还丑三分，这潘正英早先脾气也是大的，常常为了风流倜傥的孙厚德的花花肠子大打出手、要死要活，但随着时间一年年过去，她不争气的肚子始终没有动静，心里就着了慌。不得已，潘正英只好把妹子赔上，一来希望已经有个女儿的妹子帮自己生个儿子接个后；二来也管着风流的丈夫，免得尽去外面偷食。妹子本来看不上自家的六指男人，欢欢喜喜上了姐夫的床，肚子也还争气，半年就怀上了，只是后来孩子生下来，不是大家期盼的小子，更要命的是，那丫头左手赫然六个指头！于是孩子随了六指爹的姓，六指爹也被强行拉进医院做了绝育手术，小姨子和姐夫依然纠缠不清，只是，小姨子再也没有管住姐夫的底气……

这几年农具厂奄奄一息，孙厚德据说也是本分、老成了些，如果不是三峡工程意外相救，孙厚德也许会随着农具厂的寿终正寝而回归寻常家庭吧。但是，农具厂活了，摇身一变成了炙手可热的支援三峡工程的典型企业，他又成了舞台的主角，成了掌握几百名工人命运的主人，于是，那张双人大床的故事，又重新开始精彩起来。

杨小小是除了潘正菊之外头一个被春花指名道姓卖身白房子的下作女人：看杨小小在孙猴子跟前那个浪劲！哎哟真不要脸！没见过这么上赶着往男人怀里送的女人！何向东也是脑子里长了蛆，齐齐头头的小伙子，哪里找不到个正经姑娘，偏偏把个罢货（挑剩的没人要的东西叫罢货）当宝似的追！

如今她自己使了什么手段进了行车班我们不得而知，但她去过一趟白房子倒是真的。我并不相信杨小小真的和老得可以做她爹的孙厚德有一腿，更不信泼辣的春花会上传说中的双人床。我和土根私下议论，不就是换个工种吗？她最多一哭二闹三上吊，发发疯撒撒泼吧？土根却撇撇嘴说，那可不一定！

没影子的事，你可不要跟着瞎起哄。

谁爱说她！她爱跟谁跟谁。

春花现在转岗不迟了吗？

不迟。开行车简直比开碰碰车还简单，是个人都学得会，别说三个月，像春花那么精的女人，三天就会了。

哦。不过春花这一去，你们岂不是多出一个人了？

嗯，行车班只要六个人，都猜桂子会回厨房。桂子自己也挺自卑，前些时学得挺好，春花这一去，陡然像有了包袱，一上车就手忙脚乱，师傅天天批评她，可越批她越糊涂，弄到现在，连左右都常常认反了。

亮亮暂时入了全托，多多就显得格外孤独。宿舍楼仿佛也因为春花的暂时离开变得安静起来。二楼除了我和多多，就剩下隔着一家的大柱以及住在另一头的杨小小了。大柱照例在工地为未来的厂房挑砖递瓦，我也照例做着机动打杂的和尚，而杨小小却意外地得以跟随采购设备的孙厚德去了一趟湖南株洲，把小姨子潘正菊气得如一根吱吱冒烟的雷管，仿佛不用碰就会爆炸，虽然她自己已随姐夫去过一趟河南。

第二章　半缘君

1

　　我总是看见自己漂浮在一个巨大的黑洞里，土地永远在我的头顶远处，当我满怀希望地奔向它，最后又总是变成了一只目瞪口呆的麻雀。这些画面就如我的影子，仿佛是与生俱来的，只要一回头，就可以看见它。我清楚地记得，我第一次看见它，是在那个初冬的早晨——当然，天恕是不信的，那个早晨，我才三个月大，谁会相信一个三个月的婴儿有记忆呢？土根倒是相信。不过，土根信不信没什么意义，我的话他基本当成圣旨，我就算说我记得在娘胎里的情形，只怕他也把头点得像个啄木官。

　　但我就是记得，而且仅仅就记得那个早晨的一切，之后一直到四五岁之间的记忆，仿佛被什么人拿走了，了无痕迹，而那个早晨，就那样孤孤单单地停留在我记忆里。

　　那个早晨，忘了是因为饥饿、寒冷，还是因为一只爬在脸上的蚂蚁的骚扰，总之我浑身不爽地睁开了双眼。我不知道自己在哪，土根说就在他家和我家出山的那条岔路口（到后山娘娘庙则是另一条路），这个我自然知道，可是当时的我是不知道的。土根说，我被丢在岔路边矮矮密密的红叶丛中，可能是红色的小花被在红叶里不打眼，也可能是我睡得太沉没有动静，他爹和韩书记一早都打我身边经过了，两个粗心大意的男人竟都没有发现，要不是他出来玩，等他爹下午从公社回来，只怕我早就让黄鼠狼叼走了。土根这样说的时候，总忘不了重重叹一口气，唉——！你比年画上的娃娃还好看哩，你的爹妈怎么就那么狠心不要你了呢？但是他接着又会说，也许，你的爹妈有什么难处吧。还好，放你那个位置还不错，地上湿气重，蚂蚁虫子多，矮树上放着危是危险点，但你被绑得紧紧的，反正也动不了，不得劲了自然会哭，一哭就有救了，这不，可不是你一哭我就来了？

当然不是我一哭土根就赶来了，说得好像他就在家里等着我开哭似的。饥饿使我本能地呷巴着嘴巴，我的嘴唇四处寻找食物，结果我能触到的自然只有无法充饥的被角。一只蚂蚁在我脸上爬来爬去，它大摇大摆地从我的额头横穿过去又踩着我的下巴穿回来，它还跑到我的耳朵边跳了一会儿舞。我很想和它打声招呼，然而它一声不响地走了，我只好继续吮吸被角。我的没有任何收入的吮吸变得越来越烦躁，这时，一只麻雀落在我头顶的树枝上。我看到它了，它也静静地看了看我，呼地跳到了另一根树枝上，我原本呆滞的眼睛因为麻雀的跳跃忽然变得灵活起来，头好像也轻了许多，可以随着麻雀扇动的翅膀偶尔转动一下。小麻雀暂时转移了我的注意力，我沉浸在不为人知的愉悦与兴奋里。可是，当它小心翼翼地在我周围转悠了几圈后，似乎觉察到我既没有食物可供它分享，又是个迟钝乏味的玩伴，就倏地不见了踪影。我的目光焦虑地寻找着小麻雀，嘴里忘了吮吸，裹在被子里的手脚也暗自使着吃奶的劲，仿佛要去追赶那只我记忆中的第一个活物。我开始摇晃，开始下坠，恐惧使我本能地想托起自己，想抓住什么，突然，我像那只麻雀一样飞起来了！我成了那只麻雀！我站在一棵高高的柿子树上，看到红叶丛中的我，正拧着眉，攒着劲，发出一声尖细的哭

叫……

　　五岁的土根拖着两条大鼻涕和破旧走过来了。破旧是土根家的狗。土根有两个姐姐，爱弟和想弟，意思很明白，土根要是女娃，保不准叫求弟了。土根的婆婆（即奶奶）把眼睛望瞎了总算望来个命根子样的男孙，本来打算叫金根的，请人一算，五行缺土，只好退而求次叫土根了，叫着叫着，觉得土根这名字也不错，土能生金嘛，而且，山里人也离不得土。可是这个名字，被大队书记韩成虎批评了，说两个姐姐爱弟想弟的重男轻女就算了，第三个再不能封建迷信，得取个革命些的名字。这会儿不是搞破四旧立四新吗？我们大队叫立新的有了好几个，那就叫破旧吧。婆婆可不答应，哼，你韩成虎有拥军、爱民两个儿子，儿子在你眼里自然不稀罕不金贵，咱老李家可是三代单传，我偷偷花两角钱请人起的名字，说什么也不能白瞎了。正好土根家老母狗下崽，把命下丢了，一窝四只狗崽也抛撒多半仅存了一只。隔些天，婆婆去韩成虎家报户口，说，韩书记还是给我孙娃儿登上李土根吧，我们喊他破旧，孙娃儿小不会应声，我家那狗娃子倒摇头摆尾地答应个不停——你看，我们总不能跟哑巴畜生争名字吧？韩成虎不好说什么，依了土根婆婆，破旧就成了一条狗的名字。

　　破旧和土根同岁，自从后山的望天清也上了学，土根就只剩下破旧这个玩伴了。爱弟想弟放学后第一件事，再也不是背着牵着弟弟逗他玩，她们得跟在大人身边一分一厘地挣工分。坎上的韩拥军韩爱民哥俩凶巴巴的，也不大搭理土根，还总是鼻涕虫长鼻涕虫短地叫他，土根一见他们就躲，更莫说找他玩。孤单的土根有时候待在家里，跟在忙碌的婆婆屁股后面捣一捣小乱，有时领着破旧去后山看姐姐上课。红叶小学在后山的娘娘庙，六个年级的二三十个学生娃挤在一起，吵吵嚷嚷的很是热闹。庙堂改成的教室没有窗户，只有前后两道门，土根在道场上玩累了，就趴在后门口等姐姐放学。但这天土根没去学校，因为队里所有的男人都去公社交粮食了，女人不用出工。难得婆婆和妈都在家，土根快活地跟破旧在屋前屋后疯跑。

这些都是土根和他妈也就是我的公婆后来讲给我听的，确不确实不重要，重要的是，土根破旧这一跑，就跑到岔路口了。不知是破旧的鼻子先嗅到了异常，还是土根先听到了我尖细的哭声，反正我看见了一张脏乎乎的脸，脸上两条巨大的鼻涕，正如两条青龙向我游来。当然，我当时没有嫌脏的概念，更不认得鼻涕，我因为这张脸的出现止住了哭声，仿佛担心哭声会吓跑了它。我后来想，如果当时看见的是一张狼的脸野猪的脸或者别的什么野兽的脸，会不会也不出声以示欢迎呢？还真难说！好在那时是土根的脸。

在青龙就要游到我的嘴边时，土根及时地吸了口气，硬生生将青龙收了回去。他伸出黑黑的手，惊喜地摸着我结了一层薄霜的脸，嘴里妹妹、妹妹地叫着。破旧也在一旁撒着欢，时不时汪汪两声。可是除此之外，土根不知道该怎么办。他显然抱不动我，又怕树枝划伤了我。而我此时最关心的，是更实际的问题。现在，停留在我脸上的五根手指头，是我最伟大的目标。求生的本能，使我费劲地扭过头。我的嘴唇努力朝着猎物挪移、靠近，终于，我吮吸到了一根手指头。

我的吮吸依然一无所获。但是，无意中我把我的寒冷我的饥饿告诉土根了，土根总算回过神来。

破旧，妹妹饿了，你看着妹妹，我回去拿饭！

不行破旧，妹妹在吃我的手，你回去！

不行，还是不行，破旧，你又没有手，怎么拿得来呢？

……

有了，破旧！你回去叫我妈！快点破旧！快去叫我妈！土根终于理出一条正确的思路。

我的记忆此时大约也被拉伸到了极限处，最终咔嚓一声中断了。

天恕说，也许是土根和他妈还有我妈老是提那天捡到我的情形，那个场景被他们讲电影一样讲熟了，我就幻想成自己看到的了。谁知道呢？可是如果是这样，小麻雀的翅膀、土根的鼻涕、我的寒冷与饥饿，这一切为什么会像底片一样清晰地存在我的脑海中？还有，我被土根妈抱回家，后来又转送给韩成虎、赵长芬夫妻的过程，我也是听过无数遍的，为什么却全无印象了呢？

土根妈被破旧咬着裤脚往外拉，起初吓坏了，以为儿子出了什么状况，来不及告诉去菜地的婆婆，心急火燎地随破旧往岔路口赶。当她看见红叶中的我，又是心疼又是着急：心疼的是这么小的孩子居然被狠心扔在霜冻天里，孩子的父母太没人性了；着急的是不知道我被丢弃了多久，饿坏没有、冻坏没有。她看见我的时候，我的脸呈微微的紫色，眼睛睁得大大的，不哭也不闹。没有过多的犹豫，她夸了一下儿子做得对，就果断地抱起了我……

土根家被我这个不速之客打破了原有的平静。

"二秀啊，打你进了老李家，妈可从没说过你半个不字，可这回，你糊涂哟！"晚上，婆婆背过三个孙子，开始训导媳妇。

"妈，这孩子不是叫我们给碰上了吗？就是破旧，当年病得只剩下一口气了，您也不是没舍得丢吗？何况现在是一个可怜的小孩儿！"媳妇赔着笑脸。

"那怎么可比！破旧它是一条狗，剩菜剩饭的对付一岁两岁的就能收益，山里人家看门护院的离得了狗吗？你说你捡回来个吃奶的娃儿，除了费工夫贴口粮，能落个什么好！"婆婆晓之以理。

"妈，娃儿长得实在乖巧，招人疼哩！您刚才也看见了，土根他们三姐弟都亲这个妹妹！"媳妇动之以情。

"小孩子家家的晓得什么？我们的家底，你还不清楚？大小六张嘴，就你男人一个硬劳力——妈不是说你不下力，妈晓得你干活也不输给男人，可队里哪回给你按男人的工分算过？这日子但凡好过一点，你们能叫爱弟想弟去挣工分吗？"婆婆不为所动。

"……那……那倒是，这年头也实在是难。可您说怎么办呢？娃儿我已经捡回来了，总不能又丢回去……"媳妇动了。

"唉！我看明天天不亮把娃儿悄悄送到渡口吧。那里去来人多，兴许还落到户好人家，随她的命一闯了。"婆婆其实也是慈悲之人。

"可万一没人领，江风大，还不把孩子吹坏了？"媳妇心戚戚。

"那就是她的命了。我看这丫头衣服被子都做得体面，不像穷户人家的娃，身上却除了她的生庚和一个手编的雀尕儿，一宗值钱的东西也没得——既然人家有钱的爹娘都狠得心，就怪不得我们了。"婆婆坦荡荡。

如果对话到此为止，我可能就是另一种命运了。但是这时，一直沉默不语的李大海发了话："妈，二秀，我看还是先打听打听有没有人家要娃娃的，莫急着扔了，人命关天哩。"

"我说大海，你少给我添乱！我看你脑壳还不如土根灵醒！现如今哪家不是比着赛生娃，哪家不是兄弟姐妹三五个？谁稀罕人家的骨肉？何况还是个丫头！"母亲兜头给儿子一顿臭骂。

"……"儿子把话咽了回去，把头也缩回去了。

"对了妈，大海这一说倒提醒了我！长芬妹子稀罕丫头！她说她家一屋子男人都是讨债鬼，她想女儿都想疯了。因为流产的三儿，她至今还恨着韩书记呢。"

"还真是！这倒是个正经主意！"

……

当晚三个大人商量的结果，最终决定了我的命运。赵长芬果然一眼相中了我，欢欢喜喜将我抱回了家，还给我取名路路——路边捡来的嘛。韩成虎虽然觉得名字取得随便了些，但对我显然也是喜欢的，就像赵长芬说的那样——拥军爱民两个讨债鬼长了那么大，没见过亲老子一个笑脸，这路边捡来个娃，倒把他稀罕得什么似的！土根婆婆对我讲这些事的时候，已经成了我的婆婆（即奶奶），她总会一边擦眼睛一边不停地说，这个结果，算得上阿弥陀佛了，路路不会怪婆婆

狠心吧？婆婆也是穷怕了哟！

我会怪吗？我问自己。那是些多么久远的事呢？对于我正过着的乱七八糟的日子，费尽心思设想出一千种不同的如果，除了更纠结更惆怅，又有别的什么意义呢？天恕不要我了，我嫁给了土根，怪与不怪，结果都是这一个。但是，为了内疚的婆婆，我不得不故意噘着嘴答，怎么不怪婆婆啊？婆婆如果再坚持一下，路路说不准就成了大户人家的千金了呢，太可惜了！婆婆接下来肯定会拧着我的脸骂，死丫头，想得美！你到周围团转打听一下，看还有没有比韩书记家门户还高的！我回敬婆婆是坐井观天，婆婆说，并我不坐天我也"管"不着，可婆婆晓得，我的孙子土根是对你最死心眼子的！

这话倒不假。那天得知我要被送给他的长芬幺幺，土根哪里肯依？土根打小就是个听话的"老好"，婆婆怕他太老实会受人欺负，甚至鼓励他调皮犯浑，土根却似乎一直难有"大爷家"意识。可是那一回，乖乖的土根破天荒第一次发了横，他咬了长芬幺幺的手，还把小脚的婆婆推倒在地，拼命地抓着我的被角不放，嘴里喊着，"是我的妹妹，不准抱走"，又哭又闹地整了好大一出，四个大人连哄带骗地劝了好半天，最后达成了我长大做他的媳妇的口头协议，方才罢休。

婆婆说，幸亏那天是把你送人，那要是悄悄扔了，土根还不得找我们拼命？你说怪不怪，土根那时才五岁哩，就认定你是他媳妇了！谁说我孙子笨呢？婆婆浑浊的老眼，黯然得像一面生了锈的镜子，但只要提到孙子，准会一下子光芒万丈。

2

这一切错误的源头，究竟出在哪里呢？是二十多年前的早晨我被土根捡到、被赵长芬领养的时候，还是玉兰幺幺发了疯，天恕被送到我家和我同吃我妈赵长芬的奶的时候？如果一切可以重来，我多么希望那个早晨我没有哭出声，土根没有发现我。或者就算发现了，大家也最终依了土根婆婆最初的心意，将我随便扔掉！那样，我的人生里就不会有天恕，不会有多多，更不会有这么多解不开的死结了。可是，生活中的如果是多么的无奈啊，今天的结果，如果有了之前千百个如果中的一个，就不可能是现在的样子了，然而，它就是现在这个样子，它就这样错误地存在着，令人绝望，却又不得不让人在绝望中活着……

天恕比我小半岁，他被土根妈送过来"抢"我的粮食的时候，才刚满月，而我那时六七个月了。我妈抱养我时，离她的三儿流产已经快一年，奶水也早就回了。为了给我喂奶，关医生用土方子给她发来了奶水。奶水似乎不多，我长到七八个月时，除了吃奶，每天还得加吃点稀饭、蛋糊之类的东西，天恕一来，奶水就更紧张了。为了节省粮食，山里的孩子吃奶往往可以吃到两三岁，直到弟弟妹妹出生为止，我妈当然也不愿过早给我断奶，却又不忍心让天恕挨饿，只好给两个孩子轮番喂。一开始，总是先喂天恕，想着他人小吃得少，可是，也许是经常闹饥荒吧，天恕的食量大得吓人，每次轮到我吃的时候，两个干瘪的奶子总是空空如也。妈妈就骂天恕饿佬鬼托生，再也不让他先吃一口，而是一边腿上一个，天恕躺着，我坐着，两个孩子同时吃，虽然也许都没吃饱，但也不至于总是其中一个挨饿。

我和天恕相比，不知道谁更不幸。天恕的妈妈陈玉兰生下天恕时一滴奶水也没有，急坏了天恕爹望祥和。听说黄牛岩下老虎嘴的黑鱼炖汤下奶好，身单力薄的祥和姨爹瞒着玉兰幺幺天天划着豌豆角去老虎嘴。这方子怪，黑鱼必须是新鲜的活鱼，要即杀即炖；黑鱼也怪，十里八滩的也就最险的老虎嘴有，而且暴雨前最多。祥和姨爹独自去了好多次，收获甚微，玉兰幺幺虽然有了奶，却少得可怜，天恕仍然饿得嗷嗷叫。这天，祥和姨爹又准备悄悄出渔，却被8岁的大儿子天清缠上了。

天清和我二哥爱民同岁，却没有二哥的淘气、痞气，不过也不似

土根的老实、木讷。他单薄的身子和清秀的面庞特别像他爹，读书的天分当然得益于他聪颖过人的妈妈。二秀姨妈老说，玉兰幺幺还在娘家就是鼎鼎有名的女秀才，莫说她和我妈两个文盲比不上，就是好多上过学堂的大爷，论识文断字，也未必是个对手。这话也许有些过分，玉兰幺幺生在地主之家，又是独女，儿时倒也上过几年私塾，一个乡下女人只念过书已经够稀罕，如果再稍稍聪慧一点，自然就更了不得了。不过，二秀姨妈压根不稀罕玉兰幺幺的识文断字，玉兰幺幺家后来被镇压了，地主抑郁而终，地主婆也一根绳子跟了去，要不是还有她们两个相好的姐妹死命护着，玉兰幺幺也许还活不到嫁人——读书有什么用呢？再说天清吧，多乖巧的一个娃！静悄悄的从不张张巴巴，书读得好，又懂事又孝顺，也还是给老天爷收了去——唉！读书有什么用！天清就是太会读书了，他要是憨点蠢点兴许有个活路！后来成了我公婆的二秀姨妈总是这样念叨，总是把天清一家的不幸归罪于读书。

打小，天清就喜欢听他爹的唢呐。渡口的豌豆角上，常常会有这样一幅画面：瘦瘦的男人坐在船头，一支唢呐吹得婉转悠扬；女人坐在船尾，手里做着针线，眼神迷离，偶尔会被针扎了指头，急慌慌地吮吸，偶尔也会和儿子低语几句；英俊的少年，时而安静地倚在母亲膝头，听父亲用唢呐吹他们学生都熟悉的《东方红》《洪湖水浪打浪》《北京的金山上》以及他们不熟悉的《杜十娘》，时而摊开他的课本轻声诵读。这优哉游哉的一家子就是天清一家。当然，我没见过天清和祥和姨爹，对玉兰幺幺也印象模糊，我就从大家的讲述中自己"提炼"出天清一家人的样子。有时候，我想象的双手，还会固执地牵着我，走进那个暴雨前的午后，走进那对父子：

天清，听话，好好在家照顾你妈和弟弟。

不，我也要去。

不行，你身子薄，又不会水，去了倒碍手碍脚。

我不会碍事。我会背鱼篓，会捡鱼，爹撒网的时候，我还可以划船。

不用划船，爹就在下头的太平溪撒几网就回来。

爹骗人。爹去老虎嘴了。

快莫瞎说。莫让你妈听到了！

我没瞎说。拥军和爱民都看见了，他们说爹是资本主义尾巴，迟早要让他们爹韩书记割掉。

天清放心，你成虎姨爹不会的。

我晓得，割也不怕。弟弟都要饿死了，我对他们说你们见过没得奶吃的资本家的儿子吗？他们就哑巴了。

祥和姨爹知道最终拗不过儿子，只好瞒着玉兰，带着儿子出发了……

老虎嘴，在峡江人的眼里，既是天堂，也是地狱。说它是天堂，是因为那里鱼虾肥美丰饶，像一个天然的聚宝盆；可它同时也是地狱，这里滩恶水急，凶险莫测，几乎每年都要收走一两个魂灵。大饥饿那年，我养父韩成虎的父母和他的大哥，都是为了一口之食而命丧老虎嘴的。寻常的日子，老虎嘴和其他江滩毫无二致，但是暴雨之前的老虎嘴，却是另一番景象，仿佛整个长江的鱼虾全都涌到了这里，成群结队的鱼儿赶集似的聚集在老虎嘴，一网撒下去，绝无落空的时候。对这么一个地狱般的天堂，峡江人是又爱又恨，可是我想，老虎嘴也只有这样，才能是永远的老虎嘴吧。

我不知道祥和姨爹带着儿子去老虎嘴的时候是不是犹豫过，但是瘦得一把骨头的玉兰幺幺和奄奄一息的天恕一定坚定了他必去的信念。何况，那是暑假的第一个暴雨天，那场暴雨，其实是祥和姨爹期待了好久的，他不能白白错过。他或许侥幸地想过，只要赶在暴雨前，捕到了足够的黑鱼，就马上回家，老虎嘴不会为难自己的。他不能眼睁睁看着孩子他妈一直那么瘦弱下去，不能忍受天恕因为饥饿揪心的哭号。可是，也许是暴雨来得太急，也许是黑鱼太多祥和姨爹一时太贪心，总之，那天晚上，玉兰幺幺再也没有等到丈夫和儿子回来。

还在坐月子的玉兰幺幺疯了。

她要么爬到黄牛岩的望夫石上去唱些不着调的歌，要么在破烂的豌豆角上一坐一整天，根本不记得家里有个嗷嗷待哺的天恕。

天恕成了有娘的孤儿。大海姨爹打掩护，二秀姨妈瞒着婆婆偷偷给玉兰幺幺送吃的，还抱着天恕走东串西地给他讨奶吃。看在天恕一家人恓惶的分上，大多数被讨吃的女人会抱过天恕，一边喂奶，一边唏嘘一番，但那个缺少食物的年头，人人自顾无暇，自家娃娃尚且难以喂养，谁会长期兼顾别人家的孩子呢？往往喂过一回两回，便再也不愿接过饥肠辘辘的天恕，所以天恕多数的时候，也还是饿着。

这边二秀姨妈拿天恕已经没了辙，而家里的情况也不妙，精明的婆婆发现了媳妇的"出轨"行为，虽然碍于媳妇和玉兰的姐妹之情没有直接阻拦，但是话里话外透出的埋怨，二秀姨妈是心知肚明的。

实在没有办法了，天恕便被送到了我妈这里。二秀姨妈直截了当地说，天恕的口粮全指望你了，玉兰妹子饥一餐饱一餐的，早没了丁点的奶水，四邻八乡的我腿也跑细了，哪里还讨得到？这样吧，你白天喂孩子吃，我晚上带他睡，咱代玉兰妹子拉扯天恕，好歹也不枉我们三个姊妹一场。这之前，天恕也在我妈这里讨过奶吃，但并非一日三餐，因为我的口粮也不够。再说，二秀姨妈觉得已经把我这个包袱扔给我妈了，再送个天恕过来，实在有些说不过去。

可是，我也不能眼看着玉兰的骨肉活活饿死呀，二秀姨妈最后这样说。

我妈虽然恶毒地骂天恕是饿死鬼托生的小崽子，是克爹克兄的魔王转世，但还是接过了天恕。我就晓得，你抱来抱去还是得"好事"我！二秀姐，天恕是最后一个啊，你要是再发善心可怜这个可怜那个，你自己养着，莫再拖累我。

晓得晓得。二秀姨妈头点得如捣蒜。

还有啊，记着我只收养了路路，天恕这个兔崽子，吃到断奶就滚蛋，我可不要再来个讨债鬼！我妈脾气火爆，爹和拥军、爱民哥哥都是她嘴里的讨债鬼。三个"讨债鬼"自然对我妈也没有好声气，但奇怪的是，除了两个哥哥对我不冷不热，爹妈倒是特别疼我，以至于如果不刻意提醒，我就基本忘了自己的弃婴身份。

我妈从此同时哺育我和天恕，二秀姨妈当然也尽她所能接济天恕和玉兰幺幺。那时的日子多难啊，爹就算是大队书记，家里也不是很宽裕，我妈和其他奶着孩子的妇女一样，常常将我背在背篓里出工，而天恕除了吃奶，就基本上在二秀姨妈的背上了。

土根天天来我家玩，也不躲我两个哥哥了，哪天来晚了，大哥二哥反而会惦记——当然不是良心发现对土根友善了，用他们的话说就是，那鼻涕虫怎么还不来照看特务？我和天恕在哥哥们的眼里，是一对来分他们家产的特务。特别是我，以后还要管他们的爹妈叫爹妈，很是讨厌。我妈倒宁愿让傻乎乎的土根照看我们，她说土根安分负责，不像两个讨债鬼，屁股尖尖的只惦记出去闯祸。

玉兰幺幺有时会想起天恕，二秀姨妈就赶紧将开始牙牙学语的天恕抱给她，还不厌其烦地教天恕叫玉兰妈妈。玉兰幺幺看着自己的儿子，目光温柔，面容亲切，嘴里还喃喃地叫着儿子的名字，但往往很突然地，天恕的名字会一下子变换成天清、祥和以及一些含混不清的字句，温柔的目光也随即消失不见，她一会儿手舞足蹈地傻笑，一会儿眼睛瞪得圆圆的，将天恕吓得哇哇大哭。二秀姨妈一边护着吓坏了的天恕，一边哄着玉兰幺幺，眼眶就湿了。后来，二秀姨妈就不怎么带天恕去看他妈妈了，天恕的心里，也拿我家和二秀姨妈家当自己的家，那个被自己叫作妈妈的玉兰，和他仿佛没什么关系。

玉兰幺幺除了看到天恕会瞪眼睛，还有一个会瞪眼睛的人，是我爹韩成虎，所以我爹看见玉兰幺幺总是躲得远远的，不敢去招惹她，免得她发起病来村里人都跟着遭殃。可是，没有人知道，能让玉兰幺幺发病的，还不止这些。那天，村里的柱子娶媳妇，玉兰幺幺听到熟悉的唢呐，突然吃吃地傻笑，嘴里叫着祥和、天清，一边手舞足蹈，一边往山上跑。没人在意疯子玉兰，二秀姨妈也因为在柱子家帮忙，一时疏忽了，第二天，二秀姨妈忙完了去给玉兰幺幺送吃的，才发现幺幺不见了踪影。我爹带着村人，分头去山上和河里找，最后在黄牛岩的望夫石下找到了玉兰幺幺血肉模糊的尸体。

3

天恕失去亲娘的时候四岁半，我五岁，那个季节，刚好是满山的红叶开得最艳丽的季节，与我被遗弃的那个早晨非常相似，而我的记忆在沉睡了五年之久以后，也在那个季节重新醒来。

我爹和乡亲们在祥和姨爹的旧坟旁边草草掩埋了玉兰幺幺。凄凄惶惶的新旧两座坟，惹得大人们无不落泪，二秀姨妈哭得一塌糊涂，眼泪鼻涕将前襟打湿了一大片，我妈眼睛红红的，劝着姨妈也像在劝自己，二秀姐哟，哭也没得用了哟！苦命的玉兰妹子哭也哭不回来了哟，她活着尽是受罪，走了倒省心了哟……大人们让头戴孝帕的天恕跪到他妈坟前磕头，天恕挣扎着不肯下跪，还掳下长长的白帕子，扔到二秀姨妈怀里，然后拉起我的手，钻出大人围成的圈子往山上跑。二秀姨妈又气又急地直着脖子喊天恕，我听到我爹说，算了，屁大的小孩，不讲究那些礼数了，让他们玩去，我们圆完坟也各自回家。

我懵懵懂懂地被天恕拉着，不知道他想干什么，但是腿脚却不由自主地跟随着他。我们跑啊跑，不顾我妈和二秀姨妈在身后嚷嚷着不准跑太远的警告，跑了好远，渐渐看不见山腰的大人们了。我们满头大汗地停下来喘气，天恕望着我忽然哈哈大笑，我也觉得天恕不肯给他妈下跪而在开满红叶的山上瞎跑十分有趣，正准备不管三七二十一跟着傻笑，却发现天恕原来是在笑我：因为被天恕拉着慌不择路，我的一只辫子被红叶挂散了，头绳不知所踪，另一只辫子无精打采地垂在耳边，额前的刘海被汗水粘成了一绺，脸上不知什么时候蹭了几道火纸灰的印子……我大概狼狈得像天恕死去的娘了。我急得哭了起来，不是因为披头散发像个疯子难为情，我着急的是我的新头绳，丢了它回去非挨骂不可——那可不是一般的头绳。

我的头绳其实就是两根红色的毛线，红叶的那种红色，我妈有一件这种毛线编的红毛衣。毛线在我们山里很少见，我妈说那是我爹当兵转业时从城里带回来，当作聘礼送给她的。我妈那时不会织毛衣，心灵手巧的玉兰幺幺教了她好久，我妈熬了无数个夜才赶在出嫁前织好了它。不知我妈原来穿过这件毛衣没有，反正我从没看见她穿过，打我看见这件毛衣第一回，它就闷闷不乐地和织剩下的核桃大的一个线团一起，被我妈锁在箱子里，也不知锁了多少年。我妈嘴里说毛衣颜色太打眼了不喜欢，其实我知道是舍不得穿。几天前我妈翻箱子，发现她的毛衣被虫子蛀了好几个洞，我看见我妈心疼得手都在发抖。我爹说这毛衣横竖是穿不成了，不如拆了给路路织一件……我爹话没说完我妈就把眼珠子一瞪，凶巴巴地说，路路才多大？改那么小一件不是要屈好多毛线？伤心得好像毛衣已经改成我的了。我妈不是土根婆婆那样小气的人，对我更是比对大哥二哥都好，她不想把毛衣改给我，只能证明我妈特别喜欢这件毛衣。剩下的那个毛线团倒还没让虫蛀，我妈本来要用它们去补毛衣的破洞，却发现那些破洞用手一摸，破得更大，根本没法补。我妈发了一会呆，最后一狠心，从线团上咔嚓给我剪下了两根红头绳。

我妈给我用红头绳扎辫子的时候，特意把辫梢留得长长的，就是怕头绳滑落了，还嘱咐我要时不时摸摸它，看它是不是还在头上，这下可好，不到三天，就丢了一根，这可怎么办呢？

天恕说路路莫哭了，我们回去找找，肯定丢不了。我使劲点点头，马上就放心了。我总是这样，觉得天恕像个无所不能的哥哥，遇到事情，不像我光会哭，也不像土根光会陪着我哭。天恕总会想到法子，虽然有时候他的法子根本不灵，但当他说他有法子的时候，我的害怕已经被赶跑了。所以天恩坚持不喊我姐姐而直接叫我路路时，我是毫无怨言的。

那天我们没有找到我的头绳，事实上是满山的红叶转移了我们的注意力。天恩把我另一根辫子也拆了，把头绳装到我的口袋里，说莫把这根也丢了，然后开始帮我找头绳。那根头绳藏的地方太隐秘了，简直像个躲猫的高手，我们把眼珠子都找疼了也没找到它。我垂头丧气地坐在一块大石头上生头绳的气的时候，天恩采了好些红叶枝来。天恩把几枝红叶做成了一个花环戴在我的头上，歪着头说，路路真好看。夏天的时候土根用柳条给我编过花环，天恩也想编，却够不着高高的柳树枝，我就扔了柳条花环，对天恩说讨厌的花环，讨厌的土根。其实我说讨厌的花环是安慰天恩的，但说讨厌的土根却是真的。我最讨厌土根媳妇媳妇地叫我，虽然他上二年级后就不再叫了；更讨厌他一放学就跟屁虫似的围着我，像个除了监督我不能玩这不能摸那就什么也不会的最没意思的大傻瓜。不过我妈说土根是我的救命恩人，是好哥哥，叫我长大要记得报恩，我虽然没想过以后怎么报恩，但也知道，土根的确不算坏人，他至少不会像我的大哥二哥一样，背过我爹我妈就冲我做鬼脸恶狠狠吓唬我，更不会因为我无理地冲他大喊大叫就不再理我。他就像忠心耿耿的破旧，我狠狠地踢它几脚，它虽然一脸委屈，一转眼又会对我摇头摆尾。

天恩编的红叶花环确实比土根的柳条花环好看多了。我还从来没见过有人用红叶做花环的，于是很快忘了找头绳的事，也兴致勃勃地动手去折红叶枝条。我和天恩无师自通地做了好多大大小小的花环，我们的脖子上、头上、胳膊上，挂满了自制的红叶饰品，等到再也没地方挂了，两个全身披挂的红叶娃娃就漫山遍野地疯跑。

我和天恩似乎就是在这红叶丛中奔跑着长大的。如果黄牛岩有记忆，它一张口，肯定会叫我们的名字。我甚至觉得，黄牛岩上的每一粒石子每一棵黄栌，峡江的每一个江滩每一朵浪花，也一定都认得我和天恕，我们是两个不幸的孤儿，却又幸运地结伴长大。

记不清我妈是从什么时候开始对我变了脸色的，只记得我和天恕拿了石头坪高中的入学通知书高高兴兴回家，换来的却是一瓢冷水。天恕是早料到他读不成了，大队（后来是村）给他入了五保，他的粮食虽然都直接划给了二秀姨妈家，但土根婆婆的白眼仍然让他感觉自己是个吃白食的。天恕说他上完了免费的小学，村里又出学费让他上完了初中，读不读高中他都知足了。

可是，以你的成绩，以后是可以考上大学的！

像我这样的孤儿，哪里敢想读大学的事？

要不我去跟二秀姨妈说说，她那么疼你，肯定会支持你读书的！

千万莫提！二秀姨妈跟我亲娘一样，你莫再让她作难了！你还不知道婆婆吗？再说，我能上初中，已经觉得赚了。倒是你，一定要说服你爹，你家又不是供不起！

我爹没说什么，是我妈死活不让读。

长芬姨妈不是最疼你吗？我记得小时候她常常夸你比哥哥聪明、读书好。

我也觉得这两年我妈没以前疼我了。可能是她生病的原因吧？

长芬姨妈整天粗声大气的能有什么病？

我也不知道，她现在动不动就躺着，又不肯过河看病，嘴里还骂人。大哥大嫂他们都被骂分家了，二哥说他要是娶了媳妇也分家，就连我爹也天天被她骂得灰头土脸的。

长芬姨妈也骂你了？

那倒没有。可是……我说不清楚……反正就是生分了，爱搭不理的。我是宁可她骂我几句。

那你再好好说说读高中的事，兴许她心情好了就同意了。

说不好了。我妈说我大哥二哥才小学毕业，大哥照样娶了媳妇成了家，二哥也在村里当上治保主任了，女娃子读那么多书是糟蹋钱。

唉！路路！都怪我们没得亲爹亲妈。

不，天恕，我有家，有疼我的爹妈。你不一样，你一定要读书。

我有一个大胆的计划，就是供天恕读书，高中、大学，只要天恕考得上，我就一直供他读下去，而且我相信天恕能考上大学。我还没有具体的思路，可是要实施这个计划的决心却是坚不可摧的。我想天恕是五保户，他的粮食暂时有保障，我只要凑够他的学费就够了。高中的学杂费贵是贵了点，通知书上有，一学期包括搭火费八十几块钱，但我想我可以上山挖黄姜、捉蜈蚣，可以去河里捕鱼、捞虾，总之会有办法。当然，我还想过到石头坪镇上找个洗碗、做保姆的活，可以天天看见天恕，不过那样的话就照顾不到我妈了，就先不考虑。还有，天恕读大学的事，也只有到时候再说。

我把这个计划告诉天恕时，天恕当然不同意，但他紧紧地拉了拉我的手。我立刻飞红了脸，手心也全是汗。我赶紧将没出息的双手抽出来，局促地别过脸去。我突然发现，不知不觉中，我和天恕，竟然没再拉过手！上次拉手，是什么时候的事呢？难道，这就是长大了？天恕显然也很不自在，他快速地说了句，路路，谢谢你，我也决定不读了，就飞快地跑回家去。

天恕一直在二秀姨妈家吃住，上初中后本来打算搬回家住的，一来他家年久失修住不成，二来爱弟想弟出嫁后，土根家房子还算宽裕，也就没有搬走。这个假期，我央求我爹找人给天恕修好了房子，我和二秀姨妈帮他简单地收拾了一下，天恕搬回了自己的家。

天恕，十五年了，第一次住在自己的屋檐下，什么感觉？话一出口，我立刻后悔了，真是哪壶不开提哪壶！

没想到天恕只是一瞬间的伤感，马上无所谓地说，没什么，可能，听不到土根放屁打鼾，会有点不习惯。

4

红叶村的人都说韩书记长得一表人才，能文能武，两个儿子却有点拿不出手，这话一点不假。大哥二哥无论是身材相貌还是脾气德性都毫无我爹的影子，两个哥哥一样的矮而敦实，一样的暴躁而跋扈，读书也是一样的鸡蛋大王，我妈有时心情不好会骂我爹：看看你的两个讨债鬼吧！我爹也不会客气：不消看得，模子在那里。就把我妈生生噎回去了。是的，哥哥们的长相德性都随我妈，特别是二哥的罗圈腿，走起路来，完全就是男人版本的我妈，我不知道我妈是不是不喜欢大哥二哥，在我的记忆中，我妈就没有好好地和他们说过一回话，反而对我比较和气，所以我有时会有些沾沾自喜，觉得自己是幸运的。不过，两个哥哥虽然也总是和我妈作对，但大是大非的问题，却不敢造多大的反，大概哥哥们也懂得，毕竟我妈魔高一丈，而且无论怎样，他们的亲娘是不会害他们的吧。

前几年大哥迷上了我们村的一个小寡妇，这在当时，简直就是丢了韩家八辈子脸的事。我妈一听到风声，十万火急地给我大哥在邻村物色了一个身家清白的姑娘小凤，大哥一开始不乐意，姑娘、媒人都约到家里了，他连面也不露，后来我妈跑到小寡妇家里，指着我大哥的鼻子说，你不落屋也行，妈成全你们，我回去就叫你爹把你户口下了，让你们合一家，一来遂了你们的心；二来老韩家也少个讨债鬼。吓得我大哥立马灰溜溜跟在我妈后面，小寡妇把嗓子哭哑了我哥也没敢回头。现在，小凤成了我的大嫂，这个起初低眉顺眼的姑娘，如今不仅把大哥收拾得服服帖帖，连我妈也偃旗息鼓，没有精力和她斗智斗勇了，最后大哥他们把家产分掉大半，另起炉灶，战争才算告一段落。

二哥连续几年去考兵，身体倒还健康，可是他的罗圈儿腿和身高怎么也通不过，也就死了心，在村里混了个治保主任。二哥似乎对我没有小时候那么凶了，或者那时本来只是大哥对我凶点二哥不过帮了帮腔而已。反正不知道从什么时候起，二哥开始关心起我了，我当然也渴望亲情，乐意被亲人关心。

二哥过河去了趟石头坪，给我扯回一块花布。

路路，送给你，叫黎裁缝给做件衣裳吧。二哥手里的花布，如同掉进过各种颜色的染缸，捞起来后又揉过几把，使得花布分不清底色，也看不出图案，只有大朵大朵的颜色杂乱而热闹地在上面扎堆。

我虽然不知道要拿这块如同洗岔了色的被面似的花布去做件什么样的衣裳，仍然高高兴兴、诚心诚意地对二哥说，谢谢二哥！真好看！

二哥两眼放光，温和地摸摸我的头问，喜不喜欢？有那么一瞬间，我幸福得恍然如梦：二哥不再对我吹胡子瞪眼睛，二哥还给我买了花布！喜欢！当然喜欢！我……话没说完，我的梦才仅仅起了个头，就一头跌醒了过来——二哥突然扑向我，在我毫无设防的情况下，将我紧紧抱住。我来不及叫喊，嘴巴已经被一张臭烘烘的大嘴堵住。惊骇万分的我一边躲避二哥吸盘似的嘴，一边拼命扭动身子想挣脱二哥，可是二哥粗短的胳膊像桶箍一样箍着我，我根本动弹不得。二哥喘着粗气，青蛙似的大嘴还在频频朝我脸上袭击，情急之下，我对着他的肩膀，用尽全身的力气咬了下去……

畜生！她是你妹妹呀！我爹盛怒之下，狠狠地扇了二哥一个嘴巴子。极度的惊恐本来使我忘了哭泣，但这个嘴巴，却一下子唤起了我委屈的泪水。恍惚之中，我竟有一个莫名的冲动，我想扑进我爹的怀里，像真正的女儿一样号啕大哭。这么多年，我以为自己已经融入了韩家成了韩家的一分子，却原来内心的无依、无助、不安全一直与我紧紧相随！

她不是我妹妹！谁不知道路路是捡来的？二哥肩膀还疼着，脸上又挨了重重一下，嘴里却并不服气。

捡来的也是妹妹！路路才多大？兔崽子就敢糟蹋她！我爹气得又

要抡巴掌，我妈发话了：闹够了没有？你们两爷子一个书记一个主任，要比武到村口去摆个擂台，那才好看呐！哼，多大个事！我妈这两年虽然由于生病总是有气无力的，但因为往日的威风，仍然说一不二，她一发话，我爹我哥都不吱声了。我有时觉得奇怪，我爹相貌堂堂的，又是村里最大的官，怎么就这么怵我妈呢？我爹爱我妈吗？凭良心说，我妈远没有我爹长得"可爱"，又大字不识几个，但看他们的状况，我爹好像除了偶尔会冷言冷语几句，倒并没占多大的上风，有时反而是我爹极力想巴结我妈，我妈却并不买账似的。

　　我看哪，男大当婚女大当嫁，爱民也到了娶亲的年纪，心里有个七七八八的想法也不奇怪。这样吧，妈明天放出话去，给你张罗张罗，天上的嫦娥咱三峡没有，可这十里八村的正经姑娘，还不多得跟河里的鱼似的？我妈一点也没有责怪二哥的意思。我心里虽然觉得就这样轻易放过了二哥有些不服气，但想想二哥是爹妈的亲儿子，我还能治他个死罪？再说，他除了弄我一脸恶心的口水，也没把我怎么样，就权当误吃了一只苍蝇吧，吐出来也就算了。

　　我不要你张罗，我就要娶路路！路路已经虚17了，我大嫂子过门时不也才18岁？没想到，我本来要饶了二哥，二哥却不放过我。我生怕糊涂的母亲认可了二哥的想法，马上斩钉截铁地说，韩爱民！我死都不会嫁给你的！

　　路路！怎么说话呢？你有这么金贵吗？我妈变了脸色，厉声说道。记忆中，这是我妈对我用过的最严厉的语气，严厉而且寒光闪闪，我感觉我的心脏一阵剧烈的刺痛。

　　妈！

　　长芬！

　　我和爹同时叫道。

　　不要打断我！爱民的婚事，我明天交给王媒婆去办！除了路路，哪家姑娘都行！路路呢，我也不指望享你的福了，你要是想嫁给土根，

那是遂了他们一家人的意，妈也不反对；你要是不愿意呢，也好，那就嫁得远远的，我眼不见心不烦。

我什么时候就成了让我妈眼见心烦的人了呢？难道我妈不但不责怪二哥反而因为我不愿嫁给他而生了气？如果是这样，我该怎么办？我不愿我妈伤心生气，更不愿嫁给我打小就畏惧的二哥，可是如果我妈当初收养我图的就是这个，那我岂不是没有别的路可走？

妈，您不要生气！我还小，我不想嫁人。我无力地哀求，我爹也附和着，是啊，路路还小，还要上学呢。

谁知不提上学还好，一提，我妈更不得了了，还上学？门都没有！我干脆修个龛子把她供起！我妈几乎是咆哮着。我不明白她为什么如此激动，突然，我感觉我妈一个趔趄，然后紧紧地抓住墙根。我赶紧跨过去，扶住我妈，焦急地问，妈，您怎么了？我妈稍稍定一定神，冷漠地推开我的手，丢下硬硬的一句，你早点嫁人妈就阿弥陀佛了，转身进了里屋。

这些天，我老想着我妈的话，也没有心思去实施我的挣钱计划了。天恕来找我说他的务农打算，我心不在焉地胡乱应着。天恕以为我是因为不能继续上学而不开心，也不知道该怎么安慰我，后来就好几天不来找我了。土根也来看过我，我没招呼他进屋，站在门口跟他说话。大海姨爹在渡口开渡船，土根跟着他爹学了好几年，如今快出师了。土根说，渡船不是他家的，他要出了师，才有工钱拿。我说你有没有工钱拿关我什么事。土根说，等我出了师，有了工钱，我就娶你。我说那你就一辈子不得出师，说完就把土根扔在门口，一个人进了屋。

二哥再没敢纠缠我，我妈果真开始给他张罗婚事了。我妈的话果然不错，二哥虽然又矮又罗圈，但冲着我家书记和主任的双重官衔，有意向的好姑娘还真不少，以至于二哥一圈亲相下来，竟拿不定主意该把这个珍贵的指标分给谁了。

我妈虽然没再提出嫁的事，却一直对我冷着一张脸。不过，二哥的婚事倒让我妈心情好了不少，有时吃着饭，我妈和二哥就会突然地谈论起某家姑娘来，气氛融洽得完全不像原来的母子。我暗自松了口气，愈发勤快地干活，洗衣做饭、采桑摘茶，不让自己有一刻的空闲，我想，只要二哥娶了媳妇，我妈就不会怨我了吧？

那天早饭后我独自去采茶，刚到坡里，下身有些异常，一小股热乎乎的东西涌出来，感觉湿湿黏黏的。我意识到我的初潮来了，我们初中《生理卫生》书上讲过，班上也有好些女生都有，我扔下背篓急急忙忙回了家。

还在门口，我就听到母亲的吼叫声和什么家什落地的声音。

……我再脏也没得那个妖精脏！狗日的杜鹃！挨千刀的杜鹃！

又来了不是？你自己生病关人家杜鹃什么事？

我呸！韩成虎你个王八蛋！你就护着这个妖精吧！

哪有的事！我的祖奶奶，你这病不能拖了！

哈哈哈哈……我拖死了你不是正好去找你那个妖精？十几年前，你为了这个妖精，狠心把我推倒，亲手杀了自己快临盆的孩子，打那时起我的身上该来的时候不来，不该来的时候又来了，如今，你倒嫌我脏！

唉！一提看病就说我嫌你脏！嚼不清白了！不都是八百年前的事了吗……再说，也没怎么的……

接着，我妈大概骂累了，声音低了下来，她一边嘤嘤地哭泣，一边断断续续地咒骂，砍脑壳的杜鹃，你人走了还弄个影子在这里……

我似懂非懂地僵在门口。怪不得我爹惧怕我妈，一定是那个叫杜鹃的和我爹有什么瓜葛。不过，影子又指的是什么呢？我困惑极了。下体又是一阵潮涌，这才想起回来的目的，可是，我忽然发现，我的初潮，来得多么不是时候。卫生纸我妈那里或许有，可没人给我准备卫生带，如果要买，得去十几里外的石头坪镇子上，因为村口的那个小卖部不一定有，而这该死的初潮，又不能像尿一样憋在肚子里，等

方便的时候再排出来。它根本不顾我的窘境，一阵紧似一阵地往外涌，也许用不了多久，它就会顺着我的大腿流下来了。我呆立在门口，完全不知道该走进去还是走出去。走进去，这个家里唯一可以帮我的是我妈，可是我才伤了她的心，她今天的心情又是这样恶劣，我哪里敢开口？走出去，我又能往哪里走呢？

我不知道怎么来到了二秀姨妈家门口，也许是她家离我家最近吧。土根和他爹早已出门，准备出坡的姨妈看见门口的我，满脸疑惑，没等她开口，我的眼泪就忍不住吧嗒吧嗒往下掉。二秀姨妈吓坏了，以为出了大事，等到我哽哽噎噎地告诉她怎么回事，姨妈赶紧找来干净的卫生纸叫我垫上。

你坐着别动啊，我先给你缝一个带子凑合着用，很快的。这长芬也是，孩子都这么大了，也不提前准备几个！唉，路路，你也莫怪你妈，生病的女人，苦啊！

姨妈，我妈到底得的什么病？她好像不肯看医生。

路路啊，你也大了，有些事是该给你说说，姨妈就告诉你吧。

那时，上山下乡的浪潮席卷全国，知识青年像雨水一样遍洒祖国的村村寨寨，偏僻的红叶村（当时改叫红叶大队）也迎来第一个也是唯一的一个女知青，二秀姨妈的故事，竟是从这个女知青杜鹃说起。

杜鹃被安排在大队卫生室上班。大队成立卫生室有几年了，刚开始那阵，红叶村还有两个土医生，一个是神神道道的像个江湖骗子的中医王圣先，就是绰号叫王神仙的那个，另一个是接生婆关医生。

王神仙刚上卫生室也风光过几天，每天白衣白帽地正襟危坐，无论谁去了，他都一律严肃地叫人伸手腕、吐舌头，然后用纸包些根根草草虫虫壳壳给病人，病人对神仙医生也还是恭敬的。岔子就出在望铁锤来找王神仙医骨折。望铁锤就是望瘸子，当年是村里最壮实的汉子，他五个孩子全是清一色的儿子。那时的老百姓除了贫穷是自己的，其他都是集体的，包括土地、粮油、天上的鸟、地上的兽、河里的鱼以及一切的一切。铁锤再怎么拼命挣工分，五个儿子仍然整天围着他喊饿，那天铁锤实在忍不住，去黄牛岩偷偷追了一只野兔，结果兔子没追着，把腿给摔折了。折了腿的铁锤是自己跛进卫生室的，被王神仙按在条椅上生拉硬拽地一折腾，却下不得地了，只能抬着回家。在家里躺了半年，铁锤成了再也站不稳当的瘸子。王神仙虽然后来糊弄铁锤说是他自己命恶，非得带个残疾才能保命，铁锤最后也因为王神仙答应抱养他快饿死的幺儿子，就只让王神仙退了五角五的药费了事，但王神仙的名声显然受了影响，红叶村大人孩子有个伤风咳嗽，宁可随便在山上扯把草药对付对付，也不找神仙了。实在不对付的，就直接去对河的公社卫生所。王神仙在卫生室枯坐了年把，混不下去，只好扯旗回了家。不过，这王神仙也是个享福的命，你说瘸子硬赖个儿子给他吧，他倒讨了大好了，就是那个王捡抱子，开农用车的，现在不得了，听说快成万元户了！捡抱子故意气他亲爹，给后老子把新屋也盖了，在红叶村算是扛了头牌。人家都说瘸子被神仙医坏了一条腿，还倒贴了一个儿子，瘸子也失悔得过不得。王神仙这两年干脆不种地，到石头坪摆摊算命去了，成了真神仙。他屋里的就是王媒婆，这两口子倒是绝配，都是靠嘴巴皮子糊弄人吃轻省饭的。

扯远了。杜鹃来的时候，卫生室就只剩下关医生了。关医生我当然认得，大大咧咧的一个身板结实的妇女，头发从未驯服，衣饰从未利落，如果不是熟悉的人，从后面看，很难看出她的性别，从前面看，又一定猜不出她的年龄。我小时候一直以为但凡医生就是她这样一副嘴脸，所以尽管关医生从未给我打过针，我对她却有一种天然的抵触。不过奇怪的是，关医生连我爹都敢骂，一张嘴比我妈还厉害，对我却特别和善，常常莫名其妙地将些零食塞在我手里，还用她邋遢的手摸我的头。二秀姨妈说，关医生只会接生不会瞧病，她老早就死了男人，接了一辈子生，自己却没得一男半女。她那两个孩子都是人家扔掉不

雀
尕
飞
QUE GA
FEI

要的，一个驼子姑娘，一个二百五儿子，关医生也懒得给他们取名字，就叫驼子和二百五，说人贱了取个贵重的名字也没得用。驼子人难看点，干活倒还利索，关医生接生时带上她，还能打打下手，二百五却糟糕得很，至今一桶水也难得打回来，他总是在换肩膀的时候把水重新担回娘娘泉边。

卫生室在红叶村多半的光景形同虚设，因为只有女人生孩子，人们才会想起有这么个所在。而村里的女人又根本不会上卫生室生孩子，往往一个口信，关医生就得屁颠屁颠地往产妇家跑。再说一个村一年也生不了几个孩子，所以关医生虽然被收编成正规军了，却难得正经坐回班，有事找她，不是出了坡，就是下了河。杜鹃来之前，除了驼子和二百五在跟前晃悠，卫生室比后山的娘娘庙都冷清——当然，后来娘娘庙被改成了红叶小学就不冷清了，这是后话。

杜鹃下乡的时候才十九岁，卫校还未读完，听说是因为继父要留自己的亲儿子在城里，才急着把杜鹃送到了红叶大队。这杜鹃姑娘初来乍到，似乎有什么心事，一副闷闷不乐的样子。当然，从城里来到乡下，没有人会高高兴兴的。不过，不高兴归不高兴，杜鹃做事倒也干净利索，三两天就把个腌腌臜臜的卫生室收拾得亮亮堂堂，还带着驼子把关医生家也拾掇了一遍。没事的时候，就教驼子查体温量血压什么的，驼子后来接了关医生的手，也有杜鹃的功劳呢。

杜鹃手脚勤快，言语不多，声音又好听又和气，模样儿比红叶村第一美人玉兰还耐看。二秀姨妈这样讲述的时候，我真后悔当初没有记住玉兰幺幺的模样。早知道她曾是红叶村第一美女，我怎么也应该不从疯子的角度多盯她几眼的。二秀姨妈还说，杜鹃不仅比玉兰幺幺好看，还多了一份城里人的洋气。

我想象不出杜鹃的样子，玉兰幺幺至少还有个轮廓在那里，我给她安上柳眉凤眼、朱唇皓齿，美丽的玉兰幺幺就若隐若现了。然而杜鹃究竟长什么模样呢？是书上说的昭君、贵妃，还是仙女、嫦娥？而洋气的城里人又是什么样子呢？我初中同学王宝红的妈据说是地地道道的宜昌市人，我倒见过几回，可她一点也不好看。如果硬要因为她曾是城里人就说她洋气的话，那我只能说洋气也不能算什么了不起的优点了。

二秀姨妈说，杜鹃穿着白白的医生服往卫生室那么一站，莫说大爷家们看不够，就是我们姑娘婆婆，也觉得好看！二秀姨妈嘴里好看的杜鹃和我妈嘴里的"砍脑壳"的妖精杜鹃，哪个才是她真正的面目呢？真的有这样的美人，可以像二秀姨妈说的那样，只要款款地往卫生室一坐，就能让没婆娘的男人们想入非非，让有婆娘的男人心猿意马么？二秀姨妈还说，那阵子，红叶大队的所有男人们都变得不正常，都变得娇贵了，日子穷得跟什么似的，还隔三岔五地要害个头痛脑热，隔三岔五地要请小杜医生听听心脏量量体温，也不吝啬那两分钱的挂号费了。

这也太玄了吧？第一次听一个长辈讲述男人女人这样的话题，我有些脸红心跳，但又仿佛有一种混沌初开的感觉。我越来越好奇杜鹃的模样，好看、洋气、狐狸精都是很模糊的词语，我非常地想知道她具体的身材相貌、她走路的样子以及说话的样子。不过糟糕的是，在我急切地想了解她一切的时候，我发觉我竟无法怀有鄙视、唾弃等种种我应该有的与我妈同一阵线、同仇敌忾的正当情绪，反而是荒唐得有些妒忌甚至是羡慕这个叫杜鹃的人了。

二秀姨妈见我不信，倒来了精神，她用一种近于小学生对毛主席的诚恳态度向我保证她的话千真万确，杜鹃那是真好看哩！就是你妈，一开始也是承认她好看的！要不，你爹能迷上她？

我爹真的迷上杜鹃了？看来，我妈那些难听的骂人话也不是空穴来风了。

可不是迷上了！你爹这个大队书记，自从杜鹃来了，简直成了脱产干部，有事无事往卫生室跑，后来人家但凡有事找韩书记，都不用

去大队部，去卫生室就行了。

这么说我妈骂人家杜鹃是没有道理的了，明明是我爹招惹的人家嘛。

你妈自然不是一开始就骂杜鹃的。其实，她原来也是个好脾气的女人，刚嫁给你爹时你爹一直嫌弃她，你妈那时想得宽，觉得男人是干部，只要不休了自己，大小事情忍一忍也就过去了，实在憋屈了就拿你两个哥出气，所以至今他们娘仨说不到一处。杜鹃来的时候，你妈肚子里刚怀了三儿，害得厉害，你两个哥哥又野又淘，你爹又总是惦记别人，可怜你妈只能忍气吞声，天天当什么也没发生似的派你两个哥哥去叫爹回家吃饭。

我忽然为自己之前的想法感到羞耻，我爹和杜鹃那么可恨，我竟然去羡慕杜鹃的好看；我妈那么可怜，而我刚刚差点要背叛她！

难道就没人管管我爹？他还是个干部呢，就不怕犯错误？

在红叶，你爹官最大，又是大伙自己选的，谁管得了他？再说，红叶也就你爹这么个能人了，那些年尽搞运动，周围哪个大队不是你整我我整你整得鸡飞狗跳？红叶亏得有你爹罩着，穷是穷点，却还太平。

那杜鹃对我爹什么态度呢？她不怕人家戳脊梁骨？她不知道自己破坏了人家的家庭吗？我有些激愤地问二秀姨妈。

她能有什么态度？你爹当过兵，是红叶村头一号进过城见过世面的人，红叶村数他长得最周正，官又最大，对这样的人她还能有什么态度？莫看杜鹃是城里人，她下了乡，同样归大队管。太平村的王宝红是你同学吧？她妈就是宜昌市知青，当年被大队主任王胡子强奸了不服，告到公社，结果王胡子是下了台，她自己也臭了，回城回不去，嫁人没人要，最后拿肚子里的孩子就是宝红逼着胡子娶了她了事。两口子吵起架来，王胡子总是说，你这个蠢婆娘要是不告状，现在也是主任夫人了；宝红妈也骂，当初要不是你卡了我的回城手续，宝红和宝国也不会生在这个山旮旯里——这种事，女人一般都是吃个哑巴亏算了，哪敢有多大个态度？我看杜鹃再怎么好看，也是不敢摆谱，除非她不怕挨整、不想回城。

宝红我当然认识，和我们初中同学，因为小学时一再地留级，所以是我们班上年龄最大的，加上她大眼睛，阔嘴巴，五官全部是大号的，更显得比大家都成熟。宝红人热情又泼辣，老爱缠着天恕给她讲作业，而当天恕认认真真教她的时候，她似乎又总是心不在焉，简简单单的题目，没个三五遍她一定不会点头。我不喜欢王宝红，有一回她当着好多人的面对我咋咋呼呼地说，哎呀呀，人家都说我是私伢子，其实我是有爹有妈的，韩路，我看你才是私伢子哦。声音大得，好像私伢子在她眼里是很光荣很值得广而告之的一件事。在红叶村，不知道是我爹的威信还是别的什么原因，从来没人当着我的面提及这个话题，我也几乎不去想自己来自哪里，父母是谁，而她却不顾一切地撕开了我心里的疮疤，然后跟没事人一样，弄得我恨不得钻进地缝里。我也是从那时起开始恨自己的亲生父母的。

二秀姨妈絮絮叨叨说着往事，我的立场却开始动摇了。当时的情形，怎么能全怪杜鹃呢？她又不是主动要当狐狸精的，更不是自愿投怀送抱的，如果我爹硬要迷上她，她也根本不敢不让我爹迷呀！

二秀姨妈摇摇头，一副觉得我十分可笑而又和我讲不清楚的样子：唉！一个巴掌能拍得响？路路，等你再大点，你就会明白，人的感情，不是一是一、二是二那么简单的事情。

姨妈的意思是说杜鹃也喜欢我爹？那我爹最后怎么没有娶她却还和我妈在一起？

你爹打没打算过退了你妈我不知道，那时退个婚可不容易。不过，反正你爹就是退了也没得戏，因为杜鹃回城结婚了。就在那年的年底，杜鹃来了大半年，头一次回沙洲市，正赶上春节，她后爹托人给她在沙洲市下面的一个什么县里说了个婆家，虽说是县城，不过男方有些来头，父亲是一个什么局的局长，神通大得很，不出一个月，不仅让

杜鹃跟他儿子结了婚，还顺顺溜溜地把杜鹃的户口也弄到了县城，据说还给杜鹃在县医院安排了工作。

那我爹这回该死了心，好好和我妈过日子了。

要是这样就好了！这杜鹃是真迷了你爹的心，自从你爹从公社知道她打了结婚证明，办好了回城手续，你爹跟掉了魂似的，整天抱个酒瓶子喝酒买醉，在卫生室一坐半天，有一回还拉着二百五一起喝，让二百五昏睡了三天。后来二百五一见你爹就躲，关医生一见你爹就骂。这么大个红叶村，也就关医生敢骂你爹几句。你妈眼看着快临盆了，除了我和你玉兰幺幺有时抽空去看看她，根本没人管。有一天，你爹一早又要出去，你妈说肚子痛得厉害，让你爹别走。可是，你爹哪里肯听，他说预产期不是还有几天吗，我不走你肚子就不疼了？女人生个孩子哪有那么娇气，又不是头一胎。他还说今天有重要的事情要做，年也早过完了，大队要重新招医生，说着脚已挪到了门口。你妈一听医生两个字，憋了好久的怨气终于像个雷管被点着了。她大叫着冲到门口，扯下你爹的军用包，对你爹又抓又咬。你妈挺个大肚子，个子又矮，被你爹一抡胳膊就抡到了一边，重重地撞在门框上，等到你妈看见脚边大摊的血，你爹早就抓起军用包不见了人影……

"你亲手杀了你自己的孩子！"我的耳边再一次响起我妈的控诉，当我的眼前反复晃动着那个天寒地冻的早晨我妈流产时的血腥场面，我的眼泪淹没了我对父亲的所有感情，我敬重的养父，怎么可以这样没有人性？

二秀姨妈抹着眼角接着说，知道你妈快生了，我几乎每天都要过去看看，可是过完年孩子们都上了学，大人事也多了，实在忙，就让土根过去，怕你妈万一发作了跟前没人，那天土根惊惊慌慌地跑回来，跑得比破旧还快，我就估摸着是不是生了，谁晓得……唉唉……足满足月的一个丫头啊，长得可像你爹！你妈后来只差把肠子哭断了！你爹醉醺醺回来的时候，已经是下午，关医生说要是我们再迟些叫她，只怕长芬母女俩一道走了。三儿还在你妈肚子里的时候，你爹从没疼过她，可是，她现在出来了，鼻子眼睛、胳膊腿儿都周周全全的，就是没了热气，你爹也后悔得打自己嘴巴子，拿头撞墙。打那时起，你爹才算收了心，可你妈却不依不饶，从此和你爹的脾气倒了个个儿。唉，不怪你妈，你爹这时才想起收心又能挽回什么呢？迟了！孩子回不来了，你妈也落下了病根！你妈流产后，关医生建议你妈去对河住院清宫，就是要把子宫里面弄干净。你爹倒也上心，可你妈说什么也不去，她听不得人家提医院、医生。这样犟来犟去的结果，是害了她自己。前些年还就是好事不规律，可这两年你妈告诉我，她身子压根就没有干净过了，人也流得浑身无力。你妈到了这步田地，还是犟着不去医院，你爹一提去看病，两个人必定会吵架。

原来如此。爸妈争吵的原因，我总算有些清楚了。只是，我妈最后说，杜鹃人走了，却弄个影子在这里是什么意思呢？难道我爹还保留着杜鹃的照片吗？

这个……路路，姨妈告诉你为什么，你可千万别责怪你妈。

为什么要责怪我妈呢？她吃了那么多苦，不一直是个可怜的人吗？不过姨妈放心，就算我妈有什么过分的地方，我也保证不责怪她！

那就好。那姨妈就告诉你吧：你妈说的那个影子，就是路路你呀！

什么？

你就是杜鹃的影子呀！你长得太像杜鹃了！小时候还没怎么觉得像，可这两年越长越像。

姨妈你骗我！

姨妈没有骗你。打小你妈最疼你，你也是知道的。可是，你长到十多岁，我们就觉得你像极了杜鹃，你妈没想到自己辛辛苦苦拉扯大的姑娘，长得却和仇人一个样，心里越来越憋屈。我也劝过你妈，让她莫钻牛角尖，人的长相是老天爷给的，自己哪作得了主，何况你那么懂事乖巧！可是又一想，这事换了我们，不也一样会堵得慌吗？

什么……我真有那么像杜鹃？我……杜鹃不是又洋气又好看吗？我哪有？

哈哈傻丫头，你肯定没杜鹃洋气也没杜鹃好看哩！你要是真和她一模一样了，你妈还不早把你剁吧剁吧喂黄鼠狼了？

那我可不明白了，我又不像她，凭什么硬拿我做她的影子？

谁说不像？像啊！你就是比杜鹃瘦点，这里平点，杜鹃腰细细的，这里却挺得老大老高。姨妈不顾我满脸通红，摸了下我刚刚开始发育的乳房比画着，那时没结婚的姑娘都把胸前绑得平平的，觉得大了羞，可人家杜鹃就是大得好看！你说怪吧，刚生完孩子的女人奶子也大，怎么就不觉得好看呢？还有杜鹃的那个白啊，没见过阳光似的，皮肤瓷嫩瓷嫩的，比小娃娃的屁股蛋子还嫩，你哪里比得？你看你晒得，比土根好不了多少了。杜鹃也比你洋气——这是自然的，人家在城市长大，城里的风吹也把她吹洋气了，她那一口城里话呀，说得跟电影上的人儿样好听。你嗓子倒还不错，可那口音，跑到哪里，人家都听得出是三峡人……

二秀姨妈还在不厌其烦地寻找我们的不同之处，我忽然觉得很沮丧，很委屈，我和杜鹃既然是这样的不堪一比，明明她是她，我是我，为什么我妈还要将她对杜鹃的怨恨转移到我身上？我是这么一个粗腰黑皮、不好看、不洋气、口音又重的土包子，为什么要被冤枉成一个狐狸精的影子？

不！我是韩路，是我自己，和影子没关系。我最后这样告诉自己，也决定向我妈这么证明自己。

5

我更加勤勉地干活，以前是因为不能嫁给二哥对我妈的内疚，但现在，我知道自己不必内疚，我妈的疏远并不是因为这个，而一切也都不是我的错。我的勤勉是为了向我妈证明，我一直就是被她疼爱着的原来的路路，不是什么人的影子。我也一直需要和渴望被我妈疼爱，或者，她只要用一种疼爱的眼光看着我就行了，不必具体去做什么，反正我就是不要我妈离我越来越远。我妈的冷淡再也不能阻挡我向她靠近，我抢着干活，给她熬补血的中药，在她一次又一次推开我的手之后，仍然不屈不挠地把手中的药碗递过去。我几乎撒着赖地帮她捶腿、捏脚，我在我妈板着脸对我说过我怎么讨好她也不可能让我去读书的话之后一点也不灰心，反而认真地告诉她，我早就不打算去读书了。

现在，我妈偶尔也会说，路路，休息会儿吧，忙了半天了。我会非常开心地答应，哎，就好了。我想我妈也在心中努力驱逐那个影子，这是好的征兆。不过，对我爹，却是越来越隔膜了。爹曾经是我的骄傲、荣耀和保护伞，我还暗自憧憬过长大后能嫁个像爹这么出色的男人，但是爹太令我失望了，他为了一个妖里妖气（这是我自己给杜鹃安的罪名）的女人，竟然连自己的孩子也不要了。我甚至推而广之觉得自己不能继续读书也是受爹的间接影响，这样的爹，我能给他好脸色吗？

我用了太多的精力去讨我妈的欢心，加上农村的活也实在太多了，仿佛永远也做不完似的，这还没到农忙就已经是"丢了扬权又是扫帚"，真不知农忙起来会是什么样子。爹和二哥时不时有事要去村里，家里除了耕田犁地、施药上肥、砍柴伐树等体力较重的活要指靠他们，其他相对较轻的采茶养蚕、喂猪喂鸡以及洗衣烧饭、缝缝补补的活儿原来几乎都是我妈的专利，现在我主动争取到了这项专利，自然不能有怨言。只是，这样一来我不仅无法实施帮助天恕挣学费的计划，好几回反而是天恕帮我。天恕家的地一直是二秀姨妈种着，天恕不上学的时候也像土根他们一样帮着二秀姨妈家做些力所能及的事，所以也不能总是帮我。天恕说等秋天二秀姨妈把粮食收了他把地要回来了，他才有了完全的自由。我虽然心里另有打算，却也一时不知说什么好。

土根倒来得勤了，几乎隔天就会来，因为他隔天就会收个早班。

不再管我理不理他，打声招呼就干活，见什么做什么，我催他回去，说小心婆婆骂，他瓮声瓮气地答声不得，仍低头忙他的。他帮得最多的是挑水，我们村大多数人家都在娘娘泉打水，娘娘泉的水清甜可口，四季不干，就是离家太远，还在后山娘娘庙旁边。土根有一次见我狼狈不堪地挑了半担水回来，就再也没让我家水缸空着过。这是我唯一乐意土根为我做的事。挑水本来归二哥管，可最近二哥总是在忙，就是闲着也不挑了，也许他认为我长大了理所当然轮到我挑了。我却最怕挑水，那个陡陡的下坡，总让我胆战心惊、腿肚子发凉，到了家桶里的水所剩无几倒是次要的，我最担心不小心摔坏了红漆水桶，那可是我妈的陪嫁。

日子就这么忙忙碌碌地过着，一晃，暑假就只剩下个尾巴了。天恕的学费依然没有着落，这可真是愁死了我。天恕倒不紧不忙，他说他先在家干两年农活，明年还捎带着喂几头猪什么的，攒点钱去学个农用车，或者去考兵，运气好的话，兴许可以在部队学车。

我是坚决不同意的。要在红叶村攒钱学艺，那还不知要攒到猴年马月。红叶村虽然依山傍水，景色不错，却是出了名的穷村。不是红叶村人懒，分田到户后人把吃奶的力气都恨不得使出来，实在是红叶村没有一块出庄稼的好地。红叶村的山上除了怪石，和怪石缝里一丛丛的黄栌，能开垦出来种农作物的土地非常有限，一块地也就鸡窝大小，窄得转不过身来，我们管它叫鸡窝田。鸡窝田里长麦子土豆，长苞谷红薯，但毕竟太小，长了粮食长不了棉花，顾了嘴顾不得身，想改成果园又不成规模，茶树和桑树都是稀稀落落的，到了秋季，对面坡上全是成熟的果子，绿叶丛中像挂满金黄金黄的小灯笼，只有红叶村漫山遍野的红叶开得热烈，过节似的好不喜庆，却顶不得饭吃。

在这块地上劳作了一辈子的农民尚且无力摆脱贫困，天恕单薄的身子又能干什么呢？养猪我也是不赞成的。我们这里，每逢年头四节、播种收割，或家里来了客人，桌上的主菜，全靠了猪身上的几块肉，所以家家户户都养着一头猪，年底杀了做成腊肉，以备来年之需，没有哪个山里人会花钱买人家的猪肉；而山外的肉贩也难得过江来收购，隔着那么远的山和水，交通又不便利，谁愿意做这赔本生意！

最后，好像只有当兵是条不错出路，我依然否决了——万一要考不上呢？

我把天恕弃学的后果看得那样悲观，全然忘了自己也即将放弃读书。那几天，我满脑子想着挣钱，实际上却一筹莫展。我一会儿埋怨暑假太短，一会儿又认为学校把学费定得太高，眼看着开学没几天了，别说八十块，我连八毛钱也拿不出。唉，原以为八十块钱不算多，哪知道挣钱这么难！只好等开学的时候，去给老师求求情，看能不能宽限两个月吧！我们初中时有好些家长就是这样先让孩子上着学，等收了粮食卖了钱再补学费的。不过，听说迟交学费得有大人担保，那可不好办了，谁愿意给个孤儿担保呢？也罢，天恕成绩那么好，老师也许愿意把书先赊给他读吧？唉唉，不想了，开学时再说吧！

路路，给。这天，我忙完一切，准备回房睡觉了，爹递给我一个纸包。

是什么？我满脸疑惑地看着爹。

打开看看。

我于是看到皱皱巴巴的一叠大团结。这么多钱？爹要我明天去买什么东西吗？

不是买东西的，你的学费。爹对我眨眨眼。

我不要。我不读书了。我像拿着个烫山药，赶紧把纸包还给爹了。

拿着，路路，爹知道你想读书。何况，哪有书记的女儿考上高中了读不起的？你就是考上大学，爹也供你！

谢谢爹，可我已经不想读了。谢谢说得很冷淡，却很自然，我想，这钱要是在我初潮的那天之前给我，我的感激该是多么发自内心啊。

路路怎么了？跟爹这么生分？是担心你妈不让读吧？不会的！放心吧路路，你妈那个刀子嘴你还不知道？你真去了学校她也不得把你

捉回来。

不是的，我就是不想读了。爹早点休息吧。

傻丫头，再倔爹可生气了啊！拿着，这两天赶快准备准备衣服行李，高中可是要寄宿的哟，你妈病着，得你自己张罗哩。

看着爹再次递过来的学费，我忽然一阵心酸，眼前这个我叫着爹的人，我虽然对他疙疙瘩瘩的，但他至少是关心我的。我妈虽然看着我窝心、不顺眼，现在也还试图重新接纳我。比起天恕，我是多么幸运啊！从小到大，天恕没有穿过一件像样的衣服，没有吃过一顿像样的饭菜，他在土根婆婆的白眼中长大，考上了高中，没有人向他祝贺，更没人给他提供资助，我虽然有心，却发现自己根本没有这个能力。想到这些，我忽然改变了主意。

这些钱真是给我的吗？

当然喽，你以为爹逗你玩呢。

好，那我收下。不过我会还给爹的。

说什么怪话呢？好好好，还我，路路长大挣钱了还我。

天恕拿着缴费单懵了：路路，不是陪你来报名吗？怎么填的是我的名字？

对了，就是你的名字。我们回去吧，你后天把被子行李搬过来就可以上课了！

你呢？

我不读了，我妈病得厉害，我要照顾她。

那怎么行？你把学费给了我，回头你爹还能饶你？

放心，这是我借我爹的！我以后会还给他。

天恕突然一把拉过我，把缴费单塞到我手上，着急地说，路路，赶快去叫老师把名字改了！

不！

天恕见我跟钉子一样一动不动，缓和了一下语气说，路路，我知道你是好心好意，可我真不想读高中了。我想回家挣钱学开车，你看我瘸子大爹那个送了人的小儿子，比我大不了几岁，小学没毕业，现在开车开成万元户了。

天恕，我知道你不稀罕当万元户，你喜欢读书！你作文上说过，你的理想是读大学，当科学家，你会成功的！

作文是作文，哪能当真？你不是也说你长大要当人类灵魂的工程师嘛，现在怎么也急着回去修补地球了？

我不都跟你说了吗？我妈病得厉害，我横竖是读不成。再说，我成绩没你好，读也是白读。你莫推了，拿着吧，我知道你想读书。

是的，我确实想读书，读高中、读大学，去北京、去上海，谁不想呢？我晓得你也想。可是，我现在的情况，哪里想得成？好，你帮我借了这学期的学费，下学期呢？还有，我拿什么还你？就算你借得了高中三年的学费，可读完高中，如果还是得回家种地，我干吗要浪费三年时间呢？

天恕机关枪似的扫射把我的犟劲也引出来了，我大声地说，你还没去读，怎么就知道是浪费时间呢？我既然能借到这学期的学费，你怎么就断定我借不来下学期和读大学的学费呢？你不是还没读到大学吗？我说我把钱借给你，我说过要你现在还了吗？

天恕不愿意接受我的帮助，我忽然觉得自己好委屈，眼泪就不听使唤地往下掉。钱我反正交了，你要不去读，就把这单子撕了算了。我把单子扔给天恕，转身跑出校园。

在门口，我碰到也来报名的王宝红，想不到平时成绩不怎么样的她居然也考上了高中。宝红热情地和我打着招呼，韩路，已经报了名了吧？真好，我们又可以在一起了。我胡乱地应着，幸好天热，汗水替我掩盖了脸上的泪水。望天恕呢？望天恕报名了没有？韩路，你看我的新裙子好不好看？宝红像个碎嘴婆，撵着我喋喋不休，仿佛她今天主要是来参加服装表演而不是来报名的。不过，我已经跑出多远了，我后背上的眼睛告诉我宝红一定提着她的新裙子嘬着嘴在那里跺脚。

　　天恕终于被我逼着上了高中，现在，我整天考虑的是怎样应付我爹的盘问。我肯定不能说给天恕报名了，也不能说钱弄丢了，我该撒个什么谎才能让爹相信我又不追究我呢？幸运的是，开学那几天，我爹忙着处理红叶小学韩老师的事，根本没注意到我。红叶小学唯一的老师韩易夫爷爷开学前去镇教育站领新课本，回来的时候没赶上大船，租了个小划子，不巧遇到江里涨水，韩老师连人带书掉进了江里。好在韩老师会点水，人被船家救上了岸，几十套书却全没了。韩老师后来回教育站，找站长想办法弄课本，站长白飞是个新来的年轻人，说课本都是有计划的，拿钱也买不到，还责怪韩老师做事不稳当。韩老师五十多了，在红叶村辈分高，我得叫爷爷，他从三十岁就在红叶村教书，一个人苦熬了几十年，虽然没培养出个大学生来，却也勤勤恳恳，任劳任怨，哪里受得了这样的重话？一气之下就撂了挑子。小学开不了学，我爹劝了这头劝那头，忙得焦头烂额，根本忘了我该去上学的事。
　　这天，爹很晚才回家，妈已经睡下，我一听见爹进院子的声音就躲到了睡房里。在堂屋乘凉的二哥问道，爹，还没弄妥？
　　哪里弄得妥？韩老师还是不肯去领书。
　　这韩老师也是偏，人家教育站已经劳神费力地把书弄齐了，他干吗死活不去领？翘什么尾巴！
　　也不能怪韩老师。他这回差点把命丢了，还没讨到句好话，寒了心哩。
　　易夫爷爷一个民办老师，水平也不见得高，寒了心又能怎么的？
　　话不能这么说，没得功劳有苦劳嘛。
　　那教育站怎么说？
　　白站长也烦了，说不领算了，换人！

啧，新站长还真绝情！

也怪你易夫爷爷运气不好。听说白站长原来是个大专生，靠女朋友父亲的关系好不容易分到了宜昌市教育局，本来前途是大的，谁知他椅子没坐稳就乱搞男女关系，被女朋友察觉了。女方没拿到具体证据，却也不肯罢休，盛怒之下把他贬到了我们这个穷乡镇。站长初来乍到，婚事黄了，前途毁了，胸口的气还堵着呢，你说你易夫爷爷可不是赶上啦？

哟！还有这么一出啊？那怎么好？易夫爷爷就这么回去了？

可不是？我们把梯子搭好了，他就不下来，有什么法子？唉，可怜他年年去考民转公，就是不得过，这回倒省了心了。

他半老不实的回家能做什么？划不来哟！

谁说不是呢？

那上面重派老师来？一个人唱独角戏的复式班，有公办老师肯来？

公办老师哪个愿意到这个鬼不生蛋的地方来哟！白站长让我们自己再招一个，要年轻的。我就估摸着天恕不是毕业在家了吗？这孩子听说成绩不错，也怪可怜的，我想让他去。

爹一说倒提醒了我。让天恕去何不让路路去呢？一年三四百块，比她在家种地轻省多了，离家也近。

我看你们两口子是巴不得把路路捆在家里当长工使吧！路路可比你出息，她还得上学……咦？这两天路路该在石头坪了呀，怎么还在家呢？你看我都忙黄昏了。路路，路路……

爹，什么事啊，我已经睡下了。我赶紧从门后面溜走，爬到床上，装作刚被惊醒的样子回答。

睡了也给我起来！你搞什么鬼？都开学两天了，怎么还在屋里？

看来今天是躲不过去了，我只好磨磨蹭蹭地走了出来。爹，我不读了。

你这个孩子！前两天不是答应得好好的吗？怎么又变了？

反正就是不读了。学费我会还给你的。

说什么呢？前言不搭后语的？你不读了又还什么学费？学费丢了？爹见我不吱声，以为我真是丢了学费，叹气说，唉，万一丢了就丢了吧，我再想办法凑给你！明天叫你二哥送你去学校。这孩子，什么时候变得这么不小心了？

不，我不去石头坪，爹让我明天去红叶小学吧。

我就这样成了二十几个孩子嘴里的老师，不过，不知道是因为我比他们有的大不了几岁，还是因为要区别原来的韩老师，他们竟异口同声地叫我路路老师。这个特别的称呼和这份意外的职业，稍稍抵消了不能读书的失落。我不仅可以每天回家照顾我妈，每年还有几百块钱的工资拿，虽然不是很阔气，但足够交天恕的学费，我已经心满意足了。还有，二嫂婆进了门，虽然对我妈说不上特别孝顺，但我妈看起来是舒心的，二哥也开心得天天咧个嘴巴笑，这让我安心不少。

土根第一回领到工资，给我买了块手表，女式的，样子不错，表我没收，不过土根紧张得居然也称我路路老师，差点让我笑出了眼泪。

天恕两周回来一次，我们骗二秀姨妈，天恕的学费学校都免了，二秀姨妈深信不疑，她做梦也不会想到是我在给他垫交。二秀姨妈本来是巴望着天恕早早初中毕业的，家里两个大男人多半时间在船上，经济上是宽裕点，可是一个女人，要里里外外地张罗，也委实太辛苦。眼看天恕已经16岁，长得还结实，干起农活来也有模有样了，心想着就快给自己搭把手了，谁知道这孩子竟也心气高，心思全不在地头上，只一个劲地会读书！二秀姨妈纵然在心里一百个反对，可毕竟天恕是可怜的，人家学校连学费也免了，还能说什么呢？罢了！也不过再挨个三年！所以每次天恕一回来，她总不顾婆婆铁青的脸，变着法子给天恕准备足够吃半个月的泡菜、咸菜。她有时和我目送天恕消失在去渡口的山道上，会突然茫然地自言自语，唉，跟他妈一样会读书，是好呢，还是不好呢？

　　天恕和其他学生一样，没钱去食堂打菜，两周的伙食，就是一小袋米和三两个玻璃瓶装好的辣椒酱、咸萝卜什么的。我也学会了做辣椒酱，做几种简单的咸菜，我妈知道我是做给天恕，倒比二嫂大方，一边叮嘱我炒咸萝卜多放一勺油，炒干梅菜放一点腊肉丁，一边又在嘴里狠狠地骂着：讨债的天恕，我们老韩家硬是欠你的！

　　有一回，天恕休完假回校的日子，因为帮我薅草，走迟了些，王宝红竟意外地来他家约他上学。宝红戴着一顶白色的太阳帽，太阳这时已经快落山了，她的帽子就显得像个奢侈品似的装模作样顶在头上，薄薄的粉红色的的确良连衣裙，被一根宽宽的带子分成上下两截，顺便提示着腰的部位。宝红的打扮是时髦的，不过，她的裙子显然撑得十分辛苦，因为无论是前胸两座硕大的山峰，还是后背那若隐若现的乳罩的勒痕，都在示人以痛苦。但宝红是快乐的，是无拘无束的，我想她的身高马大、肥美健硕也是拜她的无拘无束所赐吧。

　　我很奇怪宝红会来约天恕，去石头坪从太平村过河要近许多呢，靠岸就是镇子中心，从红叶村过去，下船还要走好几里路，而且太平村有两条渡船，红叶村一条，除非太平村两条船同时坏掉了，不然她这不是倒跑三十里吗？我还在疑惑，宝红已经半娇半嗔地责备天恕了，你怎么回事啊？最后一班船都快开了，你还在家里磨蹭！人家在渡口等你好半天了！

　　其实那天我是准备用豌豆角送天恕过河的，渡船每次过渡一毛，天恕虽然常年免票，但我只要有时间，又不是雨雪天的时候，我们总是自己划船过江。去的时候是天恕划，我再撑回来。我们往往在选择从哪里靠岸的问题上发生争执，我主张到下游的太平村靠岸，那里离学校近，天恕则坚持横渡过去就算了，他是担心我逆水回程太辛苦，不过争到最后，赢的总是我。

　　今天看样子是不必送了。我把沉甸甸的挎包递给天恕，他急慌慌

地往肩上一挂，跟我说声走了，就几步跨出了门外。回头看见宝红还坐在屋里，催促道，王宝红，怎么又不着急了？快走啊！真是，不是叫你莫再等我的吗？

我在天恕空荡荡的屋子里枯坐了半天。往常如果天恕坐渡船去学校，望着他转过山嘴，我会很快帮他收拾一下屋子就锁好门回家，可是那天，我在那里一直坐到天黑。我的心，像一直被一把刀扎着，不动，便忘了痛，但是现在有人使劲在刀柄上拍了一下，疼痛便有了知觉。为什么那个陪着天恕去上学的，不是我韩路呢？

我再也没有提过用豌豆角送天恕上学。

这年刚放暑假，也就是天恕读完高二的那个暑假，教育站传来消息：因为严重的生源不足，加上娘娘庙被划成了危房，红叶小学和其他两所小学将合并成一所完全小学。新小学已经在太平村动工了，预计明年春可以搬迁使用，届时将精简一部分教师。另外两所学校本来都是完全小学，一班一师，这样一合并，加上我，就等于多出了一多半的老师。也就是说，还有一学期，13个老师中就有7个要走人了。

消息是白站长亲自来娘娘庙告诉我的。白站长到过红叶村好多回，虽然每回都是为了学校的事，可他总是先找我爹和二哥两个村官，好像我这个唯一的老师倒很次要似的，所以这次来娘娘庙，我放下手中填成绩单的活儿，照例准备带白站长去我家。但站长说，他就找我，将我按在原来的凳子上，自己也拿个凳子挨着我坐下。

站长带来的消息让我忧心忡忡，这两年，我虽然取得了一些成绩，没让一个学龄儿童失学，毕业生的成绩也破天荒在镇里排上了名次，但站长说留下来的老师必将都是资历较老的老民办，我刚去不久，连民办也算不上，只是个代课老师，被辞退是理所当然的了。

一个学期之后，我就将重新成为一个农民。这回是要做回一个彻底的真正的农民了。这个消息来得太突然，让我有些难以接受。习惯了站在那个窄窄的不规范的讲台上，习惯了一群大大小小的孩子围着自己，我还有力量做回农民吗？我还有力量坚持到天恕读完大学吗？

韩老师，你要是愿意继续教书，我倒可以帮你！

帮我？我的眼睛里有一团火焰跳跃了一下，但随即熄灭——站长这是安慰我呢！怎么帮？凭什么？我摇摇头，在心里叹了口气：唉，农民就农民吧，红叶村祖祖辈辈的农民也不都过来了么？

怎么，不信？站长把手搭在我肩上，镜片后的眼神有些捉摸不定：我好歹是一站之长啊，要安排个把两个老师的本事还是有的！何况，你这两年表现不错，就是摆到桌面上也说得过去嘛。

真的？我真的还有机会继续教书？我依然半信半疑。

当然啦！我说有机会就有！你不但能继续教书，我还可以给你弄个函授的指标，以后说不定还能转正呢……站长搭在我肩上的手一用力，我就被一把拉进了他怀里，他一边在我身上乱摸一边得意地奸笑，不过……能不能转正，就要看你有没有造化嫁给我喽！

没想到看起来还正经的白站长是这么一副嘴脸！难怪每次去开会，那些女老师都讲他的坏话呢。我又羞又气地挣扎出来，搬起凳子挡在胸前：站长！您再说这样的话，我喊人啦！

哈哈！喊吧喊吧！别说这里几里路没人，有人我也不怕！喊了你可就只剩下嫁给我一条路啦！我高兴了娶了你还好，要是碰上更合适的不要你了，那你可就惨了！男人名声不好是本事，女人名声不好可就成狗屎啦……哈哈……

站长见我傻呆呆愣在那里，以为他的话起了作用，遂嬉皮笑脸夺下我手里的凳子，这就对啦，谈恋爱多浪漫的事啊，被你搞得这么紧张！见我恶心地扭过头，涎着脸打哈哈，哟，不好意思啦！路路我跟你说，和你谈恋爱，我亏大啦！我堂堂一个大学生、教育干部，像你这样的山里丫头，还不一抓一大把！人家上赶着还要我有工夫理人家呢！就是你呀，要不是你二哥见一回推销一回，还不一定轮得上考虑……站

长说到得意处，又开始不安分，双手竟要解我的上衣纽扣。

我忍无可忍地推开面前两只魔爪，挥手给了站长一记响亮的耳光。随着啪的一声脆响，站长厚厚的眼镜飞到了地上，镜片瞬间粉碎。

站长狼狈不堪地摸索起没有了镜片的眼镜框，气急败坏地威胁道：好好！韩路我告诉你！你不要敬酒不吃吃罚酒！妈的！不用等到明年，下学期你就不用上课了……

这个暑假，我妈的病也到了晚期。我妈像一个极度疲倦的人硬撑着赶了太久的路，好不容易到了目的地，体力却严重透支了。她急剧地瘦下去，很快虚弱得不能下床了，炎热的天气使她身上散发出阵阵恶臭，她的脾气也越来越坏。我不顾她的阻拦，把卫生室的医生请到了家里，我实在不忍心我妈就这么硬生生地被病痛折磨。

可是医生看过之后告诉我和我爹，我妈的病，不用仪器就可以断定没救了，她责怪我爹居然任由我妈将一个小小的炎症拖成了绝症。

我妈到底没有拖过那个夏天。当她的灵柩终于被一锹一锹的黄土掩埋，我忽然觉得自己在这个世界上一下子失去了所有的依靠。

6

初秋的一个周末，暑气还未褪尽，我和二嫂在地里掰苞谷，二哥负责挑回家。二嫂一边无精打采地掰下稀稀落落的苞谷棒子，一边发牢骚。二嫂刚刚嫁给二哥时还自我感觉良好，可最近总是牢骚满腹，她埋怨红叶村穷，周围好些村都开始富裕了，只有红叶村还在原地打转；埋怨红叶村地少不出东西，好不容易长点粮食不是让兔子刨了就是让野猪拱了；埋怨二哥除了当个不起作用的主任，什么本事也没有；埋怨大哥他们结婚早，把好处都占了，大哥结婚时爹出钱在村口给他们重新盖了房子，去年大嫂把房子腾出一半开了个小卖部，生意慢慢做起来了，小日子过得挺滋润，二嫂看着来气。本来，大嫂头胎生的是女儿，生了儿子的二嫂是有一种母凭子贵的优越感的，没想到大嫂第二胎也生出个儿子来，花也开了果也结了，如今还当上了神气的老板娘，一下子把二嫂比了下去，让二嫂这个主任娘子有说不出的憋屈。不过，两个嫂子明争暗斗，对我倒还和气。

二嫂埋怨到最后，就拿背上又沉又淘的牛牛出气，说要不是这小畜生绊住她，她早改了嫁云云。我就笑着接过二嫂身后的花背篓，摸摸牛牛的头逗他道，看来我们牛牛的功劳大哩，来，姑姑背。二嫂背上少了牛牛的折腾，语气就软和了些。路路啊，你以后嫁人可把眼睛擦亮了，千万莫找村干部！不是我说你二哥，他那个德性，屁本事没有还跟大爷一样，早知道村干部越来越不吃香，当初还不如找个泥瓦匠来事呢。

我的眼光掠过颓败的苞谷秆，偶尔会愣一愣神。嫁人？是的，按我们这里的算法，我已经虚19岁，完全到了谈婚论嫁的年龄，如果我妈还在，她也该给我张罗婚事了吧？我的潜意识里，嫁人还是非常遥远的事情，我还小呢——其实这两年，我不仅个头一下子蹿了老高，胸部也跟发酵的馒头一样鼓了起来，我试图用最小最紧的乳罩遏制它们的张扬，它们却顽强得犹如石头缝里的野草，哪里按压得住呢！恼火的是，它们还和我滚圆的臀部相互串通，遥相呼应，将我原本电线杆似的身体弄得凸凸凹凹，让人难为情极了。我知道，我已经长大了，可是，我就是愿意躲在"我还小"的谎言里不肯承认。土根扭扭捏捏地跟我提过几回处对象，都被我一口回绝了，并且蛮横地威胁他，不准再提这个事，更不准他把婆婆和爹妈搬出来提亲，否则我就永远不理他。土根最后走的时候讪讪地说，那现在不提，等天恕考上大学了再提，反正天恕高考只剩明年一学期了。我嘴里说关天恕什么事，心里却乱了。

我在等天恕吗？如果是，我有什么理由等他呢？就因为我给他交

了学费？不！那是我的心甘情愿，是我"上辈子欠他的"，我没想过让他还钱，也没想过要他用让我等他作为报答。更何况，天恕拿到学费也只说一定要好好读书，一定要报答我，具体也没说怎么报答。

然而如果不是在等他，我为什么对别人那样决绝？白站长那样的畜生就不说了，虽然他到底也没把我怎样，我去教育站开会时他还借故留下我，跟我说如果答应谈朋友呢，继续教书的承诺就还作数，但我最终也只是狠狠瞪了他一眼，连骂他的脏话都省了。可是土根呢？土根除了像他爹有点黑，人样子不算难看，有不错的工作，最重要的，是他对我一根筋的好，连关医生家的二百五都看得出，这样的人，我为什么连考虑都不用考虑就一口否决了呢？唉！我究竟想怎样，其实自己也不知道。我承认我是喜欢天恕的，他打小就不是那种很听话很循规蹈矩的孩子，就算他偶尔耍耍小聪明或者干点坏事，我依然没有办法不喜欢他，何况，他还那么英俊。在红叶村，除了我爹，可以用英俊形容的男人，恐怕就只有天恕了。我总觉得天恕身上有我爹的影子，不是具体的五官相像，而是某种神似，我有一回和二秀姨妈说起过，但二秀姨妈马上拉下脸，说我看天恕是王八对绿豆，怎么看怎么对眼，还说天恕像他妈玉兰，压根不像我爹。我暗自好笑，二秀姨妈一定是替土根生气哩。

我能感觉到，天恕也是喜欢我的，我只是不确定，天恕的喜欢和我的喜欢是不是同一种喜欢。我喜欢看到他，喜欢和他在一起，天天盼着他放假，而天恕每次放假回家，第一件事也总是来看我，边帮我干活，边和我讲他们学校的新鲜事。

有一回天恕很兴奋地告诉我，王宝红退学了。我有些意外，她虽然不是考大学的料，可已经到高三了，为什么不等毕业呢？天恕说宝红是要去宜昌市棉纺厂顶她舅舅的职，她舅舅是个机修工，不小心被电打死了，舅舅还没成家，本来她爹妈是想让她弟弟宝国顶的，但宝国不够年龄，就让她去了。

宝红命真好，他舅舅真可怜。

是啊，可你猜宝红妈怎么说？

说舅舅可怜呗。

才不是呢！说他横竖是死，怎么不在自己下乡之前死呢，这样宝红宝国一个也不会落在农村，自己也不会吃这么多年的苦了。

哦？她妈这么混账？

是啊，你看看宝红的德性就知道了。

宝红不好吗？又热情又时髦，还那么殷勤地陪你上学，豌豆角都闲成块废木头疙瘩了……

我们本来是有一搭没一搭地聊着，说到这里时天恕急了，他梗着脖子说是宝红自己要等他的，他躲就躲不赢。好了，这条蚂蟥现在甩脱了。

天恕能这么说，我是喜欢的，这是不是表示他在乎我呢？他这样常常来找我是出于对我的感激还是喜欢，或者还是仅仅只是因为他无处可去呢？我可不管，反正这样的时候，是我最快乐的时候，仿佛只有有了这么一天，之前和之后所有沉闷无趣的日子才不那么难挨。我也知道天恕一定会考上大学，一定会走出三峡山里，而我，不过将是个连小学代课老师就做不成的农民，他终归是不属于我的，可我不愿去想以后的事情。如果未来是愉快的，谁不愿意先憧憬一下呢？而我们注定没有未来，为什么要提前预支我的不快乐？不是还没到尘埃落定的时候吗？

牛牛在背上抓我的头发，还呜呜哇哇地叫着，我说牛牛是不是要尿了？二嫂接过牛牛，一把，果然尿了。二嫂嘻嘻哈哈地笑话我，明儿路路嫁了人生了娃娃，不用实习了，羞得我脸像块红布。

二嫂见我红了脸，越发来了兴，说晓得我和天恕好，还晓得二哥帮我跟白站长牵过线，不过依她的眼光，天恕不靠谱，姓白的也不过是想玩个新鲜，不一定攀得上。她倒觉得土根最合适，一家人宠着他，

德性却一点没被宠坏，工作也稳当，红叶村除了王捡抱子，只怕数土根家最殷实了，谁家姑娘嫁过去，一准得一大坨彩礼。

敢情二嫂急着让我嫁人，是想人家的彩礼呢！

死丫头！嫂子是为你好，倒落个不是了！

我记得嫂子嫁给我哥时，我们家的彩礼也是红叶村的头牌，可刚刚二嫂还说要改嫁来着，可见彩礼也不是什么牢靠的东西！

好你个不知好歹的东西！和嫂子抬杠啊？该不是已经和天恕那个过了？

我臊得直跺脚，不理二嫂，故意将手里的苞谷棒子重重地砸进箩筐。二嫂哪里肯罢休，索性把牛牛的花背篓往地头一墩，用两块大石头一塞，把我拉到田边坐下来。来来，我们歇会儿，就这上十担苞谷，还怕掰不完？反正你二哥一个人也挑不赢，咱姑嫂喝口茶说说话儿。

歇就歇。我接过二嫂喝剩的茶水，咕咕咚咚喝了几大口，抹抹嘴，坐到箩筐边撕苞谷衣子。

二嫂挤过来，不怀好意地用胳膊肘拐我的腰，哎哎，这里又没别人，跟嫂子说说，你们到底那个没那个过嘛！

二嫂怎么这样啊？

二嫂是关心你啊！你的终身大事二嫂不替你做主谁会管呢？妈不在了，大哥他们是分了家的不得管，再说，大嫂那个母老虎巴不得你一辈子不嫁人呢！她多会算账啊，你帮着带大了苗苗，现在又带壮壮，这么些年，你巴心巴肝地给她当丫头使，她连饭都不用管一顿，可不是讨了天大的好了？

都是侄儿侄女嘛，也没丢下工夫，就是顺便搭把手，多大的事呢？我不也带牛牛了吗？二嫂要是生二胎，我也还会带的。

牛牛跟壮壮苗苗可不一样！你吃住在我家，将来嫁人也是我们手头的事！我要能生，莫说二胎，三胎四胎你都该带——但是二嫂不是这号人，二嫂得为你打算！眼看着开过年你书也教不成了，还是早些嫁人是正经。

这话听着没错，可让人浑身不舒服，像吃了块尽是毛毛刺的鱼。嗯，不忙。我还不想嫁人。

说什么憨话！都十九了还不想嫁人，想做老姑娘啊？嫂子知道你心里挂着天恕，可不能啊。你想想，天恕将来要是考上大学了，有了城里户口，凭你是貌若天仙也不会要你呀！这要是考不上，就更没指望了！他一个寡孤溜垂的孤儿，除了三间破房子家里比大水打了都干净，还郎不郎秀不秀的，你跟到他喝西北风啊？

天恕哪里郎不郎秀不秀的了？他有手有脚的怎么就一定得喝西北风呢？我虽然无望嫁给天恕，却也听不得人家说三道四。

哟，心疼了？看样子路路已经是人家的人了哩。

嫂子！你莫瞎说嘛！我……我……我们只牵过手，什么也没做过！

嘴都没亲过？

没……没有！

哈哈哈哈，嫂子见我又羞又急，忽然哈哈大笑，最后竟笑得肚子疼，笑得流了泪。路路，你二哥和我打赌，说你还是个没启封的原装货，他跟姓白的也赌了，看来他赌赢了哩，哈哈，真可惜了你这颗好脸盘这副好身材哟……

你们真下作，真恶心！我把撕了一半衣子的苞谷扔到地上，怒气冲冲地罢了工，抬脚就走。二嫂本来追出几步想把我拉回去，牛牛在背篓里吓哭了，只好回头去哄牛牛，边哄边朝我喊：快回来，想把嫂子一个人累死啊？开玩笑哩，死丫头这么不经逗！

我头也没回一下，半道上碰见二哥，更是气呼呼不予理睬。我感觉自己像个猴子被耍了。刚才，我还真的以为二嫂是出于对我的关心，我差一点就要对她倾诉我的困惑和苦闷，却原来，他们只是拿我取乐。

天恕拿着入伍通知书找我时，我的气已经消了。毕竟二嫂还带个孩子，我这么一走了之也不是事，自我劝慰一番，便准备回苞谷地。

刚出门，却发现天恕正从岔路口朝我家跑来。

我一下子慌了神，才过去一周，还没到放假的日子，天恕怎么就回来了？会有什么事情吗？往常，知道天恕要回来，我总是先将自己收拾得整整齐齐，哪怕是在坡里干活，也尽量让自己干净利索，可是现在，我顾不得这么多了，看天恕急急忙忙的样子，像是有什么重大的事情呢。

原来天恕竟瞒着我考了兵。我虽然觉得天恕放弃高考有点可惜，可现在通知书都来了，木已成舟，说什么都晚了，况且，天恕真要是考上了大学，我还真不知道能不能帮他筹到学费，也就只有祝贺他了。

路路，你别难过，当兵是我从小的心愿，部队好啊，可以学车，考军校，提干，好机会多着呢，还不用花钱，不比读大学差。我知道这是天恕在使劲安慰我。有谁比我更知道一个喜欢读书的人放弃读书的滋味呢？我记得高中开学的那段时间，无论是醒着，还是在梦中，总觉得自己还没离开校园，在灰突突的娘娘庙，我常常忘了自己究竟是个小学老师还是高中学生。

你什么时候去考的？怎么都没听你说？我递给天恕一杯水。

去年偷偷考过一回，年龄不够没考上。天恕调皮地朝我吐吐舌头，还幸亏年龄不够，去年招的是炮兵，这个兵种转业回来不起作用；今年的正好是警务兵，有汽车班，我运气不赖吧？路路，你放心，我一定好好学汽车，以后就是不提干，转业回来也不怕了。天恕突然放下茶缸握住我的手，眼睛大胆地望着我。

我慌乱不已，这么近距离的注视，让我本能地垂下头。我想，我的头发肯定乱得像鸡窝，衣服也随便得不成样子，我的脸现在会不会比土根还黑呢？唉唉，天恕也真是的，这样的突然袭击，让人多紧张啊，一点自信也没有。不过，我又是多么的开心啊，我愿意这样被天恕握着、盯着，我虽然没敢迎着天恕的目光，但我能隐隐感觉天恕传达的情意，我甚至听到他的心在说，等我吧，路路！

等我吧，路路！原来不是我的感觉，是天恕实实在在的声音！我无法抗拒它们的诱惑，我的头在一点之下，眼泪便飞快地奔涌而出。天恕松开我的双手，突然捧起我的脸，没等我睁开眼睛，他的吻犹如疾风骤雨般落了下来，我的脸颊鼻子眼窝耳垂，到处落满了天恕乱七八糟的吻，最后，它们才笨拙地停留在我的嘴唇上。我有一瞬间的僵硬，一瞬间的恍然如梦，我全身战栗起来，像一台快散架的机器，感觉自己随时都会散落一地，双手便不由自主地环住了天恕的腰。天恕的脊背触电似的陡然一凛，身体向我紧贴过来，我就感觉腹部被硬硬地顶住了，起先还以为天恕口袋里装着什么东西，但见天恕忽然呼吸急促，疯狂的舌头顶开我的牙齿，毫无章法却又贪婪、顽强地吮吸、纠缠着，我突然意识到什么，一颗心顿时像要蹦出嗓子眼。此时，眩晕一定使我的脸颊发红、发烫，我感觉我的意识已经全部熄灭，只剩下不再僵硬的舌头，在热烈地回应天恕……

路路！路路！快去帮你嫂子！二哥的叫声其实还在门外好远，却如炸雷般惊天动地，吓得两个刚刚学会接吻的人儿如受惊的小鹿，慌慌地分开了。

哎，就去。我一边应着二哥，一边羞怯地整理衣服和头发，好像它们会泄露什么似的——其实它们还是原来的样子。

第三章　曾经沧海

1

孙厚德突然让我陪杨小小去医院堕胎。想不到这个衣冠楚楚的禽兽，糟蹋了小小，居然还是一副厚颜无耻的无辜表情：小小太主动太热情了，我实在拿她没办法！

我想斩钉截铁地一口回绝，坚决不去蹚这趟浑水，但是不知为什么面对孙厚德那双毋庸置疑的眼睛，我有些沮丧，我听见自己蚊子似的是非不分的声音：厂长，出了这种事，您就不怕我张扬出去？

我知道路路不会！小小也说只有你最让人放心。我惊讶于孙厚德嘴里自然而然的"路路"和"小小"，对于这声似乎过于亲近的称呼，没有受宠若惊的欢喜，倒有一丝被人混以杨小小之流的不快。去吧，医院我已经找好了，是个私人诊所，费用虽然高点，但绝对安全，绝对保密。

放松放松！叫什么叫？！既然只图个快活不打算要毛毛，先就采取个措施啊！穿着白大褂性别不明的医生一声冷漠似铁的叱喝，接着是一阵刀子剪子在金属盘子里阴森森的碰撞声，一下子镇住了鬼哭狼号的小小，也将我先前对小小的厌恶驱散了一些。

我下意识地摸了一下自己的腹部，仿佛觉得那些刀剪会冷不防戳到自己，我必须要牢牢提防一样。隔着薄薄的外衣，我知道我紧梆梆的小腹仍如少女般光滑平坦，只是，那些曾经的疼痛，突然潮水般向我涌来，恍惚之中，我已置身汹涌的老虎嘴，置身那场刻骨铭心的惊涛骇浪之中。我似乎又要变成麻雀……

我本来已经爬上了黄牛岩，我只要再登上尖尖的望夫石，闭眼一跳，就是不掉进江里喂鱼，也肯定被望夫石下的乱石堆扎死了。我的血流进江里，老虎嘴的鱼儿会更欢更肥吧？我的血洒在乱石堆上，红叶村的满山红叶会开得更艳更红吧？我在望夫石边坐了好久，一只觅食的麻雀起先怯生生地在我周围跳来跳去，后来大抵把我当成了这怪石堆里的另一块怪石，竟把它柔软的脚爪轻轻停落在我的肩膀上。小麻雀，你把我迎到了这个世界，今天，你是赶来给我送行的吗？

我把天恕的信展开，揉成一团，再展开，再揉，原本就不怎么挺括的信纸被我揉成了一把软塌塌的咸菜，我却始终只是流着泪，没有勇气再读第二遍。

我不能死在望夫石下。我眼前晃动着一个模糊的影子，那是天恕的疯子妈妈。人们像拖一条肮脏的死狗一样拖回血肉模糊的她，用一张破烂的草席卷了卷就埋掉了，我心里仅存的一点点自尊让我不愿变成这么难看的死鬼。再说，天恕的妈妈是随了丈夫和儿子的鬼魂而去的，她在这里是望夫、望子，我在这里是望谁呢？天恕不会回来了，他明明白白地告诉我，他再也不想回到这个鸟不拉屎的穷山沟，他痛恨山里贫穷得毫无希望又毫无尊严的生活，现在，他有了彻底离开这里的机会，他是不可能放弃的。是的，首长的女儿，一个骄傲的拥有一切的公主，对于一无所有的天恕来说，仅仅因为娶了她就可以留在部队

这一条理由就足够了，何况，她还那么漂亮，那么高贵，神仙一样的女孩啊，根本让人无法想到拒绝的理由……

天恕像扔一件破烂一样将我扔了，在信的末尾不忘慈悲大发，叮嘱我考虑考虑嫁给土根，因为"土根更爱你，也更适合你"！他叫我不用等他，更别去找他，说他还给土根写了信，已"郑重"地将我"托付"给了他。真是善良的人啊，真是土根的好兄弟啊！天恕是铁了心不要我了，并且办好了"移交"手续，我卑微廉价的爱情就这样被响锣鸣鼓地驱逐了，我就是死在这里又有什么用呢？望夫石不会收留一个遭人遗弃的鬼魂，我又何苦坚持将自己的来世站成一块石头、一个笑话？

我再一次攥紧手里咸菜样的信纸，仿佛要把它攥成一个信念。再展开，我的眼里已没有泪水。小麻雀早已不知所踪，只有千万张碎纸片在空中飞舞，仿佛是老天爷专门为黄牛岩赶制的一场告别的雪。我飞快地拨开那一簇簇红叶向山下跑去，此刻，我心中只有一个急念，去老虎嘴！去老虎嘴！

是的，无论老虎嘴要将我沉入它最黑最深的腹底，还是卷进万劫不复的激流一去不回，我都愿意！我愿意让老虎嘴汹涌的浪剥尽我满身的污浊，愿意把老虎嘴做我今生去往来世的渡口。

我是睁着眼跳下去的。初冬的江水，步态虽然稍稍持重，冰凉的寒气，却与我此时的心境极为合辙。两岸的红叶，惊鸿般在水中摇曳，像叹息，又像嘲笑。老虎嘴张着血盆大口，一下子将我吸进了它暗礁遍布的巨胃，不知是我的突然造访令它极不舒服，还是我谙熟水性的身子的条件反射，我感觉自己并没有顺理成章地窒息、昏迷，而是被一块礁石弹进一个摇篮一样的缓冲地带。我使劲憋气，拼命让身子往下沉，身上的棉袄却不肯吃水，鼓鼓囊囊像件救生衣浮在水面，那熟悉的江水，也仿佛下定了决心要和我作对，一起鼓着劲将我往上托举。我希望江水足够凉，最好能冻住我行尸一样的肉身，也冻住我悲伤的心灵，可是一阵激灵过后，我的头脑没有麻痹，反而更加清醒……我挣扎着，和"活神"作着马拉松式的斗争，后悔没有脱下棉袄，后悔没有在腿上绑一块石头，后悔没有从望夫石上跳下去，如今，这求死的路也竟变得如此漫长……

双腿开始痉挛，起先像搓草绳一样慢慢细细地捻，不紧不忙地拧，渐渐地，草绳越搓越快，越拧越紧，两条腿绞成麻花了，五脏六腑也绞成麻花了，痉挛却像个贪于给玩具上发条的顽童不肯停下手来。接着，足底似被谁猛然扎进一根长满倒刺的长钉，然后又恶作剧地向外一拉，一阵穿心而过的锐痛便弥漫全身。快了，鬼扯腿来了，这刑期，想是终于要结束了。江水在漫过头顶的一瞬间，仿佛得了谁的暗示，同时向我的耳朵、鼻子、嘴巴、眼睛发力，这要在平时，它们是丝毫伤不了喝江水长大的我的，在水下，我的眼耳口鼻就像天生有着一道堤坝，江水总是绕道而行，而今，无数股肆虐的水流穿墙凿壁而来，在我的咽喉汇成辣辣的一股，如同一条突然被丢进油锅里的黄鳝，拼了命直钻我的肺腑。心口像堵着一块磨盘，肺叶大概也要爆炸了。不要换气，不要换气！再坚持一会，让我再坚持一会吧！我的意识这时哪里还能够主宰我的身体？我大口大口地换气，江水也更肆无忌惮地向我袭击，不知道有多少水呛进喉管，只感觉僵硬发麻的双手还在间或挥舞挣扎，意识已开始朦胧，分不清此时的挣扎究竟是向着生还是向着死。然而，无论我的意识里是向生还是向死，都已经没有意义，此时，我身上的棉袄慢慢变得滞重，它不再和我较劲，正依着我最初的意愿，裹挟着我，缓缓向江底沉去。

我变成麻雀了，一只自由自在的麻雀。我不再留恋那满山的红叶，不再需要那些粗鄙的食粮了。

我飞过阴森森的老虎嘴。好多好多大鱼跃出水面要跟我走，我昂着头高傲地说你们回去吧，回到水那里去吧，那里才是你们的家，就像天空和流浪是我的家一样。突然想起自己曾经那么羡慕水里的鱼儿，甚至幻想过变成一尾鱼的幸福生活。哈哈，我再也不羡慕你们了，水

是你们一辈子的枷锁，你们就好好地戴着它吧！

我飞过不肯收留我的望夫石。那颗粗笨的石头杵在一堆乱石上，像个潦草的祭台上摆放着的一件诈尸还魂的牺牲，它面目狰狞，血迹斑斑，仔细一看，却是一张女人悲戚愁苦的脸。这是天恕妈妈的脸吗？幸而它不肯收留我！做这颗愚蠢丑陋的石头，还不如做一只一无所有一无所忧的麻雀呢！

我飞过云雾里的红叶。你是我心里仅存的美丽了，你年年把自己扮成艳丽的新娘，却年年走不出这穷困的村庄。真想带走你啊，如果我还能穿过云雾回来，那一定是为了看你……

我还在拼命飞呀飞，是谁说麻雀飞不高的？你看，我不是快摸到黄牛岩弯弯的犄角了吗？千山万壑不都在我的脚下了吗？飞起来的感觉真好啊！

如果一直一直飞下去就好了。偏偏有人在喊一个叫路路的熟悉名字。如果我听到这个名字不回头就好了。偏偏我回了一下头。我刚一回头，一对翅膀就被嚓嚓剪断了。我看见自己从云端往下极速跌落，黄牛岩一只犄角突然变成一柄寒光闪闪的利剑向我刺来，在炫目的光晕中，我吃力地睁大眼睛，泛着寒光的剑锋像吃了酵母似的在疯狂变粗、变大、变近……啪——轰——一声震天的巨响拖着一截沉闷的余音，谁抽掉了擎天柱，天掉了下来……

我觉得自己会在对河的石头坪镇医院醒来有些匪夷所思。我不是已经触摸到天堂的大门了吗？天不是像一口锅盖一样扣下来了吗？难道黑炭头的土根比天的本事还大？可是，你的本事再大又有什么用呢？你救得活我的人，救得活我的心吗？

嘭——让开！葡萄糖瓶子像颗很够意思的手榴弹，结实地撞在门框上，透明的身子完美地爆成了一朵响亮的花。这是身边最后扔得动的东西了，这之前，一碗冒着热气的鸡蛋面，一个三条腿的小马扎，床上的枕头，床下的痰盂，热水瓶、温度计……统统被我扔得个稀巴烂。土根死命扛着披头散发红眼赤脚的我往床上抱，我则尖叫着对他拳打脚踢，最后，我被土根粗壮的胳膊牢牢地困在床上动弹不得，一急之下，我对着他露在袖口外的一截手腕，狠狠咬了下去……

土根非但没有抽回他的胳膊，反而瓮声瓮气地说，咬吧路路，使劲咬，只要你解气！我本来打算速战速决，将他咬撤退就算了，谁知他却充起了好汉。好，使劲咬！这可是你说的！土根的好脾气激怒了我，我攥紧拳头，把力气全部逼到了上下颌骨，两排牙齿，顿时像两把尖利的钉耙，深深陷进土根粗黑的皮肉里。

我们的头离得很近，我从来没有这么近距离地看过土根。应该说，土根除了皮肤黑（如果这算缺点的话），他的五官还算过得去，用婆婆“浓眉大眼鼻直口方”的概括也不算太离谱，只是一颗头稍稍大了一码，显得有些傻气。

现在，这颗头又开始冒傻气了。我的嘴里已经有了又腥又咸的味道，土根的手腕八成被咬出了两排血窟窿，但这个顽固的家伙仍然一动不动地猫着腰，温柔地放任，不，简直是鼓励我撒野。我实在不想滥杀无辜，这真是个尴尬的时刻，挨打的没有讨饶，打人的巴掌倒抽不下去了。我正犹豫着还要不要继续发力，一个护士提着扫帚撮箕风风火火闯了进来，总算给我充当凶器的牙齿找了个撤退的台阶。

喂喂！我说你这个妹子闹够了没有？这里可是人民医院，不是你撒泼的地方！屋里一片狼藉，马脸的护士脸拉得像块黑鞋底，手里的扫帚把玻璃碴弄得滋啦啦响，窘得土根一个劲说对不起对不起，摔坏的东西我赔。

当然要赔！命是你媳妇自家的，她不要就算了，财产可都是国家的，哪怕弄坏个小棉球呢，也得照价赔偿！马脸厌恶地盯我一眼，凶巴巴地对土根吼道。

你……你说什么呢？你……你当医生的怎么能这么解劝病人？土

根急了，估计除了抗议护士对我的凶狠，还有对"媳妇"一说的无从辩解。

我……我怎么啦？马脸学着土根的结巴口气，"咚"的一声把破暖瓶壳子踢进撮箕，又把脏兮兮的枕头扔回床上。过日子哪有不碰到坎儿的时候，要是都像你媳妇动不动就要死要活，这一世界人还不都死绝了？我看哪，这都是你这个软柿子惯的！你也不必劝了，她真心要寻死，你救她九十九回，第一百回疏忽了还是等于零！她不想死呢，就别在这整钱了，赶紧办出院，回去好好养胎！

我被马脸一顿劈头盖脸的臭骂弄得大脑短了路，对于"养胎"之说更是一下子没转过筋来，土根慌里慌张推着她往外走，估计是怕她的刻薄更加激怒了我，马医生（她还真的姓马，只不过不是医生是个护士而已），麻烦你再喊王医生开瓶吊针过来，刚才那瓶才滴了一半呢！这里我来收拾！

不用了！王医生交代了，醒了就好了，你媳妇身体好着呢，喷嚏也不打一个，什么药也不用吃，把心病医好最要紧！

不用药怎么行？我在水里抓住她的时候，她一下子就昏过去了，我好半天才把她弄上岸，来你们这里又折腾了个把小时，她连眼皮都没睁一下，一直昏睡到现在才醒呢！土根急得不得了，疑心马脸假传圣旨，继续央求，马医生，还是麻烦你喊一声王医生来吧！

谁也不要来！我冲到门口，试图拉开门神一样的土根。

切！谁爱来！马脸冲我翻了翻白眼，刻薄地对土根说，我看哪，你媳妇肚子里的水是倒出来了，脑子又进水了！

你！你……太过分了！土根的脸憋得通红，到底没说出句狠话来。他一边重新将我弄回床上，一边乞求，路路听话！我求你了！

倒是马脸看不过，返回病房，多管闲事地数落我：真是的，两个月的身子了，这种天气在水里冻着玩儿！还好只呛了几口水，大人小孩都平安无事，算你们运气！这要碰上身体差的，落下个死不了活不好的毛病，够你这辈子悔的了！骂完，抬脚出门时，对我的"愤怒"

似乎还意犹未尽，又补充道，哼，逞什么英雄！有本事死，还没本事活吗？娃都有了！男人也忠厚，怎么就只有一条死路了……

我在脑子里飞快地梳理马脸的数落：娃都有了？两个月的身子？对了，身上好像是有好久没来了！这一阵，我是在幸福的云端里做着梦，然后被一棒子打进了地狱，我正经历着只有故事书里才有的大喜大悲的情节呢，哪里注意到了身上的变化？

不过，注意到了又怎么样呢？这个不声不响已经长在我身体里的孩子，在错误的时间摊上了一个错误的娘，注定是多余的、没有明天的。

好了！你都听见了，我不光身子不干净，肚子里还有了娃娃！我是个破烂货，坏女人，你都看到我的笑话了，你该放心让我死了吧！我恨恨地对土根放连珠炮。

不是的！路路！你是好女人！没人看你的笑话，我只要你好好活着！

出了这样的事，我还活得成吗？

别说傻话！等你精神好些了，我去部队找他，部队有纪律的，谅他也不敢不认账！他要是聪明就回头来给你认个错，等明年一转业就结婚；他敢再说跟人家结婚的混账话，我先要了那狗日的命，再跟他们领导说理，让他死了也是臭的！

哼！你把他五花大绑回来给我认错？那我该先磕头谢他还是谢你呢？我冷笑道，你到底明不明白？土根！到了这步田地，就算他肯要我，我还可能嫁给他吗？我的心已经死了，死了！

也许……也许他只是一时犯浑现在正后悔着哪，你就给个机会他改错吧！你们那么多年的感情，一下子哪里扯得断？

死了不就断了？

怎么就只想着死呢？千错万错，肚子里的娃娃没错……万一……万一你……你实在不想跟他了，我……我做娃……娃他爸……我会对你们好！土根吃力地结巴着，声音如蚊，我好不容易弄清了他的意思。

不——我声嘶力竭地咆哮，土根莫名其妙的善举，总是让我怒火万丈，他哪里懂得，被天恩抛弃已经够了，我不会愚蠢到还生下他的孩子，让这颗耻辱的种子一天天在自己身边长大，一天天折磨自己。

好！好！我们不要！土根吓得脸色大变，紧张地把我按回床上，替我掖好被角，等你身体养好了，就把娃处理了——只要你不寻死，怎么都好！

我就是要寻死！关你什么事？关你什么事啊？！呜呜……我绝望地捶打眼前的这个多管闲事的男人，终于放声大哭：我怎么活？呜呜……我该怎么活啊？你告诉我！自醒来之后，我一直暴跳如雷、情绪亢奋，现在像头用尽力气的困兽，终于体力透支，彻底崩溃了。

哭吧！哭一哭就好了！不怕！我陪着你，我们一起活！

2

土根把我的计划全盘打乱了。我像一台破烂的机器，如果直接报废，总还是以一台机器的名分死去的，可现在我被他生生拆成了散落一地的零件，再也收拾不成原来的样子。心灰意冷中，我连死都懒得去死了，就死人一样活着吧。

我只想快快拿掉肚子里的孩子，这是我唯一想为活着的自己做的一件事。我不能因为这个孩子的存在而时时恶心自己，不能让死水一样的心田泛起波澜。

和前面几个痛苦万状的女人不一样，我一副视死如归的神情走进治疗室让医生有些意外，不过，第一次看见那样的床，我也……实在有些意外。

肮脏的有个斜坡的窄床，铺着一张像盖满了不同年代邮戳已经看不出本来颜色的床单，床尾被锯掉了，使整个床看起来如同一个没有下半身的截瘫病人。不知谁别出心裁地把床尾修理成一个半圆的大洞，洞下放着一个巨大的垃圾桶，桶里满是血淋淋的棉球、纱条、卫生纸什么的，一望之下，胃里一阵翻涌，再也无法淡定。

还愣着干什么？上去！后面等着哩！医生伸了伸戴着白胶皮手套的惨白的手，因为捂着大口罩，吐词有些含混不清，但声音绝对跟铁一样冷漠。

上……上去？

不上去难道你想躺在地上刮？

不就是刮孩子吗？死都不怕还怕这个？我给自己鼓气，果然利索地爬到半截子床上。只是，床太短，我不知道该把腿放到哪里，医生背对着我在拿什么器械，好像背上长着眼睛似的指挥道：屁股对着桶，脚放到两边的架子上！

我这才注意，床尾两侧各有一个比床略高的架子。我按医生说的让我的屁股和脚各就各位，归放停当，才发觉这个姿势让人羞愤难当。我闭上眼，一个死去的灵魂，谈什么羞愤呢？

喂！你到底刮不刮啊？还不把裤子脱了！医生准备好了，一转身发现她的病人完全没弄清重点。

还要脱……裤子？

你这个人才有意思！不脱裤子你这肚里的肉疙瘩未必要从脚板里弄出来？

我的脑子顿时一片混乱，想也未想，一骨碌翻身下床，趿上鞋就往外跑。医生追出来气急败坏地问，14号到底做不做？不做下一个了！这一次字清句晰，估计她扯下了口罩。我拉着等在外面的土根边跑边回答，做你个头！我宁愿喝敌敌畏药死这块肉疙瘩！

为弄掉肚子里的肉疙瘩，我绞尽了脑汁。可是即使我绞尽了脑汁，仍然想不出有用的法子。我脑子里仅有的堕胎常识就是上医院看医生，这条路刚刚被自己彻底堵死了，如果非要那个样子堕胎，我宁愿再投一次老虎嘴。

　　土根也帮我想法子。可想而知的是，他既没有比我高明的脑袋，也没有比谁更丰富的经历，他能想到的，就是不断地问我，该怎么办呢？该怎么办呢？小时候，土根也常常是这个样子，明明是全心全意想帮忙，却一点忙也帮不上。他从小围着我转，叫了我好多年的媳妇，我的眼里却从来只有天恕，别说好好跟他讲话，只要不和天恕一起捉弄他就不错了。天恕上了高中，和土根碰面的时间多了，我也只拿他当一个每天免费给我家挑水的邻家哥哥，盘踞在心里的，仍然只有天恕。可是这次变故，却让我们的关系变得不可思议的密切。他救了我，我压根没有感激，只恨他破坏了我的计划，害得我要继续面对心灵和身体的诸多伤害，所以他的待遇不是救命恩人，而是一个犯下严重错误的罪人。可笑的是，如今我的全部不齿的秘密、屈辱以及刮宫、人流这种极其隐私的问题，竟然都是和这个脑子一点也不灵光的罪人一起在面对！不过，话说回来，虽然我从未爱过土根，这次变故还迁怒于他，但我知道，无论什么时候，无论我对他怎样，我相信他永远不会伤害我、出卖我，也许在我的潜意识里，土根有一种天然的安全感和亲人感吧。

　　我隐约记得在哪本书上看到过从前的女人用土法子堕胎的描写，好像是说吃一种什么土，连吃七天，吃法还挺讲究，必须找得道的高人求一神符，化了作药引子才有效。我既忘了那究竟是一种什么样的土，更无从去讨药引，而且据说那个方子是骗人的鬼把戏，所以想想也就作了罢。

　　我让土根独自到石头坪镇上的中药房，向老中医打听有没有有效的堕胎药。老中医老实不客气地训斥土根说，如今早不提倡孕妇在家里自行打胎了，你小子竟敢拿人命开玩笑！还奉劝土根，别在药店浪费时间了，没得哪个药店会赚你这份药钱，医院刮宫引产人流药流方法多的是，赶快让媳妇去医院处理才是正经，一番恐吓让土根落荒而逃。

土根佝偻着身子，在卖力地帮我刨红薯。婆婆高兴地叮嘱土根晚点回来，她见这几天土根和我走得近，还专门请了假陪我，以为孙子的婚事有门了呢——她哪里想得到，我们只是找机会在一起商量打胎的事呢！

　　二嫂见我们背着背篓扛着锄头双双出了门，喜欢得直往怀里拉要赶路的牛牛：哎呦，天天就只见着土根埋头往缸里挑水，这回总算该要打发媒婆来家了吧！

　　土根热得将棉袄扔在一边，只穿着爱弟刚刚给他织好的新毛衣，偶尔回头将一两个大个的红薯扔在我面前，黑脸上的汗水被太阳照得闪闪发亮。我有时正恍惚以为前面抢着锄头的人还是天恕，那黑亮的头一晃，才陡然回过神，想起肚子里的孩子，想起无数的烦恼。红薯不断地从土根的锄头下冒出来，一颗颗或圆或尖的果实袒露在翻开的地里，像无数新生婴儿粉嘟嘟的笑脸，我心烦意乱地将它们砸进背篓，仿佛只有它们撞在背篓上的那一声闷哼才能消释我眼前的烦乱。人啊，还不如这块鸡窝地哩，种与不种，收与不收，全是别人操心的事！

　　告诉我妈吧？我妈是过来人，她总比我们法子多，土根边干活边小心翼翼地征求我的意见。我白他一眼，马上否决了，身上这块肉，除了他，红叶村谁也不知道，我当然也不愿让更多的人知道。我妈幸好是不在了，她要是还活着，一定会为我这个伤风败俗的女儿感到羞愧；爹也许会原谅我，他一直对我比较宽容，但这样的事，我无法启口，就是启了口，他也帮不了我什么；两个哥哥我根本不打算告诉，嫂子们就更不用说了，他们除了看我的笑话，最热衷的就只能是比着赛将这个新闻散播出去。二秀姨妈也许是唯一可以求助的人了，可是，不到万不得已，我不想让她知道，她喜欢、疼爱的路路，是这样不自重的孩子。

　　那，我明天得上船了，只请了三天假。你先在家里好生待着，没

090

有万全的法子，千万不要胡来。

你上船好了。谁要你管来着？

要不，我叫大姐明天陪你？大姐大半年没来家了，这回你们好好说说话，小时候大姐可疼你哩。

我本来要说不要大姐陪，但猛然想起大姐曾经流产过一个孩子的事。那年，大姐回娘家拜年，我们一帮孩子也在土根家，一来是拜年；二来是向新婚不久的姐姐姐夫讨糖吃。我记得大姐只是在雪地摔了一跤，流了血，就被七手八脚抬去了医院，后来想弟悄悄告诉我，大姐怀了快两个月的娃娃没了。既然跌跤能跌掉娃娃，这么简单的事，我何不试试呢？土根却不以为然，开玩笑说老虎嘴那么高那么多石头都没把孩子蹦掉，这法子未必管用。

摔水里和摔地上是不一样的。起码摔地上疼。

万一孩子没掉，倒把你摔坏了，可怎么好？土根还当我是小孩子办家家酒一样说说而已。

肯定不会！我多结实啊，感冒都不敢欺负我，摔一下就摔坏了？难道我还不顶鸡蛋大的一坨肉经摔？我其实不知道那坨肉究竟有多大，管他呢？没有别的法子，我反正打定主意试一试了。

不行不行！你这一说我想起来了，我差点忘了大姐那次险些要了命，医生还吓唬弄不好再也怀不上娃了呢！

要命就要命，我不怕，怀不上娃更不怕。

又胡说呢！大姐那次流了产，止不住血，我们把她抬到石头坪，医生给她打了止血针，又开了刮宫的手术单子要姐夫签字，姐夫说血已经止了，娃也掉了，还手术个啥？我记得我妈逼着姐夫签了字，还从身上摸出300块钱来交给姐夫，说手术钱不能省，身上不弄干净，落下长芬姨妈那样的病，可害了爱弟一辈子！路路，如果是这样，咱何必遭两道罪呢？还是去医院吧！

不去不去。我被自己想出的点子激动着，下定决心要自己弄掉孩子。

跌跤多简单啊，怎么早没想到呢？说干就干，我推开已经装满红薯的背篓，任粉嘟嘟的笑脸滚落一地。我在田埂边找到一个制高点，决定就拿这个石头砌的坎当跳台。坎下面是道两米多深的沟，我深信肚里那条不该来的小生命会随着这一跳应声而去。我在心里默念，孩子，不是妈妈心狠，你跟着妈妈没有活路啊！还是早点投胎到别处吧！

我叮嘱土根，如果因为流血过多昏迷了，只能送我回家，要是擅自把我送进了医院，我醒了一定会自杀。土根着急得恨不得给我磕头，却又拿我无可奈何。

土根赶在我前面从石头坎上滑了下去，站在沟里对着我张开了手臂。

让开，别捣乱了！你让我跳你肩上啊？你干脆还给我安上降落伞吧！我见土根还犹豫着不肯挪窝，便打定主意，飞快地跑到坎子另一头，不等土根反应过来，就轰隆一声跳了下去……

路路！路路！土根连滚带爬地扑过来，慌乱地欲抱起跌坐在沟里不出声的我，吓得声音都变成了哭腔，路路，路路，你千万别有事啊……

呜呜——你走开！我推开虚惊一场的土根，放声大哭。这一头的坎子离沟不到两米，沟里残留着一小堆准备烧火粪用的枯草，跳下去的感觉像是在铺着厚棉絮的床上蹦高哩！可恶的土根，又害我白白受一回惊吓。

我不肯就此罢休，噌地爬到一棵高高的柿子树上。我有了经验，我攀着的那个枝丫离地起码三米，而且四周是乱石，摔下来肯定结结实实。还有，再也不能让脚先落地了，我的腿弹性很好，双脚落地的时候腹部一点不舒服的感觉都没有，这一回我要让屁股着地，狠狠地震动一下……我英勇地对土根喊，看我的！

路路！下来！下来！听到土根惊恐万状的叫喊，几乎同时，我也听到了头上响起一种让人头皮发麻的声音，抬眼望去，阳光下，两三粒黑影在摇晃的树梢间嗡嗡旋转，那令人不安的声音正是它们发出来

雀儿飞 QUE GA FEI

的。来不及辨认黑影的身份，只感觉瘆人的嗡嗡声以难以置信的速度在不断放大，黑影滚雪球一样越聚越多，瞬间集结成一股黑色的旋风，似有千军万马一起呐喊着朝下俯冲、朝我逼近！天哪，我居然没有看到，高高的树顶上，挑着一个脑袋大的葫芦包！无数大黄蜂如同黑压压开足马力的战斗机向入侵者包抄而来。

啊——我的胳膊一软，手一松，人就重重地掉了下来，双脚在落地的一瞬间，像是被一把锋利的刀飞快地斩断了，一阵短暂的剧痛之后，它们同时失去了知觉。

快起来！路路！我们赶快跑！

我的脚脖子断了！跑不动了！

我背你！土根不由分说，背起我就跑。可是，那些被激活的黄蜂，像一群红着眼睛的疯狗，紧紧追咬着我们。一只，两只，土根背着我和这些长着翅膀的魔鬼赛跑，我则缩着脖子双手胡乱挥舞。没跑出几步，手上已经有几处火辣辣的痛。我的手臂不够长，土根的脑袋又全部露在外面，他身上的痛肯定更多。

大团大团的黄蜂像扣在我们头上的乌云，眼看就要将我们淹没，我从土根的背上挣脱下来，一边打滚，一边推开土根，这么跑我们两个都是个死，你快跑吧，不要管我了！

抱着头！路路！你等我！

我不敢睁开眼睛，用胳膊护着头躲避黄蜂的袭击，听到土根离开的声音，心里略感安慰。好了，这里离土根家不远，他只要回到家里就安全了，至于我自己，土根回去后是一定会叫上人来救我的，结果会怎样，都不重要了……来不及想七想八，土根已经折转身，飞快地用一件棉衣包住了我，原来，他只是去取扔在田埂边的棉衣了。厚大的棉衣像一张温暖的大网把我的头和手牢牢包住，恐怖的嗡嗡声立即变得遥远而虚无。我坐在地上，隔着棉衣哭着催促土根，你快跑回去吧，你都被蜇坏了！

不，我背你回去！你身上也有伤，耽误不得！

我裹着棉衣不要紧了，你背着我跑不动……我话没说完，人已经到了土根背上，不，我们一起回去，我也用毛衣包着头了！

这段路其实没多远，我却感觉他跑了好久。确切地说，不是跑，而是摸索着走。土根浑身像打摆子一样抖得厉害，也难怪，他的棉袄包在我头上，毛衣包在他自己头上，上身就一件衬衣，冷和看不清路是自然的。土根哆嗦着说，路路，莫松手啊，我……脚底下……看不清，要是……摔倒了，你也……抓着……还要……使劲……喊人……

直到我们真的摔倒在岔路口，我才晓得，土根不是冷，是蜂毒发作了。

3

两天两夜，土根还没醒来，婆婆哭得昏死了好几回。

我的双手双脚肿得像馒头，浑身烧得跟炭火似的，神志倒还清醒。到处都痛，因为神志的清醒，疼痛就显得格外难以忍受。双手中了蜂毒，双脚扭了筋，唯独肚里的娃娃安然无恙，这个小东西，莫非是铁打的？

我坚持守在土根的床面前。土根的两眼肿得只剩下一道缝，睁开和闭上没什么区别，嘴上烧起了一大串燎泡，整个头肿得就像被烙铁烧过的年猪头，十个指头像十节新灌的香肠挤靠在一起，让人担心那绷得过于紧的皮肤，一吹就会破。两瓶醋涂抹完了，从村里奶着孩子的女人怀里挤来的一大茶缸奶也涂抹完了，一切知道的法子都使过了，土根仍只是发烧、昏睡。婆婆亲自打好一捆火纸，提着香，恭恭敬敬化给老李家的列祖列宗，末了，颤巍巍对天祈求：大慈大悲的菩萨啊，神通广大的神仙啊，求你们可怜可怜老李家，救救我的孙子土根吧！我孙子可还是个童儿身，一没娶妻，二没生子，你们可不能让我可怜的孙子白来这一遭啊！我老了，不中用了，你们就行行好，把我的阳寿，

折算给我孙子吧！我给你们磕头了……

村卫生室年轻的医生摇摇头，提着药箱和他的听诊器、血压计什么的走了。

二秀姨妈泪水涟涟地看着早已不出诊的关医生，关医生叹一口气，拍拍姨妈的肩膀：二妹子，我用过的法子都使遍了，节哀吧，今晚再不醒，怕是要走路了……

婆婆再一次晕过去了。二秀姨妈大叫一声"我的儿呀"，哭倒在土根床前。大海姨爹紧紧抱着昏死的娘，这个沉默的男人，第一次流了泪。爱弟和我也哭作一团……

没有人知道此时的我有多自责。这是多么善良的一家人啊！这家人，给过我太多的温暖、亲情，如果可以，我是真的愿意此刻躺在床上生命垂危的是我自己！可是，为什么是无辜的土根呢？如果你真的走了，我就是做鬼也不能原谅自己啊！我该怎么办？我要怎样才能赎我深重的罪啊？

这次醒来，婆婆一下子像老了好多岁，目光也呆呆的，让我想起风烛残年这个词。土根的长睡不醒，一下子击垮了这个温馨快乐的家。空气里流动着死亡的气息，让人不敢呼吸，只想逃离。但我注定是无处可逃了，我必须面对，必须为了土根为了自己做点什么。

婆婆！您不要太难过！土根他会醒过来的，一定会！因为他不是一个人啊，他有路路，还有路路肚子里的娃娃，他不会丢下这么多亲人，他一直是您听话的孙子啊！

我鼓起勇气说出这番话的时候，就在心里宣布了原来那个韩路的死刑。我决定生下肚子里的孩子，也决定替土根担起赡养父母和婆婆的责任。

土根到阎王殿门口转了一圈又回来了。

婆婆对着土根爷爷的灵牌不住地磕头，抹泪，责怪，你这不管事的老鬼头！光记得一个人在那边逍遥快活了！我还当真以为这些年白供你了哟！孙娃子遭了大罪，也不晓得拿个眼睛角角罩一罩！你呀！亏得是咱孙娃子如今太平了，要不你试试？你要再不显灵啊，看我不三脚两脚赶过来找你算账！

又一咬牙吩咐大海姨爹去我大哥的小卖部买了一万响的鞭炮，高高地挑在大门口，噼里啪啦放得比过年还热闹。

想弟嫁得远，土根病入膏肓的时候，家里请人带去病重的口信，想弟一家子着急似火地赶往娘家。在渡口，开船的换了船家本人，认识想弟的乡亲都只说快回去吧，再无言语，想弟也不敢多问；走到岔路口，听到震天的鞭炮，以为自家兄弟已经走了路，顿时腿脚绵软，浑身无力，好不容易被丈夫搀着挪到道场边，叫一声"土根，我的好弟弟呀"眼泪再也支撑不住，哗啦一声决了堤，声音也哽咽了。爱弟听到动静跑出来，拉着妹妹妹夫的手又哭又笑，颠来倒去就一句"好了，都好了"。想弟满脸疑惑中，母亲扶着婆婆迎了出来，叫过婆婆、母亲，顾不上让家人与丈夫儿子嘘寒问暖，就急急问道，土根呢？我弟弟土根呢？他究竟怎么样了？惹得婆婆冲着土根的卧房高声牢骚，你土根兄弟好着呢！在屋里和他媳妇亲热呢！这个没良心的，婆婆守了他三天三夜，肠子都哭断了，他醒过来就知道直着脖子喊路路，心里除了他媳妇儿路路，哪里还有别个？别说你们亲姊妹，就连我这个婆婆，就连他的个爹娘，都排到九天云外去了哟！说是埋怨，但那声音，分明在每句话的梢儿都转了个甜软的弯儿，像婆婆眉眼里荡漾着的笑纹：想弟呀，你这一趟迟早是得来！咱老李家祖坟冒青烟，双喜临门了哩！阎王爷不但放了土根，还给老李家捎带着好事来啦，你土根兄弟能哦！不声不响的媳妇孩子都有了，却捂得比腌菜坛子还紧实，这回要不是事情起得急路路自己招了，你那傻兄弟不晓得还要瞒我们到几时！

婆婆醋意十足的牢骚话我们全听见了，其实，我们哪里是在亲热

096

哟！家人忽然全部退了出去，就连我爹也被婆婆赶走了，我瘸着一双脚，留也不是，走又不能，只好硬着头皮和土根独处一室。不过，之前的谎扯得太大了，我也正急着要给土根解释。

对不起土根，我不是故意骗婆婆的！我实在不忍心婆婆伤心绝望，才编了那个瞎话。现在你病好了，那个瞎话不作数了……

那不是瞎话！你没听见我们一家人都拿它作了数吗？你没看见婆婆比谁都欢喜吗？嫁给我！路路，不要反悔好不好？不要让我空欢喜一场好不好？土根仗着自己刚刚大病初愈，说话比以往硬实了许多，也无赖了许多。

不不！你已经好了，用不着再骗婆婆了。土根见我只是摇头，急得刚退烧的脸又泛了红，如果你的决定是因为我病好了才不作数的，那我只有再……不等土根说完，我赶紧捂住他的嘴，替他"呸呸"两声，好像生怕这一咒，他真的会重新昏迷。

土根就势捉住我的手，轻轻把它们放在心口，我死了你愿意做我的媳妇，活着倒不愿意了！嫁给我，比嫁一个死鬼还难吗？

你不是好了吗？好了就只能说好了的话。我暗自挣扎了一下，四只手像是四只从油锅里捞出来的螃蟹，都那么臃肿而笨拙，但显然土根的"螃蟹"更大，两把大钳子夹得我动弹不得，挣扎也不过是徒劳。

好了我才能娶你、对你好！

那对你是不公平的。先不说肚里的孩子，不说身子干不干净，不说欺骗了婆婆，单是说我这心，对你也不公平呀！你也晓得，我这心，原来光装着天恕，现在虽然被掏空了，可一时半会，也放不进别的，或许它已经就破了烂了，一辈子也补不好了，任谁也装不了了！你说，我怎么能拿这样一颗心来腌臜你呢？土根，你人好，心好，该找个一心一意对你好的媳妇，生个你自己的骨肉，怎么着也不该被我耽搁了呀！

我早知道你的心，我不在乎！天恕不晓得疼它，我会的！把你的娃交给我吧！你身上掉下的肉，就是我的娃！把你的心也交给我！我愿意拿一辈子时间来补它，我土根虽然笨，但笨人总有笨人的法子，你相信我吧！我要是补好了，你还是不愿拿它装我，我也不怨你！反正，我的心里只装着你！

4

如果说土根二十年前从红叶丛中抱回我是个错误，这次从老虎嘴救下我，就是错上加错。事情的发展总是出乎我的意料，如果没有向婆婆招供怀孕的事，除了去死，我还可以厚着脸皮待在娘家，慢慢去想打胎的法子，可是现在，我不能死，不能打胎，不能再赖在娘屋里，只剩下嫁给土根一条路了。本来已经选择放弃生命的我，如今却不得不带着另一条生命，走进一场闹剧式的婚姻。

我极力主张省掉婚礼，打个结婚证算了，土根除了觉得委屈了我，倒也尊重我的意见。可是反对声四起，由不得我们是婚姻的主角。

首先婆婆这一关就过不了：哪个说的？婆婆盼了这么些年，熬了这么些年，你们以为婆婆图个什么！婆婆耳聋眼瞎牙掉光了，不是奔着孙子娶媳妇生娃娃这一天，实在没多大活头啦！打土根落地的那一天起，婆婆就盼呀盼，好不容易盼得孙子长大了，有媳妇了，不仅有媳妇了，连重孙子都好好地待孙媳妇肚里了，你们说，这婚礼能马虎吗？能盖个巴巴拿个本本作数？不行！咱老李家虽然不是大富大贵，却也是老门老户的规矩人家，婚丧嫁娶、迎来送往，一桩是一桩，一件是一件，祖宗定的路数，该怎么走怎么走，该走哪步走哪步！何况，土根这回没叫阎王爷收去，婆婆还要借机拜拜菩萨谢谢神呢，婆婆不亲眼看着你们穿红戴花拜了天地入了洞房，只怕死了也不得闭眼睛！

两个嫂子也是强烈抗议。大嫂骂她的死鬼公婆我的养母收养了一只喂不家的野麻雀、一头忘恩负义的白眼狼，这还没进婆家的门，就

雀
尕
飞
QUE GA FEI

098

把娘屋的情分忘得个一干二净了——说得好像我是携娘屋的款与人私奔了。二嫂也是不乐意的，不过话比较婉转：我的个苕妹子哟！娘屋巴巴地把你养了二十年，你就是啃娘屋里的草也该啃了几架山了，怎么能随随便便就跟人家走了？土根那个家底，不说跟娘屋搭回个金山银山，不说把二哥二嫂供你这些年的茶饭钱换回来，你好歹要个三五大几千的，二嫂也好给你张罗一套拿得出手的嫁妆，省得你往后看婆家人的脸色！妈走得早，嫂子可是拿你当亲妹子疼的哟！

爹也是一百个不同意：路路啊，嫁人可是一辈子的大事，有哪个女儿家不想做回新姑娘的？你虽然不是爹的亲生姑娘，可爹心里，你比爹的两个亲儿子要亲！你两个哥哥，一个比一个蠢，却一个比一个私心大，尽打着讨好不出力的算盘，爹妈在他们心里，不过是理所当然的债主！只有你，从小听话、懂事，知道心疼人，没让爹操过心。这要出门了，爹舍不得啊！好在就在跟前，土根也是难得的好孩子，爹打心眼里舒坦！别说你婆家已经放出下六千块聘礼的话了，就是分文没有，爹也得让咱丫头嫁得风风光光、体体面面的，绝不会让你跟张手续不声不响地就过去了！

爹亲自去石头坪镇上，请来一班最好的木匠，用藏了几十年的杉木，给我打了一套最时新的组合家具；又请镇上的弹花匠，赶制了四垫四盖厚薄不一的八床花套。最让嫂子们眼红的是，爹还去县城给我买了一台21英寸的彩色电视机，一下子花去三千多块，这在黑白电视机就不怎么普及的大山里，确实算得上是风光无限。当然，彩电在山里信号不好，纯粹是个聋子的耳朵一件摆设，那又另当别论。

那些天家里忙得热火朝天，木匠走了来漆匠，漆匠一进门，又请来了弹花匠。漆匠在堂屋里摆起了方阵，弹花匠则在宽宽的道场搭起了一个临时的棚子，爹安排守杂货店的大嫂关了店门，和二嫂一起在家里帮忙张罗，自己拿着列了自行车、收录机、被子蚊帐、床单枕头、脸盆痰盂等一应物件的清单，和大哥二哥去了石头坪百货商场。

唉，真是有福的不用忙，无福的忙断肠！两个嫂子一见面，总是这样感叹。嫂子们除了各分到一大包喜糖和喜烟喜酒之外，下聘的茶礼钱一毛也没得到，这使她们的情绪发生了很大波动。最初恨铁不成钢的惋惜已经不复存在，取而代之的是对我这个捡来的孩子喧宾夺主的妒忌。她们极不情愿地给匠人们打着下手——她们一个嫌给漆匠打下手熏眼睛，一个嫌给弹花匠打下手呛喉咙，匠人们也似乎嫌她们帮不上忙反倒碍手碍脚，所以到后来，她们干脆做了甩手掌柜，远远地袖着手倚在堂屋和道场之间的大门口屋檐下大声地拉着家常，偶尔瞟一眼忙碌的匠人，偶尔吼一声或警告一下牛牛、壮壮两个闹过了头的小兄弟。

我在厨房里张罗一日三餐，估计时时被扯进嫂子们的话头里，这不，大嫂正举着的"奉子成婚"的例子，就好像是专门讲给我听的。我其时刚好在揪几颗挂在门口蒜辫子上的大蒜，大嫂不失时机地在梆梆的弹花声中亮开了嗓子：这样的事情在男方呢，算不得什么喜事，这婆娘没娶进门，谁能保证奉的是自己的骨肉？你偷得人家就偷得！男人偷过一两回腥被讹上的多的是；在女方，就更有些丢脸啦，未婚先孕，简直和那些被捉了奸要关进猪笼沉江的下贱女人没什么两样！所以啊，臭虫那个婚结得，简直比砍头示众还丢人现眼……哦，哦，要大蒜啊，你吱个声，我们顺手扯两个送去嘛！大嫂的广播恰到好处，故事说完，我的大蒜也到了手。二嫂大概觉得有些过分，便干咳两声，岔开大嫂的话问我灶上要不要帮忙，说她们在这里插不上手，闲得发慌。我说不用，两个嫂子平常各忙各的难得在一起说说话，就多说会儿吧，火笼屋里泡着茶，口水讲干了，进去喝着茶烤着火接着讲。转身进了厨房。也许是我的并没有依她们的意思羞愧得无地自容的无动于衷的表情让她们失望了吧，她们丢下一身油彩的漆匠和挂满棉绒像被蜘蛛丝网住的弹花匠，意犹未尽地跟我到厨房，继续寻找着攻击我的子弹和机会。

大嫂往灶膛里添着柴，一个劲埋怨爹偏心，把下聘的茶礼钱支派得分文不剩，还倒贴五个方的杉木、七八十斤皮棉、一头大肥猪，仓里的米、瓮里的油、鸡鸭鱼肉、小菜杂粮那么些七七八八的还不上算——哪有嫁姑娘倒贴这么多的，我们那年分家也没分到这么多！她忿忿然把灶门塞得满满的，本来燃得欢实的火被硬生生闷得七窍生烟，我端着一筐等待下锅的大白菜，一边避着泛滥的浓烟，一边提醒大嫂，锅里没火呢嫂子！莫把火都加到脑门上去了哟！

剥着花生米的二嫂提高嗓门补充道，这些还不够，爹还预计了800块压箱钱哪，昨已经给两兄弟人各下了200块的任务，差的由他自己补上——这么一来，路路可不是嫁过去就是个地主婆了？激动的二嫂错把花生壳放进碗里，花生米却扔了一地。

大嫂把吹火筒伸进灶里恨恨地吹两口，缓过气儿，拿眼珠子瞪我，死丫头！就你命好！我那时嫁过来，老韩家的2000块聘礼连封也没启，一把交给了娘家哥哥盖屋，连平常卖草药山货攒的点体己钱也掏光了，定亲定了年把的嫂子不见新屋不过门哪——瞧瞧你这做姑子的倒好，哥哥们一点光都沾不到，倒一笆篓把娘屋给搭光了。

反正近，等我结完婚你们再搭回来就是。我把白菜嗞啦一声倒进锅里，提着锅铲狠狠地抽它们的嘴巴子，鲜脆欲滴的青叶子立马就蔫了。不过大嫂，明明是你自个儿把婆家的钱贴了娘屋，怎么怪爹偏心呢？

二嫂一边拣地上的花生，一边冷笑，是啊，就算要沾光，也得分个轻重，大嫂分家这么多年，路路可是他二哥一手扶大的！她至今可是端着我们家的碗呢。

有意思了！爹是户主，路路什么时候端你家的碗了？是你们两口子讨着爹和路路的好了！

嗬嗬，爹妈和路路是你们两口子当年像扔渣货一样扔了不要的，今儿怎么又眼红了？

爹和路路可不是渣货！爹有头有面，路路勤快懂事，我们惹不起的是妈！你难道不晓得？妈那时候病得什么事都做不成，脾气还比天大！你们是运气好，结婚不几天老家伙就死了，要是多活两年你试试看！

运气好不好的那是各人的命，爹妈反正是一碗水端平了的。

平什么？我过门时聘礼下的2000块，到了你就平白无故涨了1000块！

隔了六七年，才涨了1000块，嫂子开着杂货店，不晓得物价上涨得吓人吗？我还听妈说当年大嫂家收了2000块彩礼，就陪嫁过来两床被子，有一床花套还是旧的，妈当着我的面念了好几回呢，说你那铺盖1000块一床！

你也好不到哪里去！你在许给韩老二之前，是先许给了太平村的陈憨头的，你不是也拿我们韩家的茶礼去赔了陈家的聘金才改嫁过来的？嫁妆又高级得到哪里去？

咦？我说大嫂，怎么叫改嫁过来？你倒给我说清楚了！我吴冬梅嫁给韩爱民可是清清白白的黄花大闺女！

我反正听妈说你是定过亲的！把人家聘金花光了，退又退不脱。

定亲是定亲，改嫁是改嫁，你别牛胯里扯到马胯里！我那是被黑心的王媒婆害了，陈憨头家穷得舔灰，1000块茶礼全部是东挪西借的，嫁给他就是个还债的命，换成大嫂你也不得跨他的门……两个嫂子说着说着竟自动调转了枪口。

不管我有多么懒心无肠，无情无绪，婚礼还是如期举行了。这大抵算得上红叶村最热闹的婚礼了，娘家和婆家虽然相距不过半里路，但娶亲的汉子们，硬是挑着我丰厚的嫁妆绕着村子爬坡下岭地游了一整圈，红叶村的老老少少，几乎倾巢出动，分不清娶亲和送亲的队伍。震天的鞭炮，走一路响一路，花花绿绿的喜糖，撒一路抢一路。傻呵呵的土根，任由恶作剧的司仪指挥着，一会儿牵着我，一会儿背着我，一会儿又抱着我，历尽千辛万苦才把我领回家，而我，则像个局外人，或者是个专门为了配合土根完成婚礼的一件道具，木然地被土根牵着、

背着、抱着，完成了由娘家到婆家的形式上的过渡。

5

夜深了。屋里是令人窒息的安静。安静得可以清晰地听见彼此的呼吸，甚至心跳。兴奋的乡亲们早已散去，家人也睡了吧。

路路……我们……结……结婚了……嘿嘿……结婚了……因为喝了过量的酒，土根舌头打结，眼睛血红，脸也显得更黑了。他侧着头，我可以感觉他的眼睛直勾勾地望着我，手却不敢伸过来，只神经质地在双腿上搓啊搓，仿佛要搓掉西裤中间那条挺括的褶子。男人穿西服结婚是我们这里近两年兴起的时髦，土根穿西服的样子却很痛苦，血红的领带卡着他粗粗的脖子，两粒扣子一粒也不闲着，紧紧实实搂着他敦实的腰，加上天冷，里面穿得多，土根根本就是一只五花大绑的粽子，看着这只时髦而痛苦的粽子，我的眼睛无端生出许多累意来。

嗯。结婚了。我解开他的西服扣子，给粽子松了绑。我取下他胸口上别着的"新郎"，把它和我的"新娘"一块摆在床上，两朵喜气洋洋的花也结婚了。

路路，你今天真好看！土根这句话说得很利索，双手也终于鼓起勇气抓住了我的。

我知道我是好看的。我本来就是好看的，何况今天呢？我和土根的行头都是爱弟姐一手操办的，爱弟姐嫁在临近县城的郊区，比我们见多识广。她给我挑的这身簇新红呢子大衣，居然还配着一条长及脚踝的裙子，从小到大我只知道裙子是夏天穿的，没想到还有冬天穿的裙子！皮靴的样子也漂亮，滚着一圈玫瑰花边的裙摆下，刚好露出靴口毛绒绒的一圈，既好看又暖和，不过好看是好看，尖细的鞋跟却害苦了我，要不是土根搀着，这崎岖不平的山路，早扭断了我的脚脖子。

土根在解我的丝巾。他的手抖抖索索，仿佛害着冷病，又仿佛我的丝巾打着一个无比复杂的结，他要费好大的劲才能把它解开。我听到土根喉咙里的咕咚声，带着浓浓酒味的鼻息压抑地喷到我脸上，我担心他脆弱的喉管挡不住胃液里的千军万马，随时会决堤而出，于是别过脸，轻轻将丝巾的一根翅膀一拉，脖子上的牡丹随即幻成一羽轻尘飘然落下……

路路，你今天真好看！

那我原来很丑喽！

不是不是！你本来就好看，今天更好看嘛！天恕急急忙忙地解释，我却一扭头向黄牛岩跑去，脖子上的红丝巾鼓成两只飘飞的翅膀。

其实，天恕一身干净神气的军装，一顶威严阳刚的大檐帽，一双亮锃锃的皮鞋，那才是越看越好看呢！但是，但是，这样的话我怎么好意思说出口？我除了系上他买给我的红丝巾跑开，连接住他火辣辣的眼神的勇气都没有呢！一年，整整一年了，滚烫的信收了一封又一封，重逢的梦做了一个又一个，今天终于盼得活生生的人儿回到身边，不知为什么，我只想去黄牛岩，只想把我的幸福，倾诉给沉默的望夫石。

躲闪中，土根厚厚的嘴唇捉住了我的，他狠狠地吸吮着，仿佛一头饿极的野兽，要从嘴唇开始把我整个吞掉，带着酒味的鼻息不再是压抑地在脸上磨蹭，它们像突然找到了突破口，轰然炸开一条血路，强劲的气浪直冲我的肺腑，我陡然感觉汗毛根根倒竖，周身的血液就要凝固，一颗心急速地往下坠……终于，野兽大约啃完了我的嘴唇，因为我的鼻子下面一片麻木的虚空，我想，接着就该吃掉一整个我了。这样也好，一口吃下去，最好连骨头也不要吐出来。可是，野兽不喜欢这种吃法，如同一只猫不喜欢一口吞下爪下的老鼠。它开始不紧不忙地进攻我的牙齿。起先是君子式的登门拜访，温文尔雅，礼貌谦逊，但我洁白如玉的牙齿却很不识抬举，它们像两排顽固不化的战士，守着矜持的琵琶女，任你千呼万唤，就是不开门；野兽果然是野兽，它不再斯文，强硬地撞进我的城堡，蛮横的大舌头，犹如一尾黏糊糊的

104

娃娃鱼趾高气扬地游弋在我的口中，我可怜的舌头除了堕落成一株随波逐流的水草，早已去无可去，逃无可逃……

天恕的嘴唇缠住了我的耳垂，硬硬的胡茬扎得耳根酥麻麻的直痒，它们一定红得跟年三十大门上的对子一样了吧？我的心突突乱蹦，我想用双手按住它们，它们早跳出胸膛，循着另一颗心的呼唤而去了。我一路追着，硬胡茬的嘴唇里住着一个顽皮的精灵，他故意地和我躲着猫，一会儿停落在我的鼻尖，让雄性的气息胀满我的鼻翼，一会儿又撩拨我多情的睫毛，让一粒粒把持不住的珍珠，尽入他的囊中……精灵在耳畔私语，在鼻尖舞蹈，在双颊漫步，像一缕久违的春风，所到之地，万物无不为之舒展开沉睡的肢体……来了，来了，精灵游过来了，春雨就要洒过来了！我的双唇等待了千年，再等就要荒芜了，我的舌尖是一条迫不及待的蛇，早已伸出烈焰般的芯子了！来吧！世界末日算什么，如果我能死在你春雨遍布的恩泽里？终于，在春的出口，我堵住了精灵。我的宫殿为他打开。他轻车熟路不用钥匙。他本身就是我的宫殿的钥匙。他知道我的宫殿里住着另一个精灵。两个孤独的精灵重逢了，两颗流浪的心重逢了，他们踩着同样的鼓点，押着同样的韵律，如同两只交颈的天鹅、比翼的蝴蝶，欢快地在两个宫殿纠缠、穿梭、嬉戏。原来，贴紧的心那么温暖，重逢的感觉那么美妙……

我的红呢子大衣掉到了地上。我的滚着玫瑰花边的长裙褪到了脚下。娃娃鱼依然兴风作浪。娃娃鱼的大嘴咬断了我所有的神经末梢。土根的大手握住了两座山峰……

两个精灵难舍难分，直把旖旎的春天舞成了炎炎盛夏。细密的汗珠从额上冒出来了，从手心钻出来了，从每一个打开的毛孔溜出来了。我的红棉袄铺在了红叶上，天恕的绿军装铺在了红叶上，高高的红叶是被，低低的红叶是床，慵懒的太阳坐在黄牛岩宽宽的牛背上，把暖昧的目光洒向我们，直羞得我闭上了眼睛……我的眼睛也许并没有闭上，要不我怎么看见了老虎嘴？怎么看见了黄牛岩？怎么看见了长着翅膀的天恕拉着同样长着翅膀的我在天上飞？我们枕着白云，驾着暖风，一会儿贴着黄牛岩的肚皮，一会儿亲吻老虎嘴的浪花，农夫将他的犁铧深深地犁进黑黑的土地，渔夫的豌豆角箭一般驶入江水的腹部，砍柴的后生挥舞手中的利斧，吹鼓手铆足了劲，一声高亢的滑音，吹破唢呐一世的寂寞……

　　粗重的呼吸一路为土根助威壮势，他的大手所向披靡。薄薄的乳罩被剥掉了，两只乳房便犹如两只被剥了壳的煮鸡蛋，惨白地滚落出来，乳罩飞到了床下，飞不动的是土根大手中两只惊慌失措的麻雀。大手是贪得无厌的将军，它不停地进攻、占领，然后放出他的娃娃鱼，将涎嗒嗒的黏液涂抹在战利品上，几乎不放过每一处城池，每一寸土地，很快，我的身上已不剩一丝一缕，峰峦丘泽，一览无余。待宰的羔羊被摆上了高高的祭坛，猎人锋利的刀剑就要出鞘，猎人滚烫的冒着火星子的眼睛就要把我焚化，我知道，我的生命里不会再有天恕，我就要成为土根真正的妻子了，过了今晚，土根于我，不再只是那张纸上和我并肩而坐的一个图像。我对自己强颜欢笑，路路，这可是个好时辰啊，这可是你和土根的新婚之夜啊。

　　我几乎已经说服了自己，就在我打算豁出去的一瞬间，我的新婚之夜却戛然而止。

　　土根，路路，早点睡哦！土根啊，莫忘记你答应婆婆的话啦！起初，我还以为婆婆蹲在我们的房梁上，婆婆没有牙齿的瘪嘴就像一面关不住风的破鼓，声音散漫而嘶哑，在这个静得有些反常的深夜，显得很是怪异。仿佛本来是站在跟前说着的话，被一阵大风刮到了房顶，差一点逃跑了，最后好不容易才又捉回来的。我被婆婆的深夜叮咛吓了一跳，相信土根吓了更大的一跳，因为他的身子像被蛇咬了似的猛地一缩，然后重重地从我的身上滚落下来。

　　你答应婆婆什么了？看着刚才还像一头老虎此时却像一只沮丧的老鼠的土根，我满脸疑惑。我想不出一手撮合我们的婆婆为什么三更

半夜不辞劳苦地跑到门外警告新婚的我们，更不明白本来生龙活虎的土根为什么一听婆婆的话马上就蔫了下来。

婆婆说……婆婆……她说……土根吞吞吐吐，涨得满脸通红。

婆婆究竟交代了什么呢？是关于女人的贞洁吗？可是，婆婆明知道我已经怀孕了呀。婆婆异常的举动勾起了我的好奇心，见土根不语，便拉过被子盖在身上，拿脊背对着土根，故意淡淡地说，睡吧，不愿说就算了。

土根着急地钻进被窝，从背后搂着我：婆婆说……说你肚里有娃，不能碰，不然动了胎气饶不了我！

原来如此！我哭笑不得，箭在弦上呢，婆婆提醒得可真是时候！你说，婆婆要是知道我肚子里怀着人家的娃娃，会怎么样呢？

婆婆仔细盘问过我了，土根摸着我光滑的肚皮，轻轻一按，我们不说，她不会知道！

盘问？盘问你什么？

盘问……肚子里的娃娃……我们在哪里……都什么时候的事……

我虽然满脸尴尬，却也满心好奇，老实的土根是怎样撒谎的，居然骗过了婆婆呢：你怎么跟婆婆编的？

不告诉你！土根孩子气地眨眼睛。

哼，不告诉我，你就不怕婆婆哪天盘问我，我们两个说岔了？

不是哦！我对婆婆说，不告诉你——婆婆就拿我没法子了。

想不到笨笨的土根也有聪明的时候。我原本一直担心着新婚之夜，虽然我一点也不"新"，但要正式以妻子的身份面对土根，我还是不免惴惴不安。我一遍遍在心里预演着，新婚之夜的土根，会怎样名正言顺地折腾我的身体，而我，又会怎样去顺从命运的安排，唯独没有想到，婆婆会在这个时候念动咒语，这让我释然又让我不安。我知道土根向来一诺千金，他既然答应了婆婆，就绝不会食言，那么，我是暂时不必履行作妻子的义务了，可是这么一来，我似乎再也没有不生

下这个孩子的理由了，这是我愿意的吗？这对土根公平吗？一切似乎都违背了初衷，可是，我没有更多的选择，只能走一步是一步了。

炭火般的土根渐渐趋于平静，他紧绷的身体也在鼾声中开始绵软，躺在这个陌生的家，陌生的男人怀里，居然有一股浓浓的倦意劈头盖脸向我袭来。我踏踏实实地睡着了。

多多就这样一波三折地成了老李家的第N代孙女。

关医生再次破例，为我接生了多多。真像！真像啊！苍老邋遢的关医生一只手提着两根瘦筋筋的细腿，一只手托着个粉嘟嘟的头，把一个握着小粉拳、尖着嗓子哭号的小家伙送到我面前，看看，多标致的丫头，跟你小时候一模一样！公婆也微笑着应和，是啊，跟路路小时候一模一样。婆婆摸摸我的头，路路受罪了哟，也好，也好啊，先开花，后结果，明年再给婆婆生个大胖重孙子啊！

关医生把小家伙的头偏一偏，让她的小脸尽量朝着我，快，让妈妈看看，唔，真乖！太婆婆还重男轻女呢，还叫妈妈生小弟弟呢！哼！不懂政策的老糊涂，咱不待见她！就是生小弟弟啊，也得等到咱5岁是不是？哈哈，那个时候，太婆婆的骨头啊，敲得响鼓喽！

婆婆被关医生一顿客客气气、温温软软的抢白，噎得拐着小脚出了房门，碰上端着两大碗荷包蛋进门的土根，气鼓鼓地吩咐，给关医生那碗多放点糖！她嘴里苦！不关风的嘴把苦说成了普，说得土根愣在那里，关医生和公婆抿着嘴笑。

我无力地朝那团伸胳膊踢腿的肉抬了抬眼，像是仅仅出于对关医生的礼貌不得不做的一个虚假、客套的动作。对这个刚刚给我带来天翻地覆的巨痛的生命，我没有多少初为人母的喜悦，只觉得这一路走来，因了她的存在，我身心俱疲，时时做着分裂的自己，不知要把自己这一身躯壳托付给爱还是恨，不知身处的这一刻，是在做着自己，还是扮演别人。我苦命的孩子啊，你注定无法奢求母爱了，而父爱，又从

哪里谈起呢！妈妈只求你别豁嘴裂唇、缺胳膊少腿就好，只求你无病无灾、平平安安就好，既然这么多的风风雨雨、阴差阳错都阻止不了你的临世，那就祈求上天照应你这棵可怜的幼苗吧！

可是，我望到她了，虽然只是潦草的一眼，我的目光却再难离开。这是个多么娇嫩多么惹人疼的小东西呢？粉红的小脸，如白瓷般光滑细腻，又如鲜嫩的豆腐花，吹弹可破，小巧的嘴巴，仿佛衔着一粒熟透的樱桃，撇撇嘴，那饱满的汁液就会溢出果香……像感受到了妈妈的目光，小家伙突然止住了哭号，两颗晶莹的泪珠，就那样汪在漆黑晶亮的眸子里，欲滴未滴，楚楚可怜。这两朵纤尘不染的眼眸，像两道电，一下子击中我身体里最柔软的地方，陡然唤起我母爱的天性。那一刻，没有天怨，没有痛苦，没有怨恨，我听到我坚硬的躯壳在一寸寸融化……来吧，我的宝贝，妈妈抱……我不由自主地伸出双臂，嘴角牵出一个迟缓却最由衷的微笑。

第四章　半缘修道

1

　　孙厚德给杨小小放了一个月假，特批她回三峡大哥家休养，小小却不愿回去。

　　想起春节那次回大哥家，小小心里还不是滋味呢。爷爷婆婆的家没有了，小小招工到了铸钢厂，他们想着也活不了多少年了，就把安置费交给了小小的大哥大嫂，寄居到不在搬迁之列的大孙子家。小小春节回去，哥嫂家焕然一新，盖上了三正一偏的砖墙屋，虽然只有一层，墙体自制的水泥砖也还赤裸着，但比起原来歪歪塌塌的土墙屋，已算得上住进天堂了。小小欢欢喜喜给爷爷婆婆大哥大嫂侄儿侄女派发了见面礼，侄女拉着她满屋子参观时才知道爷爷婆婆住在新屋后面低矮的旧杂屋里。那又破又漏的一溜儿矮房子原本是猪圈、羊栏和煮猪食堆柴禾的柴屋，猪圈屋后面连着臭气熏天的茅坑不说，柴屋的顶棚和四壁根本破得连补丁都无从打起，既管不住风也挡不住雨，这种屋怎么能住人呢？小小心里来气，把大哥拉到一边论理，说爷爷婆婆把几万块安置费都交给你们了，你们盖了新房子居然把他们赶进柴屋，

110

亏你们做得出！大哥心虚，说新房窄，两个侄儿大了，得占一间房，等过两年在屋顶加了层，房子宽了，就有地儿了。

这还正说着呢，大嫂端着炮筒子过来了。有地儿也轮不到你们杨家人作主！杨大大，你搞清白了，你是我们郭家招的上门女婿，姑娘儿子都姓郭，这新屋的一砖一瓦也都是咱郭家的！老家伙几个安置费怎么了？他们活着要吃饭，病了要药医，死了自己也爬不上山！咱郭家是收容所哩，收了老的，又收小的，倒还收出了不是！谁要不乐意住这里走人好了，咱还不乐意伺候。一阵噼里啪啦夹枪带棒的数落，气得小小当时就想往回走。只是冰天雪地，又逢过年，哪还有回铸钢厂的车？爷爷婆婆又拉着小小一个劲掩饰，莫怪你大哥大嫂，是我们自己住不惯砖墙屋！柴屋好啊，比爷爷婆婆年轻时住过的山洞强了百倍呢！小小这才勉强住下了，可一颗心却无比恓惶。爷爷婆婆原本是两个逃荒的孤儿，住过山洞，也住过破庙，后来在三峡扎下根，有了儿子、媳妇、孙子、孙女，本以为这辈子苦出头了，哪知一场洪水却夺去了儿子、儿媳的生命，丢下大大和小小两个不知事的孙子。爷爷婆婆好不容易拉扯大兄妹俩，到头来却落得这样的下场！大大是杨家的根哪，要不是当年实在太穷，他们怎么舍得让唯一的男孙去做上门女婿？

那些天，小小和侄女睡一屋，心思却在柴房里。她暗自打定主意，一定要靠上棵有权有钱的大树，等自己在城里站稳了脚，就把爷爷婆婆接过去养老。这样凑合着过了个囵囫年，正月初六山里一通车，小小就在爷爷婆婆的眼泪里告别了三峡。

有了方向的小小是勇敢的。她果断地甩掉了苦苦追她的何向东，这种一穷二白的歪脖子树小小可不想靠。她看准了孙厚德，他虽然和自己亲爹的年纪相仿，但这个老男人手捏一百多号人的生杀大权，还有这么大一个厂子由他说了算，年龄大就大吧，可喜的是，孙厚德精精神神倒不显老，而且膝下无子，如果投其所好靠上他，自己也就算修成正果了。

　　一个是主动投怀送抱，一个是来者不拒、欣然笑纳，可是，当小小满怀喜悦地告诉孙厚德自己怀孕的消息，他冷冷的一句"打掉"，让小小的厂长夫人梦顷刻化成泡影。本指望拿孩子要挟他一把，他却淡淡地警告，生下来也行，不过你要想清楚，生下来你得自己养着，还要给我送牢饭。我屋里的那个母老虎你摆得平就好，要是摆不平，反倒泼你一脸硫酸就糟了。直把小小吓得乖乖堕了胎。

　　如今，除了揣着一千块营养费，小小什么树也没靠着，倒成了这副不清不白的模样，心里自然不愿回去。她可怜巴巴地央求我，路路姨，你帮我求求厂长吧！那是嫂子的家，我哥根本作不得主，年头四节的去走个亲戚都要看脸色，我哪敢去她家休养？这样子回去，只怕嫂子的舌根子会嚼烂，爷爷婆婆也更没脸待在他们家了！末了，我还没弄清该对鸡飞蛋打的小小表示同情还是鄙夷呢，她已经从自己渲染的悲伤情绪中跳转出来了，并且换了一副没心没肺的得意神色。她眉飞色舞地说，告诉你哟路姨，厂长答应过带我去北京玩呢！北京啊，谁不想去？还说从武汉坐飞机去哟！嘻嘻，上次去株洲坐了火车，马上又要坐飞机啦！真好！路姨，怕是你想都不敢想吧？唉，结不成婚就结不成婚吧，只要可以跟着厂长吃香的喝辣的也不错！我就是不回三峡！我才没得那么"苕"！这一回去，北京哪还去得成？

　　我没好气地抢白，这些话你跟"姨"说管个屁用！第一我讨厌没完没了地给你们擦屁股，你们的事你们自己看着办，不要老招惹我，我不想当搅屎棍；第二人家厂长凭什么听我的话？你跟他夫妻都做了，这些个要求你自个儿不会提？三呢腿在你身上，你不走，他难道拿枪逼你回去？说完就铁青着脸上了办公楼，这个缺心眼的白痴，昨天才流了产，今天就又是高跟鞋，又是迷你裙，还打算逛北京呢！

　　可是孙厚德坚决不同意小小留在厂里。他夹着公文包准备出门，将一张到三峡的车票塞到我手中，斩钉截铁地吩咐，赶快帮忙收拾收

112

拾送她去车站！九点半的车票，别误了！走了几步又回头嘱咐，记住啊，对外就说她爷爷生病了！看着小小还杵在那里，催促道，还在磨蹭什么哟我的个祖宗！昨不是都跟你交代清楚了嘛？把办公室和办公桌钥匙交给路路，等你休完假回来，该去柴油机厂培训了！

小小呜呜地哭了起来，一边哭一边赌气地从钥匙扣上解下两把钥匙，啪的一声拍在办公桌上，冲我怨恨地一跺脚，转身噔噔噔地下了楼。孙厚德对着小小的背影"喂"了半声，摇摇头把后半声咽了回去，抓起钥匙对我说，快，拿着，跟着她，一定要送她到车站！你等车发了再回来！

我避开厂长的手不肯接，小小才做了人流，等于还是月母子呢，坐一整天的车怎么受得了？厂长，再怎么也让她过个十天半个月动身吧！

那怎么行！她在厂里哪待得住？昨一回来就嚷嚷要跟我去北京——去了趟株洲惹了一身的骚，我哪还敢带她出门？何况我们厂也没有要在北京采购的设备，那天不过是诳她去做流产随口许的个愿！她呀，无缘无故在厂里待一个月不上班，她那个德性，我怕等不到闲言碎语找她，她自己倒憋不住胡说八道了。

我想说您怕她胡说八道早干吗去了，但这样的话显然不该我说，就转身准备出门。

厂长一把拉起我的手，将钥匙重重地放在我手心，命令道，拿着路路！办公室这摊子你得先给我顶着！

心里很反感孙厚德命令式的口气，可是他是厂长，我除了遵命，又能怎样？我对骨子里那个倔强的自己说，路路，算了，厂长也是你能得罪的吗？我心不甘情不愿地接过钥匙，如同接过一个烫山芋，拿不好，又摔不得，只是嚅嚅地小声咕哝着，可是……可是……

不用可是了！上次就是你可是可是的让小小进了办公室，要不哪有这些麻烦？——孙厚德竟然把这笔账算到了我的头上！他拍拍我的肩膀，换了柔和些的语气说，放心来办公室吧，多多的问题好解决！我已经给她在幼儿园报了名，你下星期把孩子直接送过去就得了！我给园长特别交代过，多多一有情况他们就会通知我们，我留了办公室电话，你有事也可以往幼儿园打电话。

孙厚德自作主张给多多报了名，交了费，还特批我可以不受限制地接打私人电话——这是厂里唯一的一部电话哩，在工人眼里神秘得跟什么似的，难道我真的可以拿它当多多的专线使用？我从来不觉得自己可以坦然接受无缘无故的特殊待遇，可是这似乎是对多多最好的安排。多多迟早要去上幼儿园、入学，而她随时会发作的病情，确实需要有个电话之类的东西让我放心，我有什么理由拒绝呢？只是，孙厚德凭什么这样照顾我？他到底安的什么心啊？

多多终于可以上幼儿园了，终于又可以和亮亮哥哥在一起了，她兴奋得睡不着觉，嘱咐了又嘱咐，妈妈明天早上别忘了叫多多起床哟！我笑着说，多多是个不睡懒觉的好宝宝，妈妈只要记得不让你起太早就行啦！

亮亮也开心异常。春花在沙洲市培训，亮亮只好入了全托。每天傍晚，看着小朋友一个个被家长接回家，亮亮就觉得妈妈不要自己了，孤独害怕使他抗拒上幼儿园，而多多却特别羡慕能走进那个画着美丽图案的大门的亮亮哥哥。所以，每次进园，亮亮哭，多多也陪着流泪，亮亮是因为不能天天回家而哭，多多则是因为不能进园而哭。现在，多多可以和亮亮一起上幼儿园了，多多的愿望实现了，亮亮也陡然有了安全感，两个小家伙比过年还开心。

只有春花不太开心。看着两个孩子欢欢喜喜牵着手进了幼儿园大门，她回过头酸溜溜地对我说，路路，你真是命好！

说什么呢春花姐？你现在不也挺好？

我好什么？好不容易进了化验班，以为进了保险箱，却原来是个不牢靠的行当；劳神费力地挤进行车班，把行车班的人得罪光了，死大柱两口子，见到我就像见到杀父仇人，可到头来究竟要谁下谁哪个也说不好！你说，我孤家寡人地跳进跳出，连个心疼的人都没有，也算挺好？你看你吧，在化验班文凭也不算高，不着急不上火的倒混进办公室了！到时化验班考过了是好事，考不过也没什么大不了，反正不得回厨房——坐坐办公室，到处出出差，舒服死你美死你了哟！

我这是临时帮几天忙，有什么好羡慕的！等化验培训考试了，正式宣布我光荣加入烧火佬大队的时候，你们又该可怜我了！

切，孙猴子能让你当烧火佬？打死我也不信！办公室终究还是要人的！你没见着那里面是两个桌子两把椅子？孙猴子精怪，留这么个肥缺，哄了这个哄那个！杨小小那个二百五，这次回老家该不是回去刮胎吧？

我心里一惊，紧张地替她辩解，莫瞎说，她爷爷病了。

鬼才相信！何向东个傻蛋聪明了一回，不晓得从哪里打听到小小的假期是一个月。一个月！她爷爷害的什么病，小小能掐会算刚好需要请一个月假？

……也许……也许……请假嘛，总要有个时间，一星期和一个月有什么不同？

哼！不管是为个什么事请假，反正她这回掉得大！这一回去，想再回办公室，可就难了！

我是临时顶两天，小小回来还是她做，她做了这么久，比我熟。

你是真傻还是装啊？路路，我记得孙猴子一开始就是要你去办公室的！你如果是凤凰呢，那杨小小顶多算一只鸡雏儿，孙猴子喝完了鸡汤，胃口都在凤凰身上啦！

这么说，办公室跟龙潭虎穴似的，我待那迟早是一死，春花姐该可怜我呢，怎么倒说我命好呢？

唉——，春花长叹一声，龙潭虎穴也比扔在旱坡里渴死强啊！看得出孙猴子是真心为你好呢！你有个黑皮对你死好还不够啊，天下男

115

人怎么都对你一个女人好呢？

　　丢了锅铲转岗办公室之初，日子仿佛是拦腰切断后牛头不对马嘴的胡乱链接。晕头转向，水土不服，紧张，混乱。办公室的活儿并非春花想象的那么惬意，孙厚德也没有传说中那么邪乎。一切都还没上路，孙厚德一般就是早上到办公室来晃一下，有时交代一下他的大概行踪，有时什么也来不及说，人就没了踪影，好像他天天要去救火。他还是在我上班第一天抱来一大摞资料、文件，给我布置了一份撰写上半年工作汇报的任务，后来就像忘了我似的将我晾在了办公室。没有说明交稿日期，我就只好尽快地写出来。当我忐忑不安地将那份花了三天时间写完的报告交给孙厚德时，他看也没看就随手塞进了公文包，轻描淡写地说，对了，那天我忘了告诉你，财务室还有一些资料，上面有些重要数据，你去找李会计拿一下。看了再写，不着急，这个月底给我就行了。

　　一个月的时间写那么一份汇报，这个稿子的质量要求究竟有多高呢？我陡然觉得时间的漫无边际，这哪里是写报告？孙厚德分明是给了一根铁棒，让我用时间磨成针。我只能安慰自己，好歹小小也只请了一个月假，坐大牢也就是一个月，挨吧。

　　时不时要接待上面来的领导，我是不在行的，如果碰上搞突然袭击的领导，厂长会计又都不在，我完全不知道该做什么，该说什么，该把自己放在哪里，这样的时候，我一定出尽了铸钢厂的洋相。但我心里恶狠狠地对孙厚德说，谁叫你胡乱点兵点将的？写那个无趣的汇报，我也深感笔力羞涩，难以生花。往往，我眼睛里是资料上那些枯燥的数据，那些陌生的术语，那些宏观的规划，心里却无时无刻不惦记着多多。她吃饭了吗？别的孩子会欺负她吗？她睡觉掀了被子老师会不会没看见？她会受了惊吓突然发病吗？我时而心烦意乱地翻着手边乱七八糟的资料，时而神经质地检查桌上的电话机，生怕因为它没

116

放好幼儿园的电话打不进来，又生怕幼儿园的电话打进来告诉我多多发病了。那部红色的电话机像个专爱捉弄人的调皮鬼，我关注它时，它乖乖的一声不吭，不经意时，却往往会突然铃声大作，常常吓得我惊慌失措，大脑短路似的弄不清身处何处。

最难挨的是下午下班前的时间，手头的事情做完——就是没做完，也无心继续了，地面扫了又扫，桌椅抹了又抹，墙上的挂钟却涅槃了一般定在了那里。老吊扇在头顶反反复复吟着"凉快凉快……"，知了则有气无力地在窗外应答"热啊热啊……"，我抻着脖子，心急火燎地数钟盘上那些呆头呆脑的格子。办公室五点下班，幼儿园六点才开始接孩子，从厂里到幼儿园，走过去最多十几分钟，时间完全从从容容，但每次四点之后，我就觉得挂钟故意走得慢慢吞吞，秒针长长的脚，像是被人往后拽着，拽得分针索性打瞌睡去了，而我，必须要死死守着它们，监督它们，它们才不至于完全停下来。有时，我甚至觉得是我的脖子一圈圈把时间扛到五点的。我把看似轻飘飘实际却沉重得不得了的时间扛到那个像张开臂膀拥抱谁的角度，不等放稳，就把自己像箭一样射出去，射到幼儿园静悄悄的大门口——很少有人像我一样提前这么多来接孩子的，但我只有人到了这里，心才会踏实，哪怕踮起脚尖也看不到里面，哪怕来得再早也要等到六点。好在，多多安然无恙，多多的老师，总是笑眯眯地夸奖多多又听话又乖巧，还说她特别有舞蹈天赋呢！多多也总是怪妈妈来得太早了，每次总是依依不舍地离开幼儿园。

我盼望置我于水火的小小早点回来，解铃还需系铃人，她一天不回，我就跨不出大牢似的办公室。我是宁可当烧火佬，也不愿在办公室多待一天。但孙厚德有一天对我说，把多多全托吧，马上就要全国各地进设备了，你得准备随时出差。我说那您赶快换人，多多不可能全托，我也不会出远门。多多不要紧吧？我问过她的情况。怎么不要紧？谁敢保证她不发病？你们是不了解！厂长放心，考不上化验，我心甘情愿回厨房。谁批准你回厨房？你也不用惦记化验考试，准备在办公室待下来吧，你写的东西我看了，是那么回事，当过老师，底子果然厚些，杨小小我是不指望了，一个稿子拖几个月，交到我手上还是一堆资料。好，厂长让写材料，让学化验，让烧火做饭，都行，只要不出远门。

那天孙厚德没有深说，但很快，就安排了一趟临时出差。

2

那是个周六的早晨，我把多多送进幼儿园，多多问，今天爸爸和妈妈谁来接我呀？我知道，自从多多上了幼儿园，土根还一次都没能接过她呢，他今天逢双周，到家早，多多肯定盼望爸爸接了，于是故意逗她，多多希望谁来接你呢？多多仰起小脸，认真地说，多多希望爸爸和妈妈都来接我，可是，多多想坐爸爸的飞马。哟，那还不简单呀？那就爸爸妈妈都来接多多，爸爸骑着飞马，多多坐飞马的脖子上，妈妈坐飞马的尾巴上，好不好？我以为多多会高兴得蹦高，谁知道她竟大人似地叹了口气，唉，那亮亮哥哥就没位子啦！我昨天已经答应亮亮哥哥坐飞马的尾巴了！我愣了愣，夸张地笑着说，哎呦，怎么这么巧呢？妈妈正不想坐飞马呢！妈妈嫌飞马颠得腰痛，谁爱坐坐去吧！

我像个演员样刚刚把多多哄得高高兴兴进了园，孙厚德不知打哪里冒出来了，哈哈！小屁孩有个性嘛！为了小伙伴连妈妈都不要了！孙厚德穿一件格子T恤衫，一条牛仔裤，短短的板寸像刚刚收割过的麦地里的麦茬，整齐而精神，在早晨的阳光里，他一身干净的行头显得年轻、随意，与平时西装革履一本正经的包装判若两人。我像个做了错事被人发现的小学生，不好意思地叫了声厂长，就准备去上班，孙厚德指一指不远处他的坐骑——一辆灰脸的吉普，对我说，走，不用去办公室了，跟我出门。

去哪？远不远？不远的话您说地址我走过去。

好好的车不坐干吗走过去？

我晕车。

孙厚德吃惊地说，晕车？严重吗？

严重，但死不了。

孙厚德飞快地跑到吉普旁，对司机老安说了些什么，老安就下了车，朝路口的友谊商店走去。孙厚德大声对我喊，来车上坐，外头晒，并拼命挥手，惹得送孩子的家长纷纷向我望。我赶紧低下头，几步跑到吉普车旁。

孙厚德拉开副驾驶车门，示意我进去：先坐，安师傅去买晕车药了。

到底去哪里呀厂长？还用买晕车药？

去宜昌变压器厂呢，几百里路，难道你也要走过去？

去宜昌？我一听急了，可是厂长，我说过的，我不出远门。

不出远门是因为多多没人接送，这两天李土根正好休息，我们后天就回来了，你担心什么？晕车也不要紧，有晕车药。其实，晕车是坐车少的缘故，坐习惯了就好了。路路，以后出差也是你工作的一部分，你要克服困难。作为厂长秘书，你得了解厂里在干什么、厂长在干什么，出差也好，接待也好，都要慢慢适应。

我无言以对，找不出不去的理由，心里还是不服气：出门几天，总要让家人知道行踪吧？大热的天，总要带身换洗的衣服吧？说走就走，简直跟绑架似的。

孙厚德仿佛看透了我的心思，把我往车里推：先上车，晕车坐前面好点。关了车门，自己坐到后面去了，你放心出门，一会厂里的车子去接培训学员时，李土根就会知道你出差了，其他吃饭穿衣的事情都不用你考虑。

其实，我的潜意识里，还有不愿单独和孙厚德出门的意思，不过看来安师傅同行，孙厚德自己也规规矩矩坐到了后面，心下才有些释然。

吉普车出了城，一会儿就进了沙洲市。去年初冬匆匆一见，大半年来我再也没有踏进过这块土地，那个灯火将尽的晚上，沙洲市像一个未曾留意的感叹号，黑暗中一声叹息，曾让我心底泛起多么长久的涟漪！我做梦也想不到，我的家有一天会与沙洲市如此邻近，近得夜晚站在宿舍楼的屋顶，就能看见它的万家灯火。我多么希望发生在我与它之间的故事，完全是一个传说！然而我知道，那不是传说，那是一截戳得很深的伤口，深到时间的创可贴，根本无法将其治愈。

吉普车正逆行着我们搬家来时的路线。太阳越来越白，越来越热，我们好像在往火山口上赶。一路上，孙厚德不停地提醒安师傅，不要跑得太快，弯不要转得太急，尽量避开那些坑坑洼洼……我对安师傅说，我们厂长可真够注意安全的啊，简直就是交通模范！不过看安师傅的样子开车是老师傅了嘛，厂长哪用得着这么紧张？安师傅哈哈一笑，孙厂长才不紧张我呢！他是怕韩秘书晕车哟！跟你说，我当年开救护车就没这么仔细过，厂长拿韩秘书当重症病人了呢！安师傅一口一个韩秘书，让我半天不知所云，等我猛然发现这个奇怪的称呼居然就是我自己时，一时尴尬得说不出话来。

呸呸！乌鸦嘴！韩秘书不过是晕车，哪是什么病人？老安快不要瞎说！

不知道是不是因为老安的嘴真的是乌鸦嘴，一开始状态还不错的我，后来真成了病人。正午，越走越热。驾驶室像一口支在烈火上的大锅，我无可奈何地坐在锅底，任滚烫的热浪一分一分地将我煮熟。窗口洞开，炽热的风杀进来，我满怀希望地扑过去，以为多少可以抓一把微弱的凉意，然而没有，风是烈焰的帮凶，它反倒提着无数把烧红的烙铁，狞笑着熨向我焦煳的肌肤……

晕车加上中暑，吉普车真的是以救护车的身份开进宜昌城的。

没想到，第一次到与老家紧邻的宜昌，我居然在医院住了一晚，更没想到的是，在这里，我遇到了失去联系多年的老乡、同学——王宝红。

晚上五点多，我醒来的第一眼，见到的就是在医院做清洁工的王宝红。王宝红还是那副咋咋呼呼的急性子模样，不停地问这问那，几年不见，好像她脑壳里装了十万个为什么，却又根本不安排人家答话的机会，似乎她的这个问题永远没有下一个问题重要。不过，她自己这些年的情况，倒也不用我一一追问，她那张闲不住的嘴，早已喋喋不休地讲了个完完整整。

原来，宝红到棉纺厂不满一年就结婚了，男人蔡龙是厂保卫科的科长。本来，机修班里人称机灵鬼的小伙子任杰是喜欢她的，还是她死鬼舅舅的徒弟，她也看任杰顺眼，不过，当蔡科长也向开朗大方的宝红投出橄榄枝时，宝红的天平倾斜了：蔡科长虽然长着双不耐看的斗鸡眼，喜欢玩玩牌，名声不太好，年纪也大了些，但毕竟是这个千人大厂的保卫科科长啊！何况，他还向宝红承诺，结了婚，就给她换工种，调车间，不用再上三班倒，更不必天天在车间当吸尘鬼。上了快一年班的宝红心动了。当初，自己是多么庆幸能到这个国营大厂啊！正式工，三班倒，免费的工作餐，免费的澡堂，节假日看看电影，逛逛公园，不必喂鸡喂猪，不必拣柴拾粪，日子还要怎样惬意呢？可是很快，宝红的兴奋劲过去了，失望来了，纺织女工压根不像宝红期待的那么光鲜，棉纺厂也压根不是女人待的地方！每天，往那震耳欲聋的流水线上一站，宝红就必须配合高速运转的机器，眼、耳、手、脚，全面投入战斗，不敢松懈一分，哪里的线打了结，哪里的线头断了，必须在几秒内处理，否则出了次品，白干不说，还要受罚。一个班下来，人累得像散了黄的鸡蛋，脏得像只掉进蜘蛛网里的大蛾子。最可气的，是那一个个漫长的夜班，熬得眼眶发绿，到头来换回的是工段长开出的冰冷的罚单；最不能忍受的，是那些丝丝缕缕、无孔不入的棉尘，每天帽子口罩工作服包裹得严严实实，它们仍然顽强地钻进人的鼻子里，喉咙里，耳朵里，让人担心时间长了会变成一只会吐丝的蚕。

换工种，调车间，对宝红来说无疑是巨大的诱惑。可是，任杰年轻，机灵，当初还是宝红倒追着对他好的呢！鱼与熊掌，真是让宝红作了难！宝红把这道难题交给了她妈，没想到，她妈不等宝红把题目念完就一锤子定了音：有啥好考虑的，当然是科长！你赶快去答复了人家，小心夜长梦多！宝红啊，你们厂女工上千，男人就那么几个，机会来了不抓住，过了这一村可就没得那一店了哟！

宝红急头八脑地嫁给了科长，才发现是个天大的错。大了宝红整整20岁的蔡龙，是个吃喝嫖赌，五毒俱全的主，年轻时棉纺厂被他以结婚就换工种为诱饵糟蹋过的女工不少，但那时的蔡龙要的是一整个森林，压根没想过被婚姻拴住手脚，等他人到中年，想起要成家时，他早声名狼藉、臭名在外，没有一个正经女人敢跟他了。宝红进厂不久，不知底细，以为抓到了香饽饽，哪晓得是一脚踏进了臭泥沼。新婚之夜，宝红绝望地发现，丈夫让她忍无可忍的不光是斗鸡眼，还有身体散发出的那股令人窒息的狐臭。而堪称情场老手的科长，也气急败坏地连呼上当，大骂宝红臭婊子，他做梦也想不到，这个大山里走出来的农家女，竟然是个破了身的二手货。

宝红调进了成品仓库，上班轻松了不少，回家却成了一种折磨。科长在家饭来张口衣来伸手，打她骂她是家常便饭。这个变态的男人，嫌弃宝红却又迷恋她丰满成熟的身子，宝红强忍着丈夫熏天的狐臭，承受着丈夫变着法子的折腾，在那个贴着大红喜字的家里，她仿佛只是在结婚当天客串了一把幸福妻子，余下的时间，她扮演的不过是一个下人和泄欲工具的角色。

这么过了几个月，宝红怀孕了，望子心切的科长对宝红好了些。谁知道，孩子生下来是个女儿，暂时藏起尾巴的科长马上原形毕露，不但变本加厉地折磨宝红，还公然和别的女人勾勾搭搭。宝红寒了心，女儿一满月，就要和科长离婚。科长不肯离婚，也不肯照顾宝红母女，宝红抱着女儿回娘家向母亲求救，母亲一句嫁鸡随鸡嫁狗随狗就将宝红打发了，还劝宝红要忍耐，说女婿大小是个官，跟着他不吃亏，别动不动往娘家跑，说得宝红死的心都有了。

凑凑合合过了几年，宝红的心也过麻木了，所幸生活安逸，又有个乖巧的女儿，心里也还安慰。谁知，今年春节一过，棉纺厂国企改制，宝红两口子同时下了岗。科长破罐子破摔，整天不是喝酒骂人，就是和一群狐朋狗友打牌赌钱，女儿上学要花钱，一家人吃喝拉撒要钱，宝红眼看着手里那点遣散费花光了，厂里又通知他们结婚时分的房子要买断产权，否则就只好收回。丈夫工作年代长，又是干部，他手里的遣散费是宝红的好几倍，宝红本来指望用这笔钱交房款，谁知不成器的男人，早将钱赌了个所剩无几。宝红觉得天塌下来了，怎么办？一家人搬出去租房？跟着这个男人，一旦搬出去，只怕一辈子再难住进自己的房子了！不行！再怎么也要留住现在的房子！毕竟是单位的福利房，怎么说也比买商品房便宜啊。可是钱呢？男人的钱没有了，你就是将他治个死罪也回不来了，宝红万般无奈，向自己的父母开了口。父母一家移民搬迁，手头补偿了一笔钱，宝红从父亲手里接过钱时，被母亲骂了个狗血淋头：丫头阿偷！可真是没说错！自己男人的钱管不住，倒惦记爹妈那点点老本！辛辛苦苦养大你有什么用？没享到你一天福，尽在给你补锅！回去跟你男人讲，这几个钱也不是闲得慌，我们这房子才砌了个毛坯，往后粉刷装修要钱，宝国娶媳妇要钱，你们周转一下赶紧还给我！

房子解决了，一家人的生活还是无着无落，科长拿不下架子出去找工作，宝红去厂里寻求帮助，毕竟舅舅是因公殉职。可是厂里说，舅舅出事是因为违章操作，让宝红顶职已经仁至义尽，何况，现在厂里都改制了。厂里后来安排一批特困下岗工人转岗，宝红这才到医院来做了清洁工。

路路，快说说你吧！我去年回娘家才听说你嫁给一个跑船的了！是真的吗？那望天恕呢？他转业了吗？结婚了吗？天恕对你可是吃了秤砣铁了心哟！嘻嘻，我那时那么勾引他，他都不理不睬。我去棉纺厂顶职，还给他写过好几封信，他一律回信说心里有了人，祝我幸福，气得我哭过好几场——这个一根筋！我不嫌弃他是农村户口，他倒还看不起我呢！你快说说啊，你们最后怎么分手啦？

没想到宝红的话题会突然转向天想，我一时不知该怎么回答，便支吾着说，别提他了，还是说你吧，你现在在这里上班习惯吗？

习惯什么呀！你晓得，我从小是最怕脏的，可现在，大概没有比医院的清洁工干的更脏的活路了！唉！早知今天，当初不顶职，当个移民也比现在强！你看你，比我混得好多了，刚才那个司机，一口一个韩秘书，恭敬得不得了；那个瘦个子厂长，也蛮紧张的，你吐了他一身，他眉头都没皱一下呢！

我这才想起问司机和厂长去哪里了，宝红说，去商场了——我刚刚准备下班回家，护士长通知我去把急诊室打扫一下再走，我提着扫帚拖把过来，一下子就认出了你。当时你已经输上液，脱离危险了，厂长安排司机去商场买几套换洗衣服，司机却扭扭捏捏地不动身，说怕买不合适，我就自告奋勇地说，我和韩路是同学，我在这里看着，你们一起去买。厂长就谢了我，用我手里的抹布在身上擦了擦，去商场了。去了这半天，想是该回来了。

正说着，换了身干净衣服的孙厚德提着一篮水果，拧着几个花花绿绿的袋子，腋下还夹着一束花，像棵全身披挂的圣诞树一样进来了。

嗬！买了这么多！宝红接过果篮和鲜花放在床头，孙厚德把大大小小的袋子放到床上，关切地问，醒了？

我点点头，努力挤出一个笑容：不好意思，厂长！耽误您办正事了……

都怪我！不该强行拖你出差！你休息一下，一会儿试试我给你买的换洗衣服，看喜不喜欢，你那身脏衣服我叫护士扔了。

穿一个不相干的人买来的衣服，我知道自己会不自在，可是，总不能穿病号服回家，就只能愧疚地说，谢谢厂长，添麻烦了！

宝红起身告辞，哟，不早了，我得回去做晚饭，家里还有两张嘴哩！

孙厚德感激地握了握宝红的手，今天真要谢谢你哟！我刚才顺便帮你也挑了一条裙子，打开看看！说着抖开一个袋子，一条粉红色的连衣裙露了出来。

宝红惊得张大了嘴巴，我也吃了一惊——我记得宝红有一条和这一模一样的裙子！宝红谢了又谢，和厂长互相留了地址电话，高高兴兴回去了。走的时候，冲我做了一个暧昧的鬼脸，还邀请我们明天去她家做客。

一直没看到安师傅，问起来，原来他已经回去了。孙厚德说，后天变压器厂的轿车会送我们回去，车上有空调——空调懂吗？在里头跟冬天样，比电扇凉快多了。本来他们安排我明天游三游洞和葛洲坝船闸的，可是你晕车，我们就在宜昌城里玩一天得了。

不是去采购变压器吗？

是啊，他们花钱，让我们玩得高兴了，我自然会采购他们的产品——这才开始呢，不急。

怪不得小小惦记去北京！原来所谓的采购，是这么讨好不费力的差事！只可惜，这个美差我却无法消受。

回去的旅程似乎顺利了许多，孙厚德说晕车果然是可以锻炼过来的，我却心有余悸地告饶，再也不希望有如此的锻炼机会。那一趟宜昌之行，我第一次穿两百块一件的裙子，第一次住可以冲澡洗头的高级饭店，第一次在有空调的屋子吃饭，第一次坐有空调的车……孙厚德带着我在商场疯狂购物，说这些都由变压器厂买单，殷勤地让一问三不知的我当参谋，最后才晓得那些莫名其妙的礼物都是送给我的。除了身上的白裙子是非穿不可，其他的礼物我当然一概不肯接受，特别是那根金光闪闪的项链，一千多块，几乎是我一年的工资了，我凭什么拿这么贵重的礼物呢？

从宜昌回来，我发现同事们不再喊我韩路、路路，或者是多多她妈了，大家有意无意地叫我韩秘书，语气却并不恭敬，像喊个诨号，只有潘正菊是个例外。

那天，潘正菊吭哧吭哧地爬上楼，像个胀鼓鼓的麻袋一样抛进沙发，粗声大嗓地喊道，喂，姓韩的，我姐夫呢？

其时我正无聊地看一份空压机产品报告，就要开始安装设备了，厂里每天都会收到不少全国各地寄来的设备资料，孙厚德让我没事比较比较——当然，厂里请了专门的技术员，让我比较纯粹是打发时间。我抬起头，脑袋有瞬间的发懵，第一因为对"姓韩的"称呼有些陌生，第二因为对"我姐夫"是何许人一时没反应过来，所以，面对沙发里那个圆溜溜的句号，一开始我一定傻得像个问号。

……哦！找厂长啊？他去电力局了……

那好！我不找姐夫！找你！句号把屁股在沙发里扭了扭，似乎没找到可意的姿势，就站了起来，一边用胖胖的短胳膊扇风，一边吩咐，去，把我姐夫屋里的落地扇搬出来，热死了！

我和这女人素无往来，她有什么事找我呢？而且一把吊扇还不够竟要搬出落地扇？

女人把落地扇拧到最大挡，捆在身上的裙子被风鼓得更满了，她的两只胳膊被短袖袖口箍着，直直地伸出去，肘关节以上，如同打着石膏固定了，看上去不像胳膊倒像肩头各挑着一截短粗的扁担，扁担两头挂着她多肉的手臂。她对着电扇不停地车转身子，贪婪得像一个饥饿的人对着鲜美的食物，生怕有一口到了别人嘴里。我差点以为她就是因为吹电扇来找我了，但是她突然大吼一声：韩秘书？哈哈哈哈！他们都叫你韩秘书？

呃……都是瞎叫的……

当然是瞎叫的！我跟你说，莫以为你人五人六地坐在这里就真的是什么韩秘书了！这儿秘书的位子是有一个，可我告诉你，那早就有

126

主啦！怎么轮，也轮不上你惦记！杨小小怎么样？别的不说，比你嫩吧？结果呢？滚了蛋！你呀，顶多也是个打杂的！趁早搞清白自己的身份，少做梦！

嘿嘿！我的身份清白得很，倒是你潘正菊，你清白吗？我承认我的回复有些失去理智，但是，我想，在理智的情况下，我的回复大概也还是这样的。

潘正菊被我激怒了，她蹿到我的办公桌前，把桌子捶得咚咚响：什么？你敢说我不清白？告诉你姓韩的，别说你才去了趟宜昌，你就是跟我姐夫上了床又怎么样？我让你滚，你就得滚！

既然这样，你在怕什么呢？

哪个怕了？我是提醒你！你趁早别打厂长的主意，他可是我合法的……姐夫！

姐夫也好丈夫也好，我对这个不感兴趣！你如果是来找厂长办事的，就耐心在这里候着；如果是来找什么姐夫呢，对不起，请你去姐姐家里找，这里是办公的地方！

臭婆娘，跟我来这一套！今天不给点颜色你看看，硬是不晓得马王爷有三只眼！女人咆哮着，两只胖手隔着桌子就向我张牙舞爪而来，我眼看躲避不及，只好将她纠缠的双手往外推，没想到，看似凶巴巴的女人其实是个充气的气球，堆头大，却轻飘飘，被我一推就摔了个四仰八叉，短裙子噗的一声开了缝，脖子上的项链也震脱了头，挣开的链子如一截吹破的蜘蛛丝搭在她圆鼓鼓的乳峰上，微微颤抖，梅花形的坠子像猫胡乱踩上去的脚爪印，随着主人胸脯的剧烈喘息有节奏地起伏着。我认出了那根来自宜昌的项链，女人也正拿着它绕过办公桌气势汹汹地扑过来：臭婊子！敢推我！你赔我项链！赔我项链！

不知什么时候，门口、窗口已围满了人，李会计拉开潘正菊的时候，她永远像肿着的脸上正吃了我一个脆生生的嘴巴，看起来更肿了——那是一句"臭婊子"的代价。她大概发觉除了污言秽语之外，和我掐架根本占不到便宜，就把冲天的怒气发在老迈的会计身上：滚你个老东西！你拉我干什么？你去拉那个臭婊子啊！呜呜！臭婊子，不要脸！

都在干什么？不上班了？！随着一声威严的咳嗽，外面围观的人一哄而散，厂长进来了。

呜呜！姐……厂长！这个小娼妇！她敢打我！呜呜！不得了了！小娼妇……

号什么号！谁是小娼妇？

就是她！姐夫！她还把你……我的项链扯断了！

项链？你居然敢偷我给……你姐……买的项链！孙厚德铁青着脸，指着潘正菊的鼻子骂道：就凭这，你就该打！上班去，少在这里丢人！

女人向我投来"你等着瞧，我不会善罢甘休"的怨毒的目光，气咻咻地跟在李会计后面走了。孙厚德转过身拍拍我的肩膀说，算了，收拾一下早点下班！唉，你惹她干吗呢？语气不知道算是安慰还是埋怨。

小小的假还没休完就提前回厂了。小小黑了，也更瘦了，看来她回去真的是受了罪。我等着小小来把我顶替回去，那几天孙厚德像蒸发了一样连早晨也不来办公室了，直到小小回来后的第三天，我才跟见天子一样见到了神神秘秘的厂长。

到底你是厂长还是我是厂长？我跟你说了小小做秘书不合适！何况，她昨天自己找到我，说再休息一段时间，就安心安意去学化验！对了，何向东一直陪着她，她呀，我看现在是急着嫁人，对当秘书不感兴趣了哩！

小小果然和何向东出双入对，不知这个心比天高的丫头，回老家受了什么刺激，对何向东的态度竟突然来了个180度大转弯，害得我要继续当这个无奈的"韩秘书"。

3

又逢单周，土根一个人骑车回来了——这可是头一回如此。土根的自行车后架，还从来没有闲过，起先驮着桂子，后来春花去了行车班，后架就被她霸占了，大柱只好逢单周就亲自去接桂子。这个周末，大柱照例和人换好班，早早等在柴油机厂门口，可桂子却没跟他回去，她说跟师傅约好了，周日练一天车。大柱一个人没精打采地骑着车往回走，赶上了骑不多远的土根和春花，大柱和土根打个招呼，就准备上前先走，春花叫住了他：哟，死大柱，当我陈春花是隐形人啊？大柱脸一红，瓮声瓮气地说，春花妹子是能人，咱惹不起呢！春花噌地从土根的车上跳下来，跑上前揪住大柱的车尾巴，双脚轻轻一跳，屁股一颠就稳稳地坐上去了。她一只手搂着大柱的腰，一只手朝土根一挥，浪声浪气地大笑，哈哈，惹不起我叫你也躲不起！黑皮，你先走吧，我今儿要看看，我吃不吃得下个熊包样的死大柱！

土根回家后，吃了饭，照例骑着飞马带着多多亮亮出去遛了一圈，春花和大柱还没到家。

天完全黑了，纳凉的人三三两两回了屋，两个人还没回来。

亮亮和多多在床上睡熟了，盼盼不肯上床，趴在我们家饭桌上打瞌睡。两个人还没回来。

我去接接他们吧？这两个人，难道跑美国去了！

肯定是炸了胎。大柱那个身板，少说也有一百六七十斤，加上春花，三百斤往上，不把车压坏才怪！你接有什么用？你想一下子驮回三个人？

先驮一个回来嘛！不然孩子们都在这，我们也没法睡！

我看，这两个人知道孩子有我们看着，也没着急，几十里路，爬也该爬回来了！我哈欠连天地指挥土根，你把盼盼抱到床上去，我们在饭厅铺张席子搭个地铺凑合一晚算了。

春花和大柱什么时候到的家，我们竟然一无所知。这两个家伙倒好，消消停停睡到厨房的第一笼馒头熟了，才一前一后来我家领回了各自的小孩。在硬硬的水泥地上喂了一宿的夜蚊子，土根的脖子像打了石膏一样固定起来了，我的胳膊腿上鼓着大一个小一个包，奇痒难忍。我一边用水冲着胳膊上的红疙瘩，一边愤愤地警告两个不负责任的家长：以后再这样啊，莫怪我薄待了你们的心肝宝贝！我这饭有得吃，床没得睡，下回看我不给他们人搁一把椅子，让他们坐到自家门口等去！

大柱肩上搭着毛巾，手里提着牙缸站在一旁，也不回嘴，一只手摸着后脑勺嘿嘿地憨笑。满嘴牙膏沫的春花含着一大口水，朝天咕咕咚咚地漱几下，一口喷到水池里，厚颜无耻地说，不就是占了你们家的床吗？以后啊，我干脆把钥匙交给黑皮算了，韩秘书呢，只管和娃儿们先睡，让黑皮洗干净了到我铺上等我去！

学校放了暑假，盼盼被搬了新家的爷爷婆婆接走了。临近培训毕业考试，桂子单周双周都舍不得休息，一个劲忙着练车。只有惦着孩子的春花和土根，每周必回。但春花却并不坐土根的车。一向不背后议人的土根说，大柱去接的春花，这两个人，出了拐。

后来我们才晓得，出拐的远远不止春花和大柱哩！

事情要从春花进行车班说起。

行车教练是个半人半鬼的中年王老五，如果从后面看他，倒也正常，从前面看，就要有些勇气了。他的一整张脸，曾掉进火里烧伤过，虽然做过多次整容，仍然狰狞可怖。春花刚进行车班时，常常被教练那双没有眼眶和睫毛的丑陋眼睛深情注视，春花除了浑身起鸡皮疙瘩外，最强烈的反应，就是觉得当年的那把火不够，没有将他烧成瞎子——为什么不烧成瞎子呢？看到的全是别人的美和自己的丑！后来，那双眼睛渐渐移走了，移到了桂子身上。再后来，一上车就战战兢兢的桂

130

子开始自信了。再再后来，桂子常常要比人家幸运地多练几遍车，最后干脆休息也练车去了。秋天的树枝一样的桂子突然像被春风吹拂过了，春花怎能感觉不到呢？春花说，鬼子上了"鬼脸"的床，鬼子的男人却上了我的床，我以为讨了便宜，没想到，考试放榜下来，被刷下来的不是笨猪似的鬼子，倒是我自己！狗日的，考官原来就是那个鬼脸教练，谁多少分就是教练说了算，他报复我哩！真真便宜了鬼子，便宜了死大柱！最可气的还在后头哪，我想着鬼子虽说考取了，可一定让死大柱看轻了，死大柱一定不要她了——这也活该！人总不能两头讨好！你得了工作，我得个男人，这也不错！可是，挨千刀的死大柱啊，让鬼子去勾引教练的主意，居然是他出的！这两天还躲着我，说我克男人，怕我克死他！

春花被淘汰下来，横竖不肯进厨房，闹得整个厂都不得安宁，倒说满世界的欺负她一个寡妇，要孙厚德退了他们孤儿寡母的钱让她回三峡，还扬言要在欢迎第一批学员回厂的大会上唱一出戏，要当着上头领导的面揭某些人的老底。孙厚德被逼无奈，临时召集了几个管理人员商量对策，大家也拿不出什么意见，孙厚德就骂骂咧咧地说，妈的算了，最近忙得要死，先让她在行车班待着吧，厨房也不差一个两个的。潘正菊却很不满意这个缺乏原则的决定，她献计道，行车班放那么多闲人怎么行？我看哪，厂里差的是炉前工，李土根五大三粗的，屈在行车班实在可惜了，不如调他到炉前，岂不是什么问题都解决了？

不行！你少出些稀饭主意！人家李土根规规矩矩签了行车班合同的！再说，他考试也通过了。

那好！要讲规矩就都讲规矩！这陈春花按合同报的不是行车班，按考试又没通过，按规矩就该进厨房，厂长怎么又破例让她留在行车班呢？

你这不是在跟我推磨吗？她要是这么好打发我吃撑了开这个会？

推磨也好抬杠也好，厂长反正不能存私心！你看我们厂，两口子

131

工种都是一个轻松的搭一个辛苦的，只有李土根两口子，一个行车一个化验，舒服事都轮着他们了，人家怎么不造反？我看哪，问题的根本在这里，李土根的分配还要讨论！潘正菊挑衅地看着我，肥腻的脸颊泛着复仇的兴奋光泽。

不用讨论了！我厌恶地瞪了潘正菊一眼，斩钉截铁地说，我去厨房！土根凭哪条都得进行车班，你们别打他的主意了！

好！这可是你自己说的！你可不要后悔！小姨子幸灾乐祸。

潘正菊！你捣什么乱！不准你参加开会你偏要来，一来就乱作主！韩路，你也不要瞎起哄，事情不是还在商量嘛！什么舒服事搭个辛苦事？乱弹琴！又不是吃大锅饭，搞平均主义！舒服事也还要自己拣得起！就说你潘正菊，我还想封你个秘书呢，可是你乱泥巴一样的身坯，糊得上墙担得起这个挑子吗？

小姨子气得直翻白眼，有什么担不起的！不就是进门给你端茶递水，出门陪你出差开会吗？杨小小那个黄毛丫头就拣得起，我有哪样拣不起的？说得满屋子人忍不住笑，厂长哭笑不得。

其实，我早想挪出办公室这个是非窝子了，只不过，我像颗三番五次被命运强暴的棋子，早已习惯了听天由命、任人摆布，习惯了不反抗、不竞争，所以竟也一直没有下定决心跳出来——又能跳到哪里去呢？对于一个没有未来的人来说，厨房和化验室以及办公室又有什么区别？有什么好争的？命运将我掷向哪里就是哪里吧！可是，很显然，办公室是个让小姨子之流们虎视眈眈的地方，它并不因为我想随遇而安就可以安，而且，因为我占着这么个不合时宜的位子，随时都会被不明不白喷以满身臭粪，土根也必将受到不公正待遇，所以，我决定不再沉默了：

厂长，不用考虑了，我去厨房！不过，我有个要求，我得参加这半年的化验培训——厂里已经出了钱，我不能浪费了，再说这也是我的权利，考试完了，通过通不过我都回厨房！

潘正菊撇撇嘴说，去厨房就去厨房，还学什么化验！这不是脱了裤子放屁吗？

闭上你的臭嘴！孙厚德对着小姨子怒吼一声，回头又冲我发了火：怎么？都想反天？你们眼里还有没有我这个厂长？你们想上哪就上哪？韩路我跟你说，我孙厚德不松口，办公室秘书这个挑子你就别想撂；潘正菊呢，仓库钥匙你爱管管着，不稀罕管，拿来！我交给陈春花，看人家稀不稀罕！

钥匙给她我做什么去？我又不会开行车！小姨子脑筋一时打铁。

去厨房！烧火佬不必会开行车！

又是一阵哄笑。这样商量下去的结果，是没有任何结果，转来转去，还在开头的地方。我知道，如果现在不能趁机离开办公室，以后就更难找机会了，于是，我主动"妥协"了，好吧厂长，我留在办公室。不过，我还是坚持去参加化验培训，多学点东西总没有坏处，等培训结束了我再回来。这个半年呢，反正还没投产，办公室接待什么的可以让陈春花顶着，她那张嘴，可比我利索多了。

盼盼走了不多久，亮亮也被送回三峡过暑假了。大山里的夏季，是抑扬顿挫的长短句，正午的太阳，可以把知了的聒噪熔化，黄昏之后却凉爽宜人得恨不能绊住时间的脚。在三峡，对付长长的夏季一把蒲扇足够，即使是最热的三伏天，到了晚上，睡觉还得盖着薄薄的被子；东湖市的夏，却是一篇没有标点符号的演讲稿，拖沓而冗长，憋得人换不过气来，像谁在天地间装了一台不知疲倦的造热机，昼夜不停地往外吐着烈焰。屋外是火炉，屋内是蒸笼，白天是煎烤，晚上是烹煮，空气是胀得满满的气球，一触就会爆，拧开水龙头，水滚烫，没有一丝凉气。厂子里的十几个小孩，都陆陆续续被接走或送走了，宿舍楼里，只剩下形单影只的多多。

妈妈，我也要回三峡！我想家公了！我要跳孔雀舞给家公看！多多可怜巴巴地求我，春花也帮着腔，是啊，把多多送回老家吧，瞧这鬼地方热得，大人也受不了！再说，你们去年过年也没回去，都快年把了哩，老家的亲人只怕也想坏了！

我心里酸酸的，嘴里却说，你看，欢迎会也开了，土根明天正式上班，我们第二批的培训据说也是在这两天动身，我就是想把多多送回去也没时间啊。又蹲下来对多多说，多多乖啊，妈妈不是给多多说过了吗？家公现在要盖房子，要开会，等有时间了，就会来接多多的！

多多失望地对着手里的雀尕叹气，唉，家公你可要快点来！暑假过完多多就要上幼儿园了哟！

其实，我爹写了好几封信来，有他自己的，也有帮公公、公婆写的，都是挂念我们的话，问我们什么时候能回去。爹告诉我们他的新家和我们家仍然隔得近，都盖好了，砖墙屋，结实得很，盖在娘娘泉旁边，吃水也方便，说以后他不在了，这房子就留给多多，年头四节的想家公了，回到三峡还有个落脚的窝；说大哥二哥搬到移民村，对什么都不满意，不满意不朝阳的地场子，不满意分得的几亩薄田，不满意老住户对移民的歧视，不满意他这个当爹的没为他们捞到一丝一毫的特殊；又说婆婆大不如从前硬朗了，不咳不喘的，却老爱犯迷糊，有时连儿子媳妇也不认得，看见谁都叫土根，大概是太老了；爹还说暑假要来接多多，天天梦见她，有时哭，有时笑，有时突然发了病，吓醒了再也睡不着，多多的小手小脸就在跟前晃……

爹的来信，常常惹得我哭红眼睛，我明明恨着他，却又像他挂念我们一样挂念着他！我可以想象，热闹了一辈子的父亲，如今怎样拖着他孤独的影子，一个人在空荡荡的房子里进进出出；风烛残年的婆婆，怎样睁着不甘心的老眼，苦苦等着她远走高飞的孙子；善良的公婆，怎样忍了自己的泪，去哄着那个既顽固又任性的老小孩！我想念那个对我和多多付出了真爱的父亲，想念我慈爱的亲娘一样的公婆，想念哪怕不待见多多却宠着我的婆婆，想念老虎嘴，想念黄牛岩，想

雀尕飞
QUE GA
FEI

念三峡的红叶，想念三峡一切的一切啊！可是，我只能自己擦了眼泪，狠下心，在回信里冷冰冰地说，我们很好，你们不必挂念！或者说，我们很忙，你们不必过来！

培训的紧张暂时让我忘了俗事的纷繁，忘了沙洲市近在咫尺，忘了对多多撒谎的愧疚，甚至也忘了那铺天盖地的热。

理论课老师是一个四十多岁的瘦女人，姓砦，时任柴油机厂化验股副股长。第一节课摸底考试后，砦老师毫不客气地把孙厚德临时任命的组长杨小小的职撤了，重新指定我担任化验组长。我叫苦不迭，七人之中，我的学历最低，也是唯一不可能留在化验组里的人，让我当组长，岂不是出我的洋相吗？

砦老师对化验组大失所望，对大家自己填报的学历表示怀疑。她板着脸操着不知属于哪个派系的普通话轻蔑地说，本来，我对你们是有信心的，七个人就有五个高中生，两个初中生，比我们厂当初招工时清一色的初中生强多了！可是，我想不到，你们东湖的所谓高中生，原来是这么个水平！都是些最基础的考题啊，总共七个人，及格的竟然只有初中毕业的韩路，五个高中生通通亮了红灯！我真不知道，你们的高中毕业证是在哪国领的！

何向东忍不住笑了起来，我也不禁为春花的及时转岗感到庆幸。

还笑呢！最离谱的就是你！何向东！四大题有三大题吃了鸭蛋，就选择题上捞了11分！运气不错啊，我估计，全是蒙的对吧？连水的化学式都不会写，和零分有什么区别！何向东，你上过化学课吗？

何向东低着头，老老实实回答，上是上过，不过下学这么多年，学的那一点点东西早还给老师了。

那你趁早学个别的吧！你这个基础，我实在没法子教！

那可不行！求求你柴老师……不，砦老师，我会好好学的！我好不容易跟小小一块了，你让我学别的，小小岂不又飞了？何向东上第一节课时把砦老师黑板上的自我介绍"砦秋桐"念成了"柴秋洞"。

课后大家取笑他，他红着脸争辩，这么古怪的姓，你们就都认得吗？我看这个柴……砦老师像根干柴禾似的，姓柴倒更有理由些！索性背后不再更正，直呼柴老师，没想到叫顺了嘴，一急之下，当面也成了柴老师。

何向东的口误和爱情表白惹得我们哄堂大笑。杨小小刚刚被罢了官，本来堵得慌，被何向东一搅和，更是又气又臊。砦老师则张口结舌，铁青着脸半天说不出话来。

小小在上铺重重地翻身，重重地叹气，有时还故意用脚把床板重重一拍，弄得全寝室的人都不胜其烦。我知道这些动静都是冲我而来。寝室共住了八人，除了我们化验组的五人，还有造型组的三人。我和小小睡上下铺，这是小小主动要求的。这次来培训，小小的心情本来不错，她看似不再排斥何向东这棵歪脖子树，孙厚德也委以组长的重任，而我，培训结束后或去办公室或去厨房，都将与她井水不犯河水，所以，她主动示好，热心地提出和我上下铺。我自然没有异议，哪个愿意与人为敌呢？可是谁知道砦老师这么当头一棒，让她既丢了面子又没了里子，和好的意愿便如逆流的江水，只短暂地打了个旋，就头也不回地消失了。她心情烦躁，我是可以理解的，只是，她能理解我吗？我压根没想着"夺"她的权啊，我连办公室秘书都没兴趣，一个芝麻粒似的组长，又有多大的诱惑？我来化验组的目的，实在是为了躲避去办公室上班，哪里料到砦老师会不由分说地把她引以为傲的"官衔"扣到我的头上呢？

老实说，小小记恨着的砦老师，我虽然说不上讨厌，也并没有多少喜欢。砦老师是我见过的真正可以用瘦骨伶仃形容的女人，那种瘦，简直只比生理卫生书上绘制的骷髅架子多裹了一张皮而已。之前，我是无法想象一个人可以瘦成这样的。她的干巴巴的脸上不成比例地闪烁着一双目光炯炯的大眼睛，仿佛我们夜里捉黄鳝时装在额头上的探照灯，又尖又长的鼻梁生硬地将扁刀脸劈成两半，使得本来就窄的扁刀显得更窄，这张脸，猛一看就像直直的电线杆上挑着两只刺眼的路灯，无论从哪个角度，你都不可能生出愉悦、亲近的情愫来；她又是我遭遇过的最严厉的老师，坐在那盏明晃晃的探照灯下，连牢骚满腹的杨小小也不得不全神贯注，屏声静气，因为，她讲课的时候，随时随地会提问，而且，不管你举不举手，她的枪口指到谁就是谁，答不出或是答错者，一律毫不留情地狠批一通。课堂上，我们轮番受着她的奚落，七个人，何向东的"命中率"最高，其他六人也无一幸免。而我，又似乎因为戴了组长的帽子，平白无故又多出一重烦恼来，答错了，免不了会死在老师的枪口下，答对了，也不过是大家群起而攻之的炮灰。

　　小小伸个懒腰，将身子往靠背上一仰，烦躁地嚷嚷，热死啦！早晓得上化验课是这么受折磨，这个火眼金睛的骷髅女人这么变态，当初还不如跟春花姨一起改行呢！何向东赶紧把笔记本撑成一把扇子，一边呼啦啦给小小扇风，一边连连附和，是的是的，受得起这份罪，早去读大学了，哪里还在这里哟？他清清嗓子，学着砦老师硬邦邦的语气说——我们以后从事的工作，是要求最为严格最为精准的工作，来不得半点马虎和失误——搞得太神乎其神啦！不就是个化验吗？错了大不了重来，又不是造原子弹！小小白他一眼，和造原子弹差不多呢！你忘了砦老师怎么说你的？——告诉你何向东！别说一指甲盖儿的错误不能犯，就是一头发丝儿、一灰尘粒儿的错误，也有可能导致不可估量的损失，也是不能犯的！——哼，什么狗屁化验，见鬼去吧！小小恶言恶语地重复着砦老师课堂上的话，一时兴起，抓起桌上的课本狠狠向门口掷去。啪嗒，厚厚的《化学分析》不偏不倚，刚好砸在已经走出门好远又折身回来拿东西的砦老师干瘪的乳房上——我们一开始并不知道砸在哪里，砦老师一个踉跄过后，条件反射的枯手告诉了我们被击中的具体方位。我们全部像石化了一样盯着那具惊愕的骷髅架子，心里既有为闯下大祸的小小捏把汗的紧张，又有暗暗地幸灾

137

乐祸等着看大戏的期待。我们知道，依着老师对我们一贯的无一丝喜爱怜惜之心的情况来看，这一书之仇她绝不会善罢甘休。我的脑袋里飞快地预测着随之而来的种种后果：砦老师勃然大怒，一纸休书欲将杨小小赶出化验组，杨小小痛哭流涕地哀求，表示将洗心革面，重新做人，但是砦老师态度坚决，冷若冰霜；砦老师厉声喝道，杨小小，你好大的胆！你敢扔了你的课本，还敢砸你的老师！你想造反吗？杨小小倔强地一扭头，从鼻子里发出一声冷笑，对头！我就是想造反！这个破课我早就不想上了，看你能把我怎么的！砦老师气得头发根根倒竖，杨小小解气地仰天大笑；砦老师被击中了心脏，她捂着受伤的胸口，痛苦地呼救，同学们，快、快叫总部派救护车，杨小小，你的账我们回头再算！同学们慌作一团，杨小小趁机畏罪潜逃了……

然而结果远远没有这么精彩。

杨小小没有被赶出化验组或者畏罪潜逃，砦老师也没来得及或者够不上呼救，事情之所以有了让大家失望的结局，完全是因为被小小屡屡骂作呆笨的何向东，危急中智慧了一回。当呆若木鸡的我们怀着不同的心情盲目地猜测故事的结局的时候，何向东却像一个救美的英雄，勇敢地迎着魔鬼般的骷髅架子而去了：对不起对不起！砦老师！砸到您哪里了？——他汗涔涔、年轻多肉的大手就要往老师身上揉，倒吓得老师一个后退——实在对不起，老师！我刚才看见这门框上有个大蜘蛛，顺手拣起书就砸了过去，谁知道……嘿嘿……没想到……嘿嘿……

估计砦老师也没想到何向东在编故事。她反倒叮嘱大家协助何向东抓住那只逃之夭夭的肇事者，否则咬了人不得了。何向东冲我们做个鬼脸，算是请求配合的意思，于是大家一起辛苦地忍住笑，装模作样地漫天寻找那只莫须有的大蜘蛛……

扔书事件搪塞过去了，上课时的压抑和紧张依然存在，探照灯依旧高悬，对我们偶尔想偷懒想蒙混过关的邪念依旧明察秋毫，绝不姑息。

白天是那么漫长而煎熬。

一天的课结束，回了宿舍，洗了澡躺到窄窄的床上，以为随之而来的总算该是轻松的休闲时光了，然而也不是。小小随时找茬，随时发布一些带着棱角的言论，比如大家正谈论着砦老师的种种不是，她突然地会阴阳怪气地警告，注意骷髅女人的耳目哟！人家是白房子的红人哩，小心回头告你们一状吃不了兜着走！说得大家马上把躲闪的眼光瞟向我——我当然知道这又是冲我来的，在这群年龄不算太悬殊的女人中，我显得过于沉默，这是大家不能容忍的。不合群，如果不是瞧不起人，就肯定是做了被人瞧不起的事了！不合群的人，总是容易成为别人攻击的对象，就像小小当初，当她的高跟鞋笃笃地不合群地行走在去白房子的路上的时候，路的上空，何尝不是漂浮着厚厚的流言蜚语呢？然而我实在提不起回击的兴趣，面对这种并不指名道姓的叫板，我除了惊讶于小小的健忘，只能选择一如既往地沉默。我是一枚被生活的苦汁浸泡得受了潮的哑炮，已经没有什么力量可以将我引爆了。我只是隐隐觉得，逃到这里，似乎也并不比在办公室更安宁——其实，三峡也好，东湖也好，哪里又有我生存的土壤？

日子拖着蹒跚的脚步缓缓前移，那份滞重，像是每一步都耗尽了全身气力。我也像当初的土根一样每个周末都迫不及待往家里赶，土根总是安顿好多多，早早地和他的脚踏车守候在柴油机厂大门口。所幸多多是乖顺的，不生病的日子，她总是乖得惹人疼，有时独自在厨房玩，有时跟着土根去车间，远远的在一边摆弄废弃的断砖碎瓦。

第三个周末，土根来接我时告诉我，厂里可热闹了，出了几个事。

一个事是厂长去武汉接新车，本来说的是带小姨子去，结果带了春花，小姨子气势汹汹地追过去，两个女人在武汉一会面就打起来了。小姨子冷不丁扇了春花几嘴巴，让春花在汽车行出了丑，春花一气之下，轰隆隆撞翻了小姨子。没想到武大郎似的小姨子竟是个绣花枕头，毫无还手之力，被春花骑着捶了个半死还不松手，安师傅和厂长两个男人都拉不开，小轿车差一点接不回来。土根说，幸亏你从白房子出来了，瞧现在闹得！现如今大家伙一上班就拿他们的事儿扯闲篇，传得难听死了，说孙厚德被缠得没法子，只好三个一床睡！

另一个事，是厂长刚把他的桑塔纳接回来不到一天，一个瓦工从脚手架上掉下来摔死了。瓦工叫郑狗子，是个五十来岁的老男人，男人出事后，女人和三个傻儿子由娘家一帮人带着来找厂里扯皮，闹了好几天，昨天才打发了。我问是怎么打发的，土根说，郑狗子的家属找包工头和厂里要人要钱，说好好的人是跟包工头走的，在铸钢厂出的事，包工头和厂子都脱不掉干系，现在活人是要不回来了，总要一笔说得过去的赔偿，不然他们不埋人；包工头却把责任撇得远远的，说当初是郑狗子一再地求他，他可怜狗子上有八十多岁的老母、下有三个憨头包（弱智）儿子才勉强答应了狗子进建筑队。狗子年纪大，做活路不利索，要不是看在乡里乡亲的份上，他才不会发这个善心收他！高空作业本来就有风险，死了也怨不得别人，万一要说责任呢，厂里倒是该负一部分——这么热的天，自己本想放工人几天假，可是厂里不答应，还拼命催工，狗子是热中了暑才摔下来的——说到底也还是狗子自己身体差了；厂里呢，当然也不得随便答复，孙厚德调查了一圈，最后总结说，狗子不光是年纪大身体差，出事那天中午还多喝了酒，掉下来人都还是醉的，这好多人可以证明。另外，狗子掉下来时连个安全帽也没戴——这也该厂里赔钱吗？厂里还要追究包工头管理不善、延误工期的责任哩！至于郑狗子自己的责任，人死了也就算了。一顿连吓带骗，女人当时就没了主意。娘屋的舅舅却不服，他讲不出大道理来，索性不吭一声，领着老的小的一大队人顶着烈日蹲在厂里就是不走。最后孙厚德看着不是个事儿，商量着和包工头各赔了5000块钱，家属这才把开始长蛆的死人拉回去埋了。

我虽然不认识郑狗子，心里却从此老有一个模糊的影子，从十多米的高空倏地一头栽下来，血肉横飞，脑浆崩流，这幅惊心动魄的画面像一个邪恶的魔咒植进了我的脑海，任我怎么驱赶，只是挥之不去，我因此常常为了这个并不认识的人，没来由地恓惶，也没来由地恐慌。

这没来由的恐慌，没多久就变成了实实在在的恐慌——那一天，我正上着课，忽然有人通知我赶快回东湖，说接到总厂转来的电话，我女儿受伤住院了。我脑袋里嗡的一声，只觉得眼前发黑，双腿发软，受伤？多多怎么会受伤呢？她受了什么伤？难道是发病后咬了自己的舌头或是碰伤了身体？她现在怎么样了？病情控制住了吗？我急躁得如同百爪挠心，恨不得一下子飞到多多身边，脚下却没有一丝气力。来人说，快上车吧，你们厂长跟总部联系的车子，送你回去。

等我们十万火急地赶到东湖医院，却得知多多已经转走了——转到了沙洲市第一医院！我顿时觉得天旋地转，天哪，多多的病到底有多严重呢？来不及多问，司机又调转车头，载着一摊烂泥似的我往回赶。那天，面包车疾走如飞，我却破天荒忘了晕车。

第五章　懒回顾

1

多多从蹒跚学步开始，一直是由我爹带着的。我出嫁后，洗衣做饭的活自然就落在了二嫂身上。二嫂本来不乐意做家务，心里又始终记恨着爹给我办的陪嫁，于是觉得自己是天底下最冤的女人，每天不是闹着要分家，就是要扔了牛牛出走，对爹的吃饭穿衣根本不闻不问。分家的话，二嫂其实也就是说说而已，在红叶村，爹毕竟是说一不二的人物，二哥能在村里混着，全仰仗爹这棵大树哩。但是二嫂三番五次地指着二哥闹，爹也索性来了个痛快，真的就一个人分了两间偏屋三块薄地单过，不再听二嫂那些难以入耳的牢骚。分了家几乎得了全部家产的二哥二嫂并没有如愿以偿的快慰，两口子依然把日子过得战火纷飞，反倒只有爹落了个一身轻。我知道爹喜欢干净整洁，隔些天就回去给他洗洗衣服，晒晒被子，有时也帮他做顿可口的饭菜。性格要强的爹从不上我们家吃饭，村里没事地里没活的时候，就变着法逗多多开心，给她削个小狗小车、编只麻雀老鹰什么的，直把多多疼得，早上一睁开眼睛就要去找家公。我们家两个大男人常年跑船，我和公

婆常常忙得脚不点地，爹说多多跟着他，一来省得我们操心；二来也跟他作个伴，于是多多几乎就成了家公身后的一条小尾巴。这条小尾巴让大嫂二嫂很不开心，说爹不亲自己的亲孙子孙女，对个来历不明的小野种倒是掏心掏肺地亲，背过人就冲小尾巴龇牙。小尾巴也特别怵她的两个舅妈，有一回家公给她讲"野人家家"（就是狼外婆）的故事，多多竟然问家公，野人家家是不是长得跟舅妈一样啊？问得家公答不上话来。

多多第一次发病是在三岁的时候。那是个农忙的下午，红叶村家家户户忙得鸡飞狗跳，我们家也不例外。我和土根、公公在屋后的麦地里舞着镰刀，挥汗如雨，公婆则留在家里洗衣烧饭看护一老一小。多多本来一早吵着要去找家公，但是我们告诉她，家公也要收割麦子，等我们把麦子收完了去帮家公收，多多就可以跟家公玩了。她就听话地留在家里，有时跟在洗衣做饭的婆婆屁股后，有时和不太亲近她的太婆玩。公婆忙完了手头的事，瞧着那会儿多多正和太婆玩儿得好好的，麦田又不远，就抽空提了壶茶送到坡里。公婆是个闲不住的人，看到我们忙得恨不得生出三头六臂，忍不住搭了把手，结果，不一会，就听到太婆变了调的喊声。一家人见太婆惊慌失措、魂飞魄散地站在路口，嘴里"多多、多多"语无伦次地叫，猜想是多多有什么意外，慌忙扔了手里的家什物件往家里跑。

半道上，歇了晌正跟驼子和二百五去地里割麦子的关医生碰到我们，关切地问，怎么了？都跟火烧屁股似的？我急得只觉得三个木桩似的家伙杵在路当中挡了我们的道，压根没心思搭腔，兀自绕开他们从麦田里蹿了过去，听到公婆边走边急急地回话，还不晓得屋里出了什么事呢！像是多多怎么了！

哦，那赶紧回去看看……关医生啰里啰唆的关心被耳边疾走的风撕成了碎片。

三步并作两步地扑回家，我们被眼前的景象吓呆了。多多口吐白沫、面目全非地瑟缩在地上，她全身痉挛，小小的身子像被一种看不见的东西扭曲着，痛苦地蜷成一团。我冲上前抱起孩子，急切地叫着多多！多多！多多根本不理会我的叫声，她翻着可怕的白眼，颤抖得越来越厉害，小脸渐渐由煞白变得青紫。看着孩子在怀里突然绷成了一张弓，我哇地一声大哭起来，多多，你怎么啦？你到底怎么了呀！

土根不知所措，公婆也急得没了主意，她不住地埋怨自己，怎么会这样呢？怎么会这样呢？我走时还好好的！都怪我！怪我啊！

太婆在一边惊魂未定地直拍胸脯，哎哟吓死我了！这娃儿犯的啥毛病，太婆一辈子没见过！土根路路，你们莫怪太婆啊！太婆一直尽心尽力地看着她，一分钟都没躲懒呢，谁晓得刚刚还好模好样的一个娃，眨眼就成了这样！真是中了邪了！把太婆的魂都吓没了哟！

呀！这孩子像是发母猪疯了！关医生沙哑的嗓门吓了我们一跳，谁也没注意她什么时候跟了过来。她分开乱哄哄的众人，从我手里一把抱过多多，直奔卧房。她把多多平放在床上，一边解她脖子那里的纽扣，一边吩咐，快！路路，别光是哭！掐她虎口！我像抓到了救命稻草，感激地冲关医生点点头，手忙脚乱地试着去掰多多攥得紧紧的拳头，可怜的小人儿，不知哪来那么大的力气，手指头捏得像长到了一起，我咬着牙费了好大的劲才将它们掰开，却怎么也狠不下心来掐她，关医生吼道，掐呀！用力掐呀！路路你让开，让土根来掐！

嫩生生的一双小手被土根掐破了，渐渐渗出血来，我心疼不已，多多却任凭我们摆弄，不哭不叫，似乎对疼痛已不会感知，抽搐仍然不止。不行，再掐人中！关医生指挥着乱了方寸的我和土根，我们这时才看到，关医生一只手搂着多多的头，使它偏向一侧，另一只手的食指被多多咬在嘴里，一条红蚯蚓，裹着白色的泡沫顺着指缝慢慢向下爬。关医生，您的手指头！我和土根几乎同时喊道。莫管我！老骨头了，断不了！快掐！也许是红蚯蚓激起了我的愤怒，我不再抖抖索索，鼓起勇气，对准多多的人中，狠劲地掐了下去，仿佛要掐死那个缠住多多的魔鬼。

哇……终于，多多张开嘴哭出声，她松开握紧的拳头，嘴里长长地呼出一口气，绷紧的小身子慢慢松弛下来，上翻得几乎看不见了的黑眼珠慢慢回到眼眶中，吃力地望了我们一望，随即恹恹地歪过头，疲惫地在自己嘤嘤的哭泣声中睡去……

我筋疲力尽地瘫软在床前，多多睡梦中，还偶尔抽泣一下，小小的心中像藏有满腹委屈。我心疼地在心里说，好了，宝贝，过去了，总算过去了！

我哪里知道，噩梦并没有过去，而是刚刚拉开它狰狞的序幕。关医生说，母猪疯病人她听得多，见得少，没有经手看过，这回事出突然，她是大着胆子试了一下，心里其实也没底。她让我们作好长期治疗的准备，平时备点药在家里，万一发病也好应急，因为这个病说来就来，一旦发作，要赶快处理，拖延不得。发病的时候赶快塞一条毛巾在孩子嘴里，免得咬断了舌头。

母猪疯，原来是这么可怕可憎的恶疾！它原来并不是仅仅偶然光顾一次就作罢！随后的日子，真的如关医生所说，它随时随地登堂入室，让我们防不胜防、躲无可躲，它像一个不请自来的恶棍，已经如幽灵般缠上了我苦命的多多。

我和土根带着多多四处求医问药，我相信，总有一个医生，总有一种方法，可以根治多多的病。多多还那么幼小，她是那么可爱，病魔怎么忍心如此连绵不绝地加害她呢！然而，我们访遍了三峡的名医圣手，得到的答复都是摇头、叹息和无能为力，石头坪的一个老中医说，回去吧，这种病，药物可以缓解症状，想根治，太难！不过，也有过了12岁自己就好了的先例，慢慢熬吧。12岁之后，真的就有可能出现奇迹吗？可是，12岁，对于才3岁的多多而言，那将是一段怎样炼狱似的道路呢？我可怜的孩子能从这漫长的刀尖上滚过来吗？我的心有勇气陪着她滚过漫长的刀尖吗？

我们实在不甘心坐等遥远的12岁，逢人就打听医母猪疯的奇方怪法，公婆诚心诚意地求神拜佛，对天上地下的各路神仙都满怀敬畏，她甚至把口碑不怎么好的王神仙也请到家里驱邪除魔，然而多多的病，仍然说来就来，丝毫得不到神仙佛祖的庇佑。

母猪疯彻底摧毁了我们平静的生活，日子跌落在愁云惨雾中。土根隔三岔五地请假，爹也一有空就过来陪多多，我们提心吊胆地看护着多多，揪着心地和她一起挨过一个又一个饱受折磨的时刻。无数无数个夜晚，睁着眼，我脑子里全是多多发病的惨状，睡梦中，又全是多多被魔鬼挟走时的生离死别。我曾百般阻挠多多的临世，可是如今，多多不知不觉成了我的全部，我已经不记得她也是天恕的孩子，在我的心里，她早已变成我一个人的孩子。然而，老天是这么残忍，他一再地要夺去属于我的一切！我活在巨大的恐惧里，不知道下一秒会出现什么，不知道自己可以撑多久，不敢想明天，不敢想未来。

太婆说，路路啊，该做的都做了，我看多多就随她的命去闯吧！她身上的病，旁人替不了！你们赶紧再生一个，婆婆死了也好闭眼睛！说不定啊，多多有个弟娃儿冲冲喜，这病就好了！

从未有过和土根生个孩子的打算，更何况是现在这个状况！我只能一次次敷衍倚老卖老的太婆。太婆却并不好糊弄，她拄着拐杖，颤颤巍巍找到村里，逼着我爹和妇联主任给我们发二胎准生证。我爹好不作难，他虽然知道多多的病有多严重，可是国家没有相关的政策，他一个村干部哪敢随便核发准生证呢？于是就劝太婆说，婆婆，不是我不办，路路土根是我姑娘女婿，我巴不得他们生一大堆娃娃！可是政策不允许呀！您回吧，路路生二胎是没问题的，只不过要等两年，等多多满了五岁，我亲自把准生证给您家送过去！

再过两年只怕我早去阎王爷那里报到了啦！我不管，你们不发就不发，娃我们是要生的！等活鲜鲜的娃儿生下来了看你们还能怎么的！

太婆撂下一句硬话前脚出门，妇联主任吓得后脚就赶紧将我叫到村委会。

走，跟驼子医生到卫生室去。我还没进门，妇联主任就起身迎了出来，又对屋里招招手，我斜身望过去，我爹不在，驼子意外地坐在我爹的办公桌跟前。

到卫生室做什么？我被弄得一头雾水，我明明在离卫生室不远的地里干着活，被十万火急的口信召到了村委会，屁股还没看见凳子呢，又让打转去卫生室，搞得像地下党接头似的。

去体检。

体检？好好的体什么检啊？心想我们家除了多多有病，其他人都好着呢，但是多多的病，是名摆着的，你卫生室治不了，又何须去体检？

查查你有没有怀娃娃，有的话，打掉，没有呢，上环。妇联主任从未有过的严肃。

没有没有！我羞红了脸，急急地说，我吃着药呢，主任放心，不会怀孕的！

那不行！我看你做过老师，又有韩书记担保，你说吃药我就没逼着你上环，可现在你婆婆吵着让你提前生二胎，你必须得上环了，不是我们不信你，是大家担不起破坏计划生育的责任哪！

主任，请你相信我吧！多多这个样子，我……我哪有心思再要孩子呢？

倒也是……主任见我眼圈红红的，语气柔和下来。她善意地提醒，路路啊，你们查过多多的病因吗？刚才，我跟驼子医生说起这个事，她说多多这个病，有可能是遗传呢——如果是这样，我是说，如果是你跟土根一方有这个遗传基因，那生二胎也还是可能……

驼子像个乌龟似的抻着脖子附和着，是的，这个事要慎重！

主任和驼子一唱一和的话提醒了我，是啊，多多怎么会得这样的病呢？难道真的是遗传？我和天恕都健健康康的，如果是遗传，那就只可能是我们的父母有问题了。

　　韩路，不查清病因可千万莫急着怀孩子哟！——你这个事也够麻烦的！土根家祖祖辈辈在这里，倒是可以排除，可你的父母是谁呢？谁也不知道啊……

　　我的父母是谁？他们是健康的吗？我要从哪里知道他们的情况呢？所有人都只知道我是从岔路口捡来的，我的记忆也是从那里开始，我多么希望，我的记忆能够再往前推进，哪怕就一天，或几小时也好，让我可以找到一点我父母的蛛丝马迹。我努力回忆，想回忆起被抱养前的一些片段，然而脑子里除了保存着土根拖着两条大鼻涕救我的底片，之前是一片空白。如果我的父母是健康的，有病的就是天恕的父母了。然而，我除了知道天恕的妈妈患过精神病，其他的一无所知啊！精神病与母猪疯有没有某种联系呢？都以为多多是土根的孩子，我要向谁打听有关天恕父母的一切而又不让人起疑心呢？

　　各种各样的问题潮水般涌来，这一刻，我恨透了我的亲生父母。恨他们不负责任地将我带到人间，恨他们狠心将我抛弃，他们是两个躲在黑暗里的凶手，扼杀了我最基本的幸福，使我以痛苦为生，以苦酒作饮；这一刻，我也是恨自己的，恨自己糊里糊涂地爱上了天恕，糊里糊涂地生下了多多，恨自己带给幼小的多多无穷无尽的折磨。

　　我是谁？我来自哪里？必须解开身世之谜的念头如蝎子爬过我的内心，强烈，痛，不得安宁。

<h2 style="text-align:center">2</h2>

　　妈，讲讲您和我妈还有玉兰幺幺的故事吧。我和公婆在茶地摘茶叶，多多在一边追蝴蝶玩，自从多多生了病，我们习惯了默不作声地干活，沉闷的空气让农活无端变得繁重和无趣。

　　怎么想起来听这个了？多多的病还不够你操心的啊？公婆懒心无

148

肠。

我就是不想提起多多的病！您就给我讲讲吧！从前您只给我讲了我爹的风流事，我想听听您的和玉兰幺幺的爱情故事，还有，我爹怎么会娶我妈那样一个人呢？我倒觉得娶您或者玉兰幺幺更合适！

嗨！我哪有什么……爱……情……好讲的！公婆被我一句"爱情故事"羞得像个小姑娘一样红了脸。我爹是个跑船的，土根他爷爷是个拉纤的，有一回，我爹的船在老虎嘴翻了，土根爷爷舍命救了我爹，两个人就拜了把子订了娃娃亲。后来，土根爷爷没等到我们长大就过了世，按说呢，我们向家那时家境好些，亲家公人也死了，我爹是可以退了亲的，可我爹是个守信的人，等我一满16岁，就把我送了过来跟土根他爹拜了堂——就这么简单哩。

哦？您就没想过反抗吗？好多书里都讲那时的女人最反对包办婚姻哩！公婆脾气虽然和善，却长得人高马大结实得很，我想象她如果要反抗一下，抗婚或者逃婚什么的，成功的概率是蛮大的。

那都是书里瞎编的。有什么好反抗的？爹妈挑的，错不得蛮远。公婆粗壮的手指麻利地在叶尖上翻飞，语气淡然得像在讲别人的事，无油无盐的回答让我不免有些失望。她顿了顿，似又想起什么，犹犹豫豫地说，不过你爹妈那个婚结的，倒真是有些错。

我马上自作聪明地猜测，我爹妈的婚姻肯定是包办的！对吗？

算是吧！唉！一开始还是我牵的线。说得沮丧得很，完全没有说媒成功的自豪感。

是您的大媒？我把问号拖得长长的，因为我太诧异了，如果说爹妈的婚事，是村里那个可以脸不改色地颠倒黑白的王媒婆做的媒，我倒可以理解，但竟然是厚道的公婆！我一时忘了手里的活路。

嗯，是我的大媒。公婆打开了话匣子。我嫁到红叶村没两年，娘家遭了水灾，一个村差不多被洪水冲光了，人也死的死逃的逃，我爹妈就死在那次洪水里。你妈和玉兰那天恰好在山上挖药材，被暴雨困在黄陵庙里两天两夜，命倒是捡回来了，回到村里，家却没有了。我后来得了信，回娘家奔丧，一路上的那个惨哪，我都不愿再想！村里的房屋，没有倒塌的只剩下了陈家大屋，那是玉兰原来的家。玉兰一家被赶出去之后变成了大队部，那次洪水，除了死去的和投亲靠友的，乡亲们统统挤在陈家大屋。你妈和那些成分好的被准许住进屋里，虽然一人也就屁股大个窝，但比玉兰住的强多了。玉兰和几个成分高的被赶在又矮又湿的猪圈里，猪圈屋的石头墙倒还结实，顶上盖的杉树皮却被暴雨冲得无影无踪，玉兰他们只好砍些树枝盖在上面，天晴还好，碰到雨天，我不知他们是怎么对付的。在陈家大屋见到你妈和玉兰，三姐妹抱头痛哭，好不恓惶！我们三个从小玩到大，妹妹们落了难，做姐姐的怎么能安心？我就琢磨着在红叶村给她们说个婆家，日后也好有个照应。红叶村是个穷窝子，光棍多，早些年，我还不敢起这个心，怕她俩受不得这个穷。但如今不同了，红叶村再穷，总有个安身的去处吧？果然，我一说，她们俩都愿意嫁过来。我们家和老韩家离得最近，我最先想到的是你爹韩成虎。你爹那时当兵还没转业，但是探亲时我见过，模样人品都没得说，就在心里把他跟玉兰配上了，又悄悄把他的照片拿给玉兰看，玉兰也满心欢喜。可是谁知道，我后来把玉兰的情况说给你爹的父母时，两个老人家一听玉兰是地主成分，又姓陈，死活不同意，可把我作了大难！其实玉兰那时爹妈、房屋全没了，完完全全是个孤儿，算哪门子地主呢？谁又会来追究一个孤儿的成分呢？红叶村的老辈子都是拉纤的出身，早先倒是忌讳陈姓人家，船怕"陈"（沉）嘛，不过那时早不准兴这些迷信了呀！我好说歹说，老韩家的两个古老前人就是不松口，我也只好作罢，我总不能把玉兰硬塞给人家作媳妇吧。我一开始压根没想过把你妈说给你爹，说实在话，他们看着哪是一对儿呢？没想到，老人家们倒主动提醒我——二秀啊，你不是说有两个落难的姊妹吗？还有一个呢？——我就只好交代，还有一个成分是不错，不过没读过书长得也不对付……不是我故意贬损

150

你妈，我们亲姊妹似的，我是有一句说一句，你妈又矮又胖又罗圈，万一攀不上人家颜面上不好看不说，弄不好我还落得个两头不是人，两方都怨我这个牵线的不会量媒胡扯一气。谁知他们一听，欢喜地拍了板，就是她！成分好，日子才过得安逸！没读过书也好，女人读个书有什么用呢？长相不对付啊，就更不是毛病了，"福在丑人边"哟，这话可是有根有据的！当下就要了你妈的生庚八字去合，不几天就把亲事订下来了——你看，想着是一对的没成，不般配的倒一提就拢了！我这个大媒做得啊，自己都稀里糊涂的！

婆婆爷爷看也没看我妈一眼就做了主啊？我爹也是见过世面的，他就乖乖地娶了我妈一点意见也没得吗？

怎么没意见啊？你爹收到他韩易夫幺爹代写的信，只晓得爹妈给他订了亲，年龄合适，八字相合，还欢喜得寄回来一包毛线让我转交给你妈呢，哪晓得你妈比他料想的差了那么多！他更想不到心急的老人家把他们成亲的日子就定在转业到家的那一天，等于你爹见到你妈的第一眼，他们就是正儿八经的两口子了！你爹那个气呀，好久都不跟你婆婆爷爷说话，连我这个大媒也一并恨了些时呢！直到第二年到处闹饥荒饿肚子，你婆婆爷爷去老虎嘴打鱼丧了命，你爹又被选上了村支书，他才勉强别别扭扭地和你妈过起了日子。那时运动多，你爹在外面生龙活虎的，回了就冷着个脸，有了你大哥二哥也不例外，你妈倒能忍气吞声。

那我玉兰幺幺呢？你把我爹的照片都给她看了，结果却又把我爹"许"给了我妈，她没跟您翻脸吗？

你还别说，这事坏就坏在照片上了！我也是少不更事，八字没一撇的事，看什么照片呢？白白害了玉兰一辈子！

一辈子？难道玉兰幺幺凭一张照片就爱上我爹了？还爱了一辈子？哈哈，这倒蛮有意思！像书上写的！

唉！有些丫丫权权的事儿，书上写得有趣，电影上演得好看，摊在自己身上，就是一辈子的磨难，丢也丢不掉，甩也甩不脱，哪里是有意思呢？公婆望着田埂边的多多，有些沉重地说。路路，有个事，在我心里压了二十几年了，我都快被压得扛不住了哩！

妈，是什么事儿要扛二十几年？路路不能跟您一起扛吗？

你问到这里来了，我索性跟你说说吧！这些个事啊，像磨盘压在我身上，沉哪！今儿我也不管那么多了，咱娘俩一起把这磨盘掀了！

这事还是得从那张照片说起。玉兰得了你爹的照片，一颗心都在你爹身上了——这是我后来才晓得的。当时，韩家选中了你妈，催我回娘家把你妈说稳了，他们好下聘。我支吾着好一阵不敢回去，我是怕跟玉兰拢面哪！但是不拢面哪成呢？纸包不住火，何况，我们仨好得亲姐妹似的！等到我爹妈的"五七"忌日，实在不得不回娘家了，才硬着头皮跟玉兰摊了牌。没想到，玉兰听我磕磕巴巴把事情原委讲清楚了，一点怨我的意思都没有，倒安慰我说，不怪二秀姐，谁让我生在地主人家呢？你妈欢天喜地地把你爹寄的毛线拿给玉兰，让玉兰教她织毛衣，玉兰也满口答应，她最后还参加了你妈出嫁时的送亲队哩。你妈出嫁的那天晚上玉兰偷偷跟我说，二秀姐，我也要嫁到红叶村来，你帮我说户人家吧，疤子麻子跛子瞎子都行，只要不嫌弃我。我听着心里一酸，玉兰如花似玉的美人儿，又识文断字心气儿高，我瞧着除了你爹之外就没有一个配得上她，哪里就贱到要嫁给疤子麻子呢？那天玉兰哪怕穿着件旧得不能再旧的褂子，还是把全场的女宾比了下去，早有心急的光棍后生们向我打听她的名字呢！我后来帮她作主物色了后山的望祥和，因为祥和是出了名的好脾气，模样也还周正，就是瘦了些，闷了些，不过总比那些张三李四的大老粗强点，更重要的是，祥和那天去给你爹婆亲，一眼就相中了玉兰，一根喇叭欢实得，比自己成亲都乐呵。你爹婆亲的第二天，玉兰刚刚回去，祥和就提了茶礼，央求我去玉兰家提亲。我心里喜欢，嘴里却只说不急，直把祥

和折腾得天天往我家跑。有了上次的教训，我是不敢轻易答应哪，这
回要出了丫杈，可真的把玉兰害了！就一五一十道了玉兰的软处，心
想我丑话说在前头，你望祥和就是改了主意我也还有个退路。哪知道，
一根筋的祥和拍着胸脯说，别说玉兰是地主成分，她就是白虎星下凡，
我也要娶她！就这样，玉兰顺顺溜溜地嫁给了祥和，也算有了好归宿。
我当时暗自得意，一下子安置好两个好姊妹，心里那个舒坦啊！土根
他爹笑话我，二秀啊，红叶村这么多光棍，你娘家又那么些没了家的
大姑娘小媳妇，你干脆开个媒婆店子得了！我哪里知道，我这些个线
牵得，完全是牛头不对马嘴、错到西天去了哟！

公婆叹了口气，话锋一转：我们都不晓得，玉兰其实是为了你爹
嫁到红叶村来的！

我大吃一惊，为了我爹？

是的！为了你爹！她心里喜欢你爹，却因为你妈的缘故，不敢把
她的感情对任何人提起，包括你爹，也包括我。我的个傻妹子啊，她
硬生生地藏着对你爹的感情，心不在焉地和祥和过着日子，一过就是
七八年，真不晓得是怎么苦过来的！

如果杜鹃没有出现，玉兰也许还是原来的玉兰，平静地守着疼她
的丈夫亲她的儿子，心里悄悄地装着你爹韩成虎。可是，杜鹃来了，
这个狐狸精一样的城里女人简直就是一盆祸水！她一来，好比凤凰落
进了麻雀堆，红叶村的女人都给衬得灰头土脸，红叶村的男人都跟屎
蚊子一样叮着她嗡嗡乱叫。玉兰一开始也服气杜鹃，人家确实好看啊！
可是后来，玉兰不服气了——她心里装着的韩成虎也变成屎蚊子去叮
杜鹃了！红叶村所有的男人都可以变成屎蚊子，唯独韩成虎不能哪！
韩成虎，你娶了长芬姐我不怪你，你平时跟我说话一本正经规规矩矩
的我不怪你，可是，你怎么能迷上别的女人呢？玉兰眼看着韩成虎腿
脚越来越勤地往卫生室跑，她的心像有人在拿刀子割呀！韩成虎，早
知道你并不是什么正人君子，早知道你也喜欢好看的女人，我为什么

守着你那么多年不作声呢？玉兰不住地责怪自己，却一点办法都没有，只能眼睁睁看着你爹和杜鹃好，眼睁睁听着村里人的风言风语。

好在，年底的时候，杜鹃回去过了个年，就再也没有回来。玉兰听人家讲杜鹃不仅办了回城手续，还在城里结了婚，她顿时欢喜得像捡到金元宝，每天把自己收拾得像个新娘子，得空就往韩家跑。我们都只说她惦记怀孕的长芬哩，哪知她其实是去看韩成虎。你爹哪晓得玉兰的这些心思呢？他那时正为杜鹃回城的事苦着心哩！玉兰每天看到的，不是你爹喝得醉醺醺在骂人，就是你妈挺着个大肚子在偷偷抹泪。

后来，大队卫生室要重新招赤脚医生，说招上了还要统一送到公社去学习，回来队里就算工分，免义务工。玉兰不知从哪里得了信，找到你爹，说自己在娘家背过医书，懂一点医，想当赤脚医生，你爹知道玉兰心灵手巧，就大致同意了，约好第二天到卫生室填表。这第二天，也就是你妈的三儿流产的那天，你爹出门时掀翻你妈，心情烦躁，到了卫生室，见到早等在门口的玉兰，进了屋，也不拿表，却从挎包里摸出军用壶，咕咚咕咚猛灌一阵老烧酒，接着就胡言乱语起来。玉兰知道他想着杜鹃，心里苦，也不言语，一把夺过老烧酒，将剩下的半壶喝了个精光——其实自己的心里更苦哩，却又恨不起眼前的人儿。

两个醉醺醺的人一觉醒来，知道干了不该干的事，你爹羞愧得不住地打自己，骂自己是畜生，扔了那把从不离身的军用壶。他是真的后悔，日后也真的滴酒不沾，他不知道，其实玉兰并没喝醉，她清醒地去关了门窗，铺好了杜鹃走时收拾得整整齐齐的休息床，一切都是她心甘情愿的，她是豁出去要和你爹好哩。可是就在那天，你妈流了产，把玉兰刚刚燃起的一把火浇得透湿。你爹变成了罪人，玉兰何尝不是呢？面对可怜的长芬，你爹用迁就、忍让赎罪，对玉兰，却只能尽量躲避；玉兰除了对你妈充满深深的愧意，对你爹，再也不敢有非分之想了。

如果事情就这样结束了，大概祥和和天清不会死，玉兰也不会死吧。

但是，事情没有结束，玉兰怀孕了！那段日子，玉兰蔫头耷脑的提不起精神，祥和、天清和她说话，她不是恍恍惚惚答非所问，就是呆呆的一言不发。肚子明明饿着，却吃不下东西，勉强咽下去，一会儿准吐出来；人明明困着，躺在床上，却又一夜夜睁眼到天明。眼看着玉兰如一朵缺水的花儿，一天天蔫巴了，祥和急得不得了。他疑心玉兰生病了，催逼着她去石头坪检查，天清也求她，她只得动身。没想到，检查的结果，竟是怀孕了！祥和当下欢喜得恨不得飞回去，把这个喜讯告诉儿子，告诉红叶村的乡亲。要知道，祥和上无父母，下无兄弟姐妹，只有天清孤孤单单的一个儿子，他多么羡慕人家儿女成堆呀！他时常抱怨自己没用，守着红叶村最水灵的女人，却造不出更多的娃来。他哪里知道，自从生下天清，玉兰一直瞒着祥和在偷偷用避孕药呢！

怎么办哪？这个孩子无疑是韩成虎的，哪能生下来呢？可是，祥和已经知道自己怀了娃，不生，又怎么向他解释呢？玉兰被肚子里的娃折磨得快疯了——当然，那时还并没有疯——原本光鲜的美人突然瘦得像个吊死鬼，直把祥和心疼得，不知怎么办才好。

祥和越是对玉兰好，玉兰心里的愧越重，当肚子里的孩子一天天长大，就快要临盆的时候，玉兰再也撑不下去了，她把这所有的一切原原本本告诉了我。她觉得自己快死了，因为老天爷发了怒，各种各样的鬼不分白天黑夜地缠着她，要把她千刀万剐。她说，就让我一个人去死吧，祥和那么想要这个孩子，我不能让孩子跟我一起死啊！二秀姐，如果我死了，孩子还活着，不管是男是女，就叫天恕吧，我只求老天宽恕他（她）、保佑他（她），孩子没错，错的是我呀！

我做梦都没想到会有这样的事情！到了这步田地，看着干柴棒似的玉兰，责备的话一句也说不出口！我只能劝慰玉兰想开些，先养好身子生下孩子再说，往后的路，走一步是一步了。

玉兰到底平安生下了天恕。愧疚依然像毒蛇一样咬着她不松口，她紧张、忧愁又营养不良，干瘪的乳房挤不出丁点奶水，祥和想尽一切法子帮她下奶，最后，为了能打到下奶的黑鱼，爷儿俩在老虎嘴丧了命。

你爹和乡亲们把祥和和天清的尸身找回来的时候，玉兰还在坐月子。她疯了。我知道，她是疯了，才又多活了几年，要不，那天就随祥和爷儿俩一道去了。

我多作难啊，我昧着良心让你妈给天恕喂奶，长芬妹子要是知道她喂着的是自己的丈夫和亲妹子样的玉兰生的野种，不把我杀了才怪！可是，我又不能不管天恕，玉兰只有这么一根独苗了，我怎么也不忍心让他饿死呀，何况，玉兰一家人的祸事，说到底也是怪我牵错了线！

玉兰一死，天恕的身世就只有我知道了，我不敢告诉任何人，哪怕他的亲爹！我总是劝自己，过两年吧，等天恕大点再说。拖了一年又一年，我却始终没敢开口。我怕天恕恨我，恨玉兰，恨他亲爹呀！没想到这一瞒，就瞒了二十多年！嘻！今天总算都倒出来了！轻松了一大截呀！路路，真后悔没有早点跟你说说，我知道你是个有分寸的娃！你不晓得一个人守这样的秘密有好辛苦！我祸害了那么多人，良心不安哪！我把玉兰一家害了，你爹妈一家，何尝又不是我给害的？你妈就是人样子差点，其实早先也是个又能干又贤惠的女人，她要是说个般配点的人家，哪会死得那么早？你爹也可怜，外面看着威风，屋里一团糟，说到底也是搭错了伙计的过！跟你妈过不到一块，跟儿子媳妇说不到一处，还有一个儿子天恕吧，他是不知道是他的种，知道了，也不见得待见——天恕这个忘恩负义的混账东西，人家说儿不嫌母丑，红叶村再穷，也养大了他，没想到他考了个兵，眼睛框子就朝天上长了！前两年还回来得勤，这一晃，怕是三四年没回来过了吧？也不知转业没有！对了路路，你们结婚生娃我让你给天恕去信，他回了信吗？按说，他是你爹的亲儿子，你也算是他的姐呢！你们从小就亲，看着也般配，我啊，一直担心土根死命地喜欢你是瞎子点灯白费蜡，没想到……缘分哪，还真是没法说去！

156

3

我终于知道，我为什么老是觉得天恕身上有我爹的影子，只是我无论如何也没有想到，天恕居然就是我爹的亲儿子！

忘了天恕留在我心底的殇，心里反倒觉得他好可怜。他的生命明明是人家强加给他的，却要被母亲怨恨，还要祈求老天宽恕；他明明是有父亲的，却只能孤儿似的活着，生生地放弃考大学的机会。不知是为着他的亲生父亲没能照顾他却养育了我，还是固执地盘踞在心里的那份爱不曾离去，天恕，我仍然无法恨他，也无法容忍别人恨他。有什么理由恨他呢？他一生下来就失去了那么多，好不容易有了改变命运的机会，为什么就该放弃呢？当初，我拼命资助他读高中，鼓励他考大学，不正是希望他抓住机会、出人头地吗？如果他勉勉强强娶了我，一辈子窝在红叶村，郁郁而不得志，我会感觉幸福吗？

如今，天恕变成了爹的儿子，我心里突然有一种庆幸，这样的话，多多其实就不是爹的外孙女而是亲孙女了！多多在这个世上，总算不光是两个孤儿的女儿了，她还有亲爷爷、亲伯父！我爹毫无道理地疼她，她也毫不客气地粘着家公，难道是冥冥之中，他们的血脉亲情使然？我甚至自我安慰地想，天恕虽然抛弃了我，可是他的父亲却作了我的养父，作了我们女儿的家公，这是不是可以看作老天对我们的补偿呢？

然而这种庆幸，很快变成了致命的打击。绝望和耻辱，使我几近崩溃。

那天，我去石头坪给多多抓药，渡船上碰到去石头坪她妹子家走亲戚的关医生。自从第一次发病救了多多，对邋邋遢遢的关医生，我不再怠慢。关医生也热心地提醒我，尽量少给孩子吃西药，西药伤身体。

下了船，我们一同朝石头坪走，关医生突然问，听驼子说你婆婆催着你生二胎？

嗯。婆婆瞎闹的，多多没满五岁呢，哪生得了？再说，驼子医生说了，多多这个病也许是因为遗传，弄不好二胎也跑不脱。

那……路路，你是怎么打算的？

还能怎么打算？一个母猪疯就够了，再来一个，岂不是都没有活路了？

也许……也许……多多的病并不是遗传呢？母猪疯的病因多得很。

也许？我在心里冷笑，亏你还是个医生呢？也许的意思是什么？也许的意思是不可靠，不确定，我是本来没打算生二胎，如果打算了，因了这个不确定，我也是会放弃的——我们怎么冒得起这个险呢？但我知道关医生是一片好意，就只淡淡地说，谁知道呢？怕是多多这个病因，我们一辈子要蒙在鼓里了！

关医生似乎着了急，却又一副不知从何说起的样子，不停地搓着她的粗粝的大手。我记得小时候这双大手老是莫名其妙地摸我的头，那上面的老茧，总是将我的头发摩挲得乱七八糟，弄得我远远地一见她，赶紧就要躲，有时候躲不及，被逮个正着了，我就冷冷地看着这个不男不女的怪人，从她龌龊的上衣口袋或是裤兜里，掏出几颗花生几块苕干什么的，讨好地塞在我手中，然后在我的头上乱摸一气，也不管我愿不愿意，好像她用这些东西收买我，就是为了能摸摸我的头。对医生天然的惧怕使我不敢拒绝她的抚摸，不过，她塞给我的东西，无论是什么，我一律背过身就扔了。我们那时的小孩子，没有受过不吃陌生人给的东西的教育，一来是山里难得有陌生人来；二来那时家家缺吃少穿，谁会舍得给东西人家吃呢？能给的，自然不是外人，所以几乎就没有拒绝的。但我认为关医生虽然不算陌生人，但至少是个外人，而且，她那些个脏兮兮的荷包，我总觉得肯定是蟑螂老鼠虱子跳蚤经常光顾的地方，还有，她身上老有一股臭脚丫子的怪味儿，仿佛她穿的衣服，全是用裹脚布做的。所以尽管我也很馋，却能毫不吝惜地将

它们扔得远远的。只有一回，她掏出来的，居然是一颗包着好看的彩纸的糖，我没舍得扔，回去偷偷给破旧吃了。我记得老态龙钟的破旧，一点老者的矜持都没有，跳起脚一口吞下，连糖纸都没剥。

可是后来，这双难看又总像没洗干净的大手灵巧地接生了多多，在多多犯病的时候毫不犹豫地充当了她的咬牙棒，如今，这双粗糙得跟花栗树皮似的手更老更难看了，它们像做错事的小学生，不知所措地来回搓着，仿佛多多的病是她一手造成的，这让我生出一丝愧意来。我有些过意不去地对她说，没事的，关医生，等多多的病治好了，我们再生也不迟。

不能啊，路路！多多的病谁知道会治多久？女人年纪太大了生娃娃，大人危险，娃也难得健康！我看还是等多多一满五岁，你们就赶紧生一个吧！

不要说了！关医生！您的好意我知道，多多的病，一辈子看不好，我就一辈子不生了！

那哪儿成呢？老太太还巴着眼睛望哩！生吧，听我的，我担保没事！

我本来是看在关医生一片好心的分上勉强和她说着这个令我伤心的话题，但是她过分的热心让我终于敷衍不下去。我烦躁地说，您担保？算了吧！我要万一再生个母猪疯，难道去政府告您？

我……我……关医生被我炝得说不出话来。我也后悔自己有些情绪失控，但是话已出口，我不想解释，就独自埋着头朝前急走。关医生从后面追上来，喘着粗气，急切地拉着我的手说，路路，走，我们到旁边那块石头上坐坐！我有话说！

您莫说了！我不想听！多多的病，我谢谢您费心了！我甩开她的手。

不！路路！你一定要听！你难道不想晓得你爹妈是哪个吗？

我一时没反应过来，我爹妈？我最初的反应是，我爹是韩成虎，我妈是赵长芬啊，但是马上，我一个激灵，不对，他们是我的爹妈，这谁不知道啊？莫非……我突然有些眩晕，关医生要说的，难道是我的亲生父母？可是，连我的养父母和公公公婆都不知道我亲爹亲妈是谁，这个莫名其妙的人，又从哪里知晓呢？骗我的？对，多半是骗我的！肯定是受了太婆的托付，骗我早点生二胎！我虽然恨不得钻天拱地找到我的亲爹妈，好狠狠责问他们一番，但是我无论如何不能相信关医生的话。我赌气地坐到大石头上，也不作声，把两个胳膊交叉抱在胸前，一副我倒想听听你关医生能给我编排出什么样的亲爹妈来的不敬嘴脸。

关医生一脸的慎重，一脸的严肃，絮絮叨叨说开了。

路路啊，你先不急，我慢慢从头把事情的原委说给你，你是有脑袋瓜的娃，你把话听完了，自然就晓得关医生说的是真是假了！

我心里说，啰唆，快说！不过嘴上没吱声。

那是二十三年前的事了，日子我记得蛮清楚，阴历十月初二，阳历十一月七号，八号大队到公社交粮油。那个季节，天开始冷了，一早一晚都打着霜，山上的红叶红得跟火似的。关医生的讲述把我带回了那个寒冷的早晨，蚂蚁，麻雀，土根，破旧，一一从眼前闪过，我不由得开始紧张起来。

我石头坪的妹子请人捎信过河，说有事让我过去。那时候天天搞运动，我们红叶大队有你爹罩着，加上地方偏无人管，还算是太平的，其他地方呢，风吹草动都吓得死人！所以我一听说妹子有事，就急慌慌赶了过去。妹子家原来开个榨房，后来充了公，镇子上——哦，那时叫公社——还是不依不饶，把她家划成了富农。我就猜又是怎么了呢？

到了妹子家，妹子赶紧闩了大门，这时，从屋里走出来一个四五十岁干净体面的妇人，抱着一个用花被子裹着的娃，一膝盖就给我跪下了。

我不由自主地松开交替抱着的胳膊，天哪，花被子？难道真的是

160

我？

　　我赶紧扶起妇人，说，要不得要不得！这个大姑，您怎么了？妇人客客气气问，您就是红叶大队的关医生吧？我心想，这妇人怎么看着这么面熟却又想不起来是哪个呢？按说，妇人细皮白肉的一看就是城里人，要是见过，一定想得起来，可我咋一点印象都没有？我冲妇人点点头，是啊，我就是关医生，可您是……？妇人一听，扑通一声又跪了下去，把怀里的娃娃举到我面前，眼泪巴巴地说，关医生，求求您救救我的外孙女吧！她是我女儿杜鹃的孩子呀！

　　天哪！我原来是杜鹃的女儿！影子！影子！砍脑壳的杜鹃！养母的咒语在耳边回旋，但是，我顾不得养母了，我的心被一种奇特的感觉胀满，我有亲娘了！我有妈了！原来，心里有一块空空落落的地方，一直是为母亲而留啊，母亲在了，它便满了，足够了。我一时忘了被母亲抛弃的痛，竟然沉浸在有了母亲的巨大喜悦里。

　　一听杜鹃的名字，我猛然明白妇人怎么那么面熟了，杜鹃如果再过个二三十年，肯定就是眼前这个妇人的模样！我接过娃娃，嘿，好标致的丫头，黑眼睛红嘴巴，小脸儿白嫩得就跟豆腐脑似的，比年画上画得还好看，可不就是杜鹃的孩子！我示意旁边呆着的妹子拉起妇人，一边连珠炮地问，这孩子生什么病啦？看着气色不错呀！杜鹃不是在沙洲市吗？她人呢？沙洲市多大的城呀，咋不把孩子放那里看呢？再说她自己看病也比我强啊，我只会勉强接个生，病可是一点不会瞧，看个感冒什么的还是跟杜鹃学的呢！我老以为人家是求我瞧病呢，自说自话地讲了半天，结果，妇人哽哽咽咽地哭道，杜鹃她……杜鹃……她不在了呀！我苦命的女儿……呜呜……她……死了……什么什么？杜鹃不在了？这才回去不到一年，她怎么会不在的？

　　我猛地从石头上跳起来，揪住关医生的肩膀拼命摇晃，不！不！你撒谎！我妈好好的怎么会死？

　　关医生木然地任凭我摇晃着，苍老的面颊上滚过两滴浑浊的泪，

路路，你猜得不错，这个杜鹃就是你亲妈，你就是杜鹃的女儿呀！她确实死了，是服药自杀的！

不——！不要啊！你还我妈！你还我妈！我捶打着关医生，眼泪像决堤的洪水滔滔而下，我的亲娘！我才刚刚找到你一会儿，我连你的模样都还没想仔细，你怎么就可以死了呢？我宁愿你是因为不喜欢我才将我抛弃，也不要你到那个永远找不到的地方去呀！

关医生用袖口揩揩眼泪，将我拉到身边坐下，哭吧，路路！可怜的姑娘！莫怪关医生瞒了你几十年，我也是开不了口啊！我怎么都想不到，活蹦乱跳的杜鹃，回城不到一年，竟然自杀了！她到底为了什么要走这条路呢？我也是想不通啊！在我的追问下，你的家家哭哭啼啼地讲出了前前后后发生的事儿。

杜鹃回城后不到一个月，赶在春节之前就结了婚。这门婚事是杜鹃的后老子（继父）牵的线。婆家条件好，公公是一个县城粮食局的局长，和继父是老乡，路子广，没费吹灰之力就把杜鹃的户口弄进县城了，还在县城医院上了班。杜鹃一开始并没答应，她后爹得了人家的一大坨彩礼不好交差，就一个劲逼她妈。她妈呢，也觉得是杜鹃不懂事，男方的条件在她看来简直是好上了天，人家要钱有钱，要权有权，准女婿人样子不错，对杜鹃也一百个满意，这样的姻缘错过了再到哪里去找呢？当妈的说干了口水，女儿就是不答应。

杜鹃她妈知道女儿心里的委屈。本来，妈妈是沙洲市第一医院的医生，正在读卫校的杜鹃毕业之后是可以进妈妈的单位的，但是正赶上上山下乡的当口，黑心的后爹逼着杜鹃妈妈提前退了休，让他待业的儿子去医院的锅炉房顶了职，却让杜鹃顶了他们家上山下乡的缺，杜鹃心里赌着气，妈妈是清楚的。可是，哪能因为赌气就放过这么好的机会呢？那时下乡知青办个回城多难啊！杜鹃妈妈觉得，她后爹能帮杜鹃寻上这么个婆家，也算是将功折了罪，过去的，老放在心里做什么呢？可是杜鹃说，她没赌谁的气，她只是想留在三峡，再也不回

沙洲市了！这么一说，直把妈妈吓哭了起来，天哪，女儿如果真犯了傻，留在那个闭塞的穷山沟，可不是要了妈妈的命吗？再三逼问之下，才知道女儿恋爱了——爱的不是别人，就是你爹韩成虎！

听到这个我倒不吃惊，和我公婆说的能对上号，看来，我养父不顾一切地喜欢我妈，我妈对他的感情也是真的呢！我急于知道我妈的死因，催促道，后来呢？后来我妈怎么又还是在城里结婚了呢？

你家家知道你妈不肯回城是因为一个结了婚的山里男人，顿时气得寻死觅活。她也是个不幸的人哪，三十多岁就守了寡，一个人把杜鹃从几岁拉扯到十几岁，日子刚刚有了盼头，死了十几年的丈夫却突然被查出是特务，整天地不是隔离就是审查，后来竟又凭空多出一项行为不检点的罪行来！杜鹃妈妈哪受得了这些打击？她明知道这一切都是前院长的栽赃陷害，却不知道上哪里说理去。前院长是个又贪又腐的老流氓，多次调戏杜鹃妈妈都碰了壁，后来坏事做多了翻了船，撤了职天天写检查，就索性乱搅屎棍子，把清清白白的一个女人逼得没有了活路。这时医院好心的姐妹给她出主意，劝她找个成分低的人改嫁算了，一来和死鬼特务划清界限；二来也少些寡妇门口的是是非非。为了让女儿往后有个好前途，她也只好走了改嫁的路，嫁给了医院一个守太平间的男人。男人原来的老婆嫌男人晦气，多年前就跟人跑了，跟前只有个比杜鹃大几岁的儿子石磙。石磙小学没毕业就出来混，结果什么有用的本事都没混上，坏毛病倒混出一大堆，怕吃苦不肯上山下乡，又不愿顶老子的职去守死人，最后倒逼得后妈退了休、杜鹃下了乡！唉！你家家好歹也是正正经经的大医生，模样也没得说，当年连院长都没理会呢，最后倒被逼着嫁了这么个人！

你家家哭天抹泪地说，鹃子呀，我这么憋屈是为什么啊？莫说三峡的那个男人是结了婚的，就是个闺儿子又怎么样呢？你能指望在那么个穷山沟里找到幸福吗？见你妈仍是不吭声，她抹了一把泪冷笑道，好好！你如今大了，妈是作不得你的主了，你不是不想回来了吗？妈成全你！说着，一下子从抽屉你拿出两大瓶安眠药来，拧开盖子就要往嘴里倒，你妈吓得这才转过弯来，总算答应结婚。

我心里一阵惋惜，替我妈杜鹃，也替我养父，倒一点也不觉得对不起我养母。

新姑爷没结婚时天天催，时时催，恨不得到沙洲市来抢亲，结婚那天也从早到晚咧着个嘴巴笑，可是过了三天新人到娘家回门，小两口却别别扭扭的。新娘子愁眉苦脸的一点喜气也没有，姑爷的一张脸也拉得老长，撂下新娘就走了。你家家就犯了嘀咕，按规矩，女儿回门，新姑爷是娇客，丈母娘早准备了满桌的好酒好饭，姑爷怎么一言不发的就回去了呢？难道是犟女儿人嫁给姑爷了，心还在别处，得罪姑爷了？女儿呀，你怎么这么糊涂呢？婆家的条件多好啊，你人还没过去，又是转户口又是安排工作，姑爷也是浑身挑不出毛病的小伙子，婚都结了，你还想怎样呢？可千万别弄得敬酒不吃吃罚酒啊！

我是能理解我妈的！婆家的条件再好，她心里也不可能一下子将我的养父忘得一干二净呀！就算她要接受命运的安排，也得给她时间嘛！

杜鹃在娘家待了三天，也闷了三天，做妈的也不敢多问。好在，三天之后回婆家，姑爷早早来接走了杜鹃，你家家心里的石头才落了地。到底，姑爷是真心喜欢女儿的，这从姑爷的眼神儿里就看得出！

我心里想，这个姑爷，就应该是我的亲爹了，他长什么样子？叫什么名字？关医生怎么老是姑爷姑爷的没个姓名呢？

杜鹃上班后开始忙了，加上后来查出怀了孕，回娘家就少了。你家家虽然惦记女儿，却不能总去女儿家探望，因为家里的男人和儿子，老认为你家家沾了他们家成分好的光，完全拿你家家当不要钱的下人，真真是饭来张口衣来伸手，如果到了吃饭时间饭没做好，难听的话就会从那两张嘴里喷出来。

我的血直往上涌，忍不住插嘴，我家家也是，我妈已经出了嫁，

她干吗还要待在那个破烂家里受两个混账男人的欺负？她就没想过离婚吗？

天老爷！你妈那时要敢提离婚的话，不就等于自己打自己嘴巴？那就等于她自己在说，我就是作风不正派！我就是行为不检点！也许还要加一条：我们知识分子就是瞧不起守死人的无产阶级老大哥！

我对那个是非颠倒的年代只能报以愤怒的目瞪口呆，关医生却是见怪不怪的平静。她面无表情地说，那时候啊，结了婚的女人过不下日子了，可以忍，可以撒泼，还可以去死，就是不敢离婚哪！你家家慢慢忍啊忍，她心想只要女儿过得好，自己怎么着就无所谓了。

你妈从怀娃后看起来日子过得太平了些，虽然一个月难得回来一回，不过但凡回来，姑爷总陪着，待你妈也不错，知冷知热的，你家家看着心里也还算踏实。这么着过了大半年，你妈的身子有了七个多月的时候，姑爷给她请了产假，不让去上班了，你妈想回娘家住几天，姑爷也点了头，还请假把你妈送过来才回去上班。哪知第二天，你家家一早出去买菜，回来时门口几个婆婆惊慌地说，快去医院！石磙抱着鹃子上医院了，看样子是发动了！

我不由得紧张起来：是我要出世了吗？不是才七个多月吗？

你家家丢了菜篮子就往医院跑，等她赶到，孩子已经平安落地。医生护士都是熟人，她们一边忙乎，一边告诉你家家，杜鹃羊水早破，早产了，不过还算顺利，小丫头在娘胎里的营养不错，嗓门大得很，胳膊腿儿都周周全全的，只稍微瘦了点，看样子是养得活；大人也还威武，可能因为是头一胎，受了吓，情绪有些不好。你家家看着标致的外孙女，欢喜得亲了又亲，抱歉地对女儿说，鹃子受罪了！早晓得我宝贝外孙女这么心急，家家真不该去买什么菜哟！对了！提前了两个月呢，谁去通知孩子她爸呢？我去！蹲在门口的石磙瓮声瓮气答了一句，也不等回话，兀自就去了。

姑爷来得倒是及时，不过，从进门到接走杜鹃母女，始终寒着一张脸，你家家还只当是姑爷重男轻女呢，也没往深里想。没想到，三个月之后，你妈竟寻了短见！这中间，你妈满月后带着孩子回过两回，心情都不太好，还冒出过想离婚的话，吓得你家家直怪你妈不懂事，放着天堂里的日子不过，倒尽说些不着边际的话儿，她哪知道女儿除了离婚实在是没得活路了呀！

　　我那个被关医生称作姑爷的亲爹对我妈不好吗？我妈为什么除了离婚就只剩下去死一条路了？是因为我爹不喜欢女儿吗？可是，天下竟有为生了丫头的罪名逼死妻子的丈夫吗？如果是这样，我的亲爹岂不是连禽兽都不如？不！我不要这样的亲爹！我宁愿我是从天上掉下来的孤儿！

　　你家家被人接到姑爷家的时候，做梦都没想到女儿已经去了！家家急火攻心，几次哭死在女儿灵前，姑爷不耐烦地等丈母娘缓过劲来，怨恨地把孩子扔给她：这个野种我不要了，你抱回家吧！

　　我的心被怒火填满了！

　　你家家气得说不出话来，你……你……说什么？

　　野种！三峡来的野种！真是有其母必有其女！姑爷血红着眼睛像头发怒的狮子对着你家家又吼又叫，你养的好闺女！亏我对她一片真心！告诉你，你女儿是个烂货！新婚之夜，她不是黄花闺女我也认了，可是，她怀了人家的孩子，给我戴了绿帽子，回头还想让我养着这个野种，门都没有！哈哈！说什么早产！七个月的野种，居然长得比人家足月生的还壮实！拿我当苕呢！我对得起你女儿呀！我做到仁至义尽了，我说只要你把野种丢了、送人了，咱们还是好好的两口子，她不干呀！她宁愿去死，也要留着这个野种！她对三峡的那个野男人真心着呢！那天我要不是摔了她的镜子，从夹层里掉出张扛着枪的野男人的相片，我到今天都不知道她天天想的是人家呢……

　　我的脑子一片混乱，三峡男人？扛着枪？我爹？韩成虎？

　　你家家心里悔呀！女儿当初动了离婚的念头，自己怎么不细细盘问一番呢？离婚也好，把孩子送人也好，都不至于搭上女儿的性命呀！如今一切都无法挽回了，你家家遭受这样的打击，几乎也不想活了，可是，怀里才三个月大的外孙女，是女儿的骨肉啊，如果自己走了，这孩子岂不是也只有死路一条？你家家无奈地把你抱回家，心想，娃呀，你跟着家家慢慢过吧，家家带你一天是一天，哪天眼睛一闭，就要靠你自己的造化了！谁知家里两个男人见到你，像见了瘟神，说你家家敢把孩子放在家里养着，他们不药死她，也会找机会扔掉，吓得你家家只好抱着你上三峡来了。

你家家到了石头坪，径直找到我妹妹。杜鹃在医务室的时候，和我到石头坪进药，跟我在妹妹家吃过几回饭，和妹妹一家熟，她那次到公社办回城手续，你家家陪她来石头坪，当时在公社正好碰到挨了训的妹妹妹夫，娘俩就一起被妹妹邀到家里喝了茶，所以到了人生地不熟的三峡，她能找的，就只有我妹妹了。

为什么要把我送到三峡？为什么就凭人家一句话，就真的把我当成了三峡的野种？我歇斯底里地冲关医生喊，不！我不是韩成虎的女儿！我不能是韩成虎的女儿呀！

路路！你是！你是啊！你一直是跟着亲爹长大的呀！你家家把你交给我时，手里还攥着你亲爹韩成虎的照片，就是那张穿军装扛大枪的，是姑爷当罪证交给你家家的。你家家不肯透露姑爷的名字，说反正女儿死了，两家再也没什么关系。她只求我帮忙把你交给韩成虎，说这是他的亲骨肉，该他抚养！我哪敢直接送到他手上呢？你妈，我是说长芬，她那时变得凶巴巴的，这么打明道上送个孩子过去，还不如直接丢进长江哩！我是半夜里让妹夫用豌豆角把我送过江的，快天亮时才把你放到岔路口，那天早上村里的男人要去公社交粮，如果有人发现了你，就可能被送到韩家，都知道赵长芬盼个女儿——万一没人要呢，我就领回家，反正已经养了两个了……

关医生动情地讲述着，我除了眼里有她那张一翕一合的大嘴，耳朵里已经听不见任何声音。我的心漂浮到了黑黢黢的半空……

我和天恕突然之间变成了亲姐弟！我的多多，原来竟是老天对我们最恶毒的惩罚！天空再一次坍塌，命运再一次抽走我的支撑！我不能用支离破碎形容自己，我已经碎无可碎，我的肢体游荡在灵魂的碎末之间，我想用麻木和逃避将它们粘连、愈合，可是疼痛，悲苦，如同离间的小人，一次次使我徒劳而返。

我该怎样面对我的父亲面对天理人伦？面对这个从养父突然变身为亲生父亲、是女儿的祖父又是外祖父的人，我要如何去责罚，去声讨？我要逃向哪里，才可以隐藏我的肮脏跟丑陋？爹呀，你可以是我的亲爹，可以是天恕的亲爹，可你不能同时是我们两个的亲爹呀！多多，我苦命的孩子，你如果是老天派来惩罚罪人的，就单单惩罚我好了，为什么要伤到你自己呢？

我不知道命运的手要把我推向何处，茫然四顾，只觉得前去无路，后退无门。

我们离婚吧！终于，离婚两个字生涩地从我嘴里吐出，许多的遗憾，些许的轻松。虽然，我已经习惯了土根的呵护，习惯了他默默的付出，我甚至也下了在适当的时候爱上他、给他生个孩子的决心，可是如今，结局已经改写，所有预期的情节，再也无法一一去演绎，我只能抽身而退，我总不能老是让自己的悲剧，霸占着别人的舞台。

睡吧！瞎想什么呢？土根不以为然地拉灭了灯，伸出胳膊去揽我的头。

我一扭头背过身去。不是瞎想，离婚书我都写好了，我什么也不要，带着多多走。

那好！我也跟你们走！土根的一根粗胳膊倔强地钻到了我的脖子下，另一只手摸黑给我身边熟睡的多多掖了掖被角，多多发出一声含

混不清的梦呓。

你别嬉皮笑脸，我是说真的！我和多多跟着你会拖累你一辈子！

我巴不得你们拖累我两辈子呢，可惜人只有一辈子！

我知道这么说下去根本就是在瞎转圈，就狠了心，一字一句地说，我不跟你多说了！明天我就告诉太婆，多多压根不是她重孙子，我也压根没打算生什么二胎，我就不信，到时候你还这么嘴硬！

果然，土根急了，他紧张地抓住我，千万别呀路路！太婆可经不起这个刺激了！她要是有个什么三长两短的，我们可不是成了罪人吗？

我就是不想当罪人。太婆最盼的是什么？连多多都知道是弟弟！你说，现在这个样子，一时半会哪生得了弟弟？我们娘俩老耗着你，不是罪人是什么？

可是，我娶你，不是为了什么弟弟！太婆要催，让她催去，我们不理就是！我有你，有多多就够了！路路，我知道多多的病让你心疼，我是她爸，我也心疼啊！你莫急，孩子那么乖，她的病会慢慢好的！等好了，你想生个弟弟就生，不想呢，多多就又当姐姐，又当弟弟！

我承认我被笨嘴笨舌的土根感动了，可是，这感动，能抵消心里沉重的羞耻感吗？未来的日子，我要从哪里生出无穷无尽承受耻辱的力气来呢？

4

三峡大坝动工了，红叶村移民在即。

其实，红叶村要移民的信息，我爹几年前就开始在村里宣传了，只是，每每一番宏图愿景之后，上头并无具体的动静，大家或期待或抵触的心也就渐渐没那么热切了，以为那不过是若干年以后或者压根不会实现的事情，所以到后来，大家说起移民，往往一笑置之，该干什么还干什么。如今，动迁的号角正式吹响，测量组一拨一拨进驻村里，村组大会小会上讲得最多、喇叭播得最多的词就是"三峡大坝"和"移民"。实实在在的动迁热浪自然而然地将人们卷入这件与自己的未来息息相关的大事中来，我的心情，却像是不属于这个星球，日日地陷落在对自己对我爹的憎恨以及对多多的愧疚里不能自拔，与激动人心的三峡大坝无关，更与浩浩荡荡的移民工程无关。

　　镇里、县里开始有一些工厂企业的老板零零星星来村里招工。一听说还可以迁进城当工人，红叶村沸腾了，特别是年轻人，恨不得立马扔了锄头跟人家走。但最终，真正招走的却不多，这些招工单位不是快破产的，就是劳动强度高在城里招不到人的，条件倒还苛刻得很，年纪稍大的不要，拖家带口的不要，体质单薄的不要……说白了，他们招的是身强力壮的苦力，工作性质和原来的泥腿子行当并无多大区别。这与大家欲一跃而成为干净体面的城里工人的初衷大相径庭，而且，对于五口之家三口之家来说，如果家里被抽走了硬劳力、顶梁柱，剩下的老老小小又该怎么安排呢？所以尽管招工的大旗轮番更换，最后的结局似乎都差不多，不是甲看不上乙，就是乙对甲不满意，你情我愿者寥寥。

　　有了几次空欢喜的招工经历，大家进城的热情大受打击，索性安下心来等待整体动迁。红叶村整体规划是根据自愿，大部分农户将迁往县城郊区的鸡公山蔬菜柑橘基地，余下不愿迁走的可以就地后靠。村干部说了，鸡公山最近几年发展柑橘和蔬菜，村民富裕得很，路上随便一撞就是个万元户，大伙过去了，只要舍得力气干活，不会比当工人差；留下来不愿搬走的，统一在娘娘庙旁边划地场子，统一盖楼房，虽然被淹之后，能种粮食的地更少了，但红叶村以后会慢慢被开发成红叶景区，所以，后靠的前景也还是不算黯淡。

　　爹到我们家来摸底登记，他夹着个绽了口、拉链也坏了的黑色人造革公文包，刚上岔路口，多多和破旧就飞快地迎了过去——老破旧早老死了，我们叫惯了破旧，它的子孙便也统统叫这个名字。这个和

多多一起长大的破旧我们忘了是破旧几世，不过看来，它倒真的赶上世界要破旧立新了。

爹把他的装模作样的公文包——爹的公文包和我的年纪差不多，我小时候翻过，里面长年累月的就是一只英雄牌钢笔和一个红皮记事本，根本没有公文——扔给破旧，破旧一张口就稳稳地叼住了它，摇头摆尾地在前面开路。爹则一把抱起多多，用他硬茬茬的胡子去扎多多的脸，直把多多扎得咯咯笑，这才双手一举，把多多举过头顶，骑到他的脖子上，跟在破旧后面朝我家走。

妈妈妈妈！家公来了！老远就听到多多的报告，其实，看到破旧叼回的公文包，我们就知道谁来了。只是，我没像往常一样迎了出去，土根也没动。

咦？人呢？都躲哪去了？大门敞开，屋里静悄悄的，我爹放下多多自言自语。

嘘——！家公小声点！我太婆生气啦！太婆不吃饭，爸爸妈妈和婆婆爷爷也都不吃饭！太婆还哭了，说爸爸没良心，不要太婆了，太婆说死了算啦——家公，爸爸真的不要太婆了？多多让家公小声点，她自己的声音我们每个人在里屋倒听得清清楚楚。

韩书记吧——！你可要给我做主哟——！千万莫让你姑娘女婿去什么东湖市呀西湖市哟——！他们这一走哇——，只怕我这辈子再也看不到了哟——！太婆的耳朵今天格外灵醒，一听我爹的声音，本来躺在床上哼哼唧唧一副快咽气的模样，此时像注射了一剂强心针，一骨碌从床上坐了起来，张开她一望无牙的瘪嘴，套用唱丧歌的调子，一边狠狠地拍着床板，一边一哭三叹地唱了起来。

我爹循声而进，跪在床边的土根扭过头，叫了一声爹，重新垂下头，我却麻木地保持原来的姿势，不抬头也不说话，多多怯怯地挤到我们跟前，不知所措地看着她的变成矮人的父母。公婆赶紧递过一张凳子给我爹，难为情地说，韩书记，您看……

这是怎么啦，太婆？移民是大事，是好事，您可要支持呀！

哎哟！我的韩书记！天地良心，我是支持的呀！古话说得好，睡得好不翻，住得好不搬！为了咱国家建设，我已经狠着心同意让大坝淹了咱李家老屋，同意搬到娘娘庙去了呀！老屋是死鬼老头子留的最后的一点念想哩，我一个闻得见土香的老婆子，连这都一口气叹了，还要我怎么支持哟？我自个儿劝自个儿，娘娘庙就娘娘庙吧，只要根还在红叶村，老祖宗那里也能说得过去啦！何况，咱留下来呢，往后还是有山有地有屋子，大海跟土根俩爷子仍旧包着那半条船，日时也能过得太平！砌了大坝又怎的？过河还是要靠船的吧？有船咱还怕饿死啦？退一万步不开船了，这江里的水不会干吧？江里的鱼儿死不绝吧？有水有鱼的也饿不死人哪！——韩书记你说，我这弯子转得大吧？我这么盘算着也没啥不合适吧？一家人合计得好好的哩，可是一转眼……一转眼……太婆指着跪在地上的两个不肖子孙，哽咽得说不出话来。

是的，我们一家本来是准备依了太婆的意愿后靠的，不，确切地说，我除外，我是既没支持也没反对。去鸡公山或者留在红叶村，对我而言，无可无不可，没有哪里比哪里更好，也没有哪里比哪里更坏，到哪里我都将面对熟悉的人和事，到哪里我的罪孽都丝毫不能减轻。所以，当太婆毋庸置疑地要让全家留在红叶村时，我既无欢喜也并不难过，我用沉默代表了我的顺从。如果那天我们没有遇到来三峡招工的孙厚德，或许，我爹的那张摸底表上，毫无疑问就填上后靠了。

那天，我和土根去石头坪给多多抓了药，顺便去镇子上的砖瓦厂、水泥厂打听砖瓦水泥的行情，赶回渡口时，天已擦黑，最后一班渡船已经离开渡口，驶到江心了。

赶船的乡亲一个不剩，冷清的渡口只有三个围着一辆破旧的南京嘎斯车捣鼓的外地男人，我禁不住向土根埋怨公公，爹也真是的！明明知道我们还没回去，怎么就把船开走了呢？

爹是个讲原则的人，他可不会因为我们没来就耽误人家的时间，何况，也怪我们太弄迟了！土根一边替他爹辩解，一边踮着脚望对岸，我看，只有喊个豌豆角了。

渡船收班后，有时会有一些豌豆角停在江边揽客，但是因为渡船票价五毛，豌豆角一块，没有两人以上豌豆角还不乐意送，通常乡亲们会算准渡船的时间乘坐，只有万不得已的情况下才喊豌豆角，因而生意清淡的豌豆角时有时无，往往，当你急得真正需要它时，根本无法寻到它的芳踪，就如那天。

过河哟——！过河哟——！土根喊破了嗓子，粗重的声音一半被江风吹散，另一半湮没在嘎斯车呜呜的哭声中。那辆倒霉的嘎斯车，鼻眼儿里穿进一根弯曲的铁棍，三个火烧火燎的急性子男人，一个个轮流上去把那根似有千斤重的棍子摇晃一气。男人们龇牙咧嘴，使出了吃奶的劲儿，嘎斯车像个重感的病人又是咳嗽又是喷嚏又是呜呜地哭，但最后总是咕的一声，没精打采地放个屁，就再也没有动静。

土根把手里的药递给我，说，我去看看。

熄火了？

可不是熄火了！瘦男人甩着他摇痛了的手臂，哭丧着脸说。

孙厂长要是早听我的劝把太平村最后那家人收了，也就刚好凑齐五十家，哪至于空跑这红叶村一趟！唉，工没招到，车倒折腾坏了！老男人埋怨。

是啊，那两口子看样子都是吃得起苦的人，人家也愿意，不过多生了个娃，怕什么呢？农村哪有那么多独生子女的人家！矮个子男人也嘟嘟哝哝地帮腔。

都给我闭嘴！那个被称作孙厂长的瘦男人铁青着脸，一家多个孩子，我这个工还怎么招法？看看人家招工，老的不要，女的不要，我这好的歹的一家家合篮子提了，还要怎么放宽政策？再放，我开什么厂？开福利院得了！不就是车子扯个皮吗？再使劲摇！我就不信摇不着它！

老男人和矮个子不再吱声，接着摇车，但显然不服气，花拳绣腿地作势一番就下来了，直说摇不动。

土根说，我看，这么陡的上坡，是难得着车的。把车推上河堤吧，那里平坦，着车容易些，万一摇不着，喊个过路的车帮忙拖一拖也方便。

孙厂长摸出一支烟递给土根说，小兄弟说得倒是不错，可是，这么重的车，这么陡的坡，路又坑坑洼洼的，别说我们三个，就是还来三个，也未必推得动啊。

土根把外套脱下扔到地上，冲着在一边发呆的我喊，路路，过来帮帮忙，又对三个男人一挥手，我们试试看，不然越来越晚了。

三个男人大概见我一个女人都参加进来，本来不想试的也不好意思不试了。结果，嘎斯车并不像他们想象的那么可怕，它忸怩一番，最终被我们推上了江堤。

嘎斯连打几个响鼻，终于像个淘够了的孩子，咔哒咔哒驯服了。男人们自然千恩万谢，于是我们知道，瘦男人叫孙厚德，是东湖市铸钢厂厂长，此番是来三峡招工的，老男人和矮个子分别是厂里的会计和司机，会计姓李，司机姓安。

厂长，我看这个小家门身体健壮得很，力气大得顶我们仨，又讲义气，何不招进我们厂呢？我和土根准备下堤继续等豌豆角回去，李会计热心地跟瘦男人建议。

我也正有这个想法！怎么样？小兄弟，带上弟妹，去我们厂吧？

多谢几位大哥！我们不打算搬家，也不想进厂，准备就地后靠哩！土根像个江湖豪杰抱抱拳，作后会有期状。

等等等等！渐浓的夜色中，孙厚德这句话是冲土根喊的，但我感觉他的眼睛却逼视着我，我看，二位还是考虑考虑吧！

不用考虑，厂长！我们家确实不打算移民！不过，你们的好意我

174

们心领啦！

哦——为什么呢？小兄弟方便说一说吗？我认为呢——小兄弟别见外啊——我是说这红叶村穷山恶水的，又偏僻得很，我去过一趟，就不想走第二遭，和我们东湖市的花花世界，简直就没法比，这么个鬼不拉屎的地方，有什么舍不得的呢？移民的机会多难得哟，错过了，怕八百年再难得碰啦！

不哩，在红叶村待习惯了，不想移了，即便是想移，只怕厂长也不乐意收——说出来怕吓坏你们哟，我们家老的小的六口人哩！

六口人？！三个男人同时瞪大了眼睛。

是，父母孩子，加上一个八十岁的太婆。土根抱歉地笑笑，拉着我下了堤。

空荡荡的渡口，除了嘎斯车刚刚留下的两道深深的车辙印，剩下的是无声的江水和无边的空寂，天色更暗，两岸已经升起点点灯火，灰白的江面上，连个豌豆角的影子都没有。土根无可奈何地对我说，路路，看来我们今天要去石头坪住旅社了！

跟我们去东湖吧！孙厚德不知什么时候也下了堤，没头没尾的一句话把望着江面一筹莫展的我们吓了一跳。

厂长还没走啊？

走了几步又回来了，嘿嘿，这不是放不下你们小两口吗？孙厚德搔搔后脑勺，夜色中看不清他的脸，想来是红的。

我不是说了吗……

六口人就六口人！我通通收了！小兄弟，咱开的是铸钢厂，炼钢的，男人女人的岗位都有！这么说吧，我也不亏你，脏活累活肯定不安排你，你原来跑船，去了就开行车，在屋顶上跑，风不吹雨不淋，保险比开船来事；你媳妇呢，不晓得是什么文化——土根插嘴说，我媳妇文化高哩，教过好几年书——哦？教过书？那太好了，去化验室！又干净又卫生，最合适不过！至于你父母，身体不会太差吧？守大门总行？

175

身体好点的话，还可以捎带着给你们看看孩子；你那八十多的太婆呢，我也想好了，养着！只当给社会作了贡献！孙厚德一口气把我家六口人的前途都安排好了，心里一定得意非凡，只等着我们感激涕零，可是土根说，厂长，莫耽误你了，我们不会去的，太婆在这里住了一辈子，她不想走，我们就不能走。

孙厚德心有不甘地望着我，叹了一口气，唉！你们年纪轻轻的，就不想出去闯一闯？

东湖市……远吗？我迟疑地问。

四五百公里吧，远是远了点，可那哪都比你们这里强。

那，如果我们同意过去，你们还去红叶村招人不？

那还招什么呀？本来只差一家的指标了，你们这一去，就等于占了两家的指标，超啦！

我去！我一个人带着孩子去，你们要吗？我突然做出一个决定，而且，这个念头一产生就再也赶不走。

行啊……

土根不等孙厚德说完，吃惊地拉着我，路路！你胡说些什么呢？

没胡说！我想去！我不想待在这里！我待够了！

可是……可是……

我知道，土根，你不能走，你走了，太婆活不了！但是，我必须走，不离开这里，我也不知道该怎么活下去！

我望着黑乎乎的江面，心里猛然觉得有了一丝亮光，虽然那么微弱，微弱到难以确定那究竟是亮光还是我的幻觉、希望，可是，除了离开，我也许真的前去无路了。

那天，公公把渡船开回去后，划着豌豆角把我们接回了家。三天之后，当我和土根双双把去东湖市铸钢厂的招工表拿了出来，家里炸开了锅……

176

第六章　取次花丛

1

手术室门口，土根焦急地走来走去，不时踮起脚朝紧闭的玻璃窗窥望，仿佛想用眼睛穿透厚厚的帘子洞悉里面的一切；孙厚德面色苍白地靠在长椅上，满脸倦容，春花站在孙厚德身边，不停地用一条手绢帮他擦汗，仿佛他是个病人；李会计面无表情地坐着，手里紧紧按着公文包，眼睛空洞地望着走廊的尽头；安师傅则在门口张望，估计是为了迎我……当我被司机扶着跌跌撞撞赶到沙洲市第一医院的时候，兴师动众的一大群人让我有一种不祥的预感。

多多呢？多多怎么了？她又发病了吗？我来不及一一招呼，焦灼地询问土根。

不是……是……土根一时急得不知道该怎么表达，憋了半天，竟只说出一句，路路，对不起！我没等你赶来就签了字！

签什么字？对不起我什么呀？！快告诉我，多多究竟怎么了？！我急得直跺脚。

手术……多多在做手术……

手术？！我的眼前一黑，踉踉跄跄站立不稳。

路路，莫急莫急！还是我来说吧！春花一把拉过我，用她一贯的连珠炮似的语速讲道，是这样，多多去车间找她爸爸，正好头顶上一块楠竹跳板松了头掉下来——我冲动地抓住春花，没等我惊叫出来，春花赶紧说，你别急，跳板没砸着多多！不过，上面伸出去搾把长的锈铁丝一下子把多多的胳膊豁开了一条大口子，当时那个血流得呀，把车间里的人都吓坏了！还好安师傅今儿没出门，不然多多可就没救啦！大家七手八脚把多多送到东湖医院，医生一看，多多小脸儿白得跟纸似的，二话不说，输血！你说这多多的血型还真是少见，AB型！血库没有啊！赶紧验她爸爸的，谁知道，验了半天土根是A型，输不得，我们就又只好跟你联系。可医生说，等你那么远赶过来，是AB型怕也来不及了，何况你还有可能是B型呢！说得我们一下子没了主意。我正想啊，可怜的孩子，这回怕是在劫难逃了，嗨，哪料到，她碰到贵人啦！你猜这贵人是谁？保险你猜不着！她亲昵地把手搭在孙厚德的肩膀上，迫不及待地揭开了谜底，这位大英雄大贵人是我们孙厂长哟！巧得很吧？我们正觉得多多没救了的时候，孙厂长突然一拍脑袋说，对了，我上次体检好像听医生说我是这个少见的怪血型，快给我验验！一验，果然就是AB型！这个节骨眼上，多亏了厂长啊，一下子输了800毫升，两大袋子哟，你瞧，厂长到现在还蔫巴着哩！春花自从去了办公室，嘴里的孙猴子终于更正为孙厂长了。

谢谢厂长！厂长真是多多的救命恩人哪！您一下子输这么多身体不要紧吗？要不要躺着？想不到厂长亲自给多多输血，除了真心感谢，还能说什么呢？

我没事！只要孩子没危险就好了！孙厚德声音羞涩而虚弱，像个慈祥的父亲。

我扒到手术室门口，想推开紧闭的大门，门从里面反锁了，门把手上写着"手术中"的纸牌子无声地晃动了几下，像在提醒冲动的我。

178

我无可奈何地松开手，不甘心地问土根，多多血也输了，800毫升不够吗？怎么还要转院呢？她那个伤口伤到骨头了？东湖医院不能手术吗？心想多多光是母猪疯就够受的了，可千万别伤了骨头成了残废呀！

春花抢着回答，够啦！800毫升够啦！多多的血也止住了，可是医生给她缝完针，她又是抽筋又是呕吐，接着又昏睡过去啦，医生还怕是血输错了，可吓得不轻！一问土根，才晓得孩子有母猪疯的病底。医生说多多这病症，像是脑子里面长着东西，让我们赶快送沙洲市，东湖条件有限，只有沙洲市一医院才有检查脑子的C什么——孙厚德插嘴说CT——对，CT！我们哪敢耽误哟，赶紧就过来了！

医生检查了怎么说？

东湖的那个医生还真有两下子！他随便一猜吧，还真猜中了！多多脑袋里面还真有东西！医生给我们看片子了，绿豆大个黑影，说是个血块，有几年了，可能是原来脑袋受过伤没注意淤下的。这个血块就是多多的病根呢，挨着哪根神经，压上就会犯病！医生说这回连血管也堵上了，得赶快把那个血块清理掉，不然多多就没命了！

土根这时插进来紧张地说，路路，对不起，没等你同意，我就自作主张签字让多多进了手术室，医生说，多多的情况，等不得……

土根，这是救命的紧要关头，你做得对！你是她爸，当然有权做主！何况多多的病终于找到了病根，多好的事啊！太好了！太好了！我的多多，她就快是个健康的孩子了！我顾不得人多，拉着土根喜极而泣。

可是路路，土根红着眼圈说，签字的时候，医生说了，开颅手术是个大手术，很危险！如果手术做好了，多多就再也不会犯病，可一旦弄不好……弄不好……

弄不好会醒不来！春花接过话头，不以为然地嚷道，医生都会这样说！别听！他们医生啊，就是有百分之百的把握，也会吓唬我们一通，不然显不出他们手段的高明啊！放心路路，多多不会有事！

我虽然没春花说得这么乐观，因为毕竟多多的手术成不成功还不可知，却也不忍土根过于自责。这个善良的男人，他无私地为我们母女付出了那么多，我怎能再苛求他呢？于是安慰他也是安慰自己：春花姐说得对，多多不会有事的！这个手术，她无论如何得做，换了是我，也会毫不犹豫地签字，她身上的病根不除，我们一辈子不得安宁啊！

多多的病原来并不是因为她的父母是亲姐弟！我在心里默默为多多祈祷，神啊，保佑我苦命的多多吧！您既然开恩让我们看到了希望，就把这希望，给得更圆满一些吧！

然而神并没有听到我的祈祷。

多多像一株植物，安安静静沉睡了半年之久才慢慢醒来，醒来之后，她似乎什么都忘了，不记得爸爸妈妈，不哭也不闹，甚至不肯开口说一句话，整天只是睁着惊恐的眼睛，打量着她眼里已经陌生的一切。

医生说，多多失忆也失语了，不过她目前尚小，记忆不多，失掉一部分倒是无所谓，她的智商和记忆以后会慢慢恢复，但是很不幸，手术伤到了她的语言中枢神经，她会不会永远失语，谁也说不好，只能看她的造化了。

这个半年，铸钢厂正阔步走在希望的大道上。所有的培训都已结束，学子们满腹经纶，磨刀霍霍，只等上战场实际操练；铸钢厂红色的总车间昂然屹立，一台台崭新的设备从全国的四面八方聚集到这里，和我们一起在铸钢厂扎根落户；而最让移民牵挂着的新房地基，也终于在年底落实。

地场子统一划在位于铸钢厂西南角的荷花池上。荷花池其实无水更无荷，我们来时，它不过是个巨大的长方形的填满了各种垃圾的深坑。盛夏，一丛一丛的水葫芦倔强地从铺天盖地的垃圾堆里迂回钻出，把本来覆盖着它们的垃圾团团围住，各种动物的植物的腐烂的臭味争奇斗艳，吸引着一群群苍蝇蚊虫；冬天，觅食的老鼠在这块自由王国里快活地钻来钻去，偶尔传来野猫野狗一两声尖叫，吓得它们飞快地消逝在凌乱的废弃物中，直把那一株株衰败的断草摇曳得心慌意乱……荷花池背靠铸钢厂高高的围墙，围墙外，散落着几户据说很刁蛮的民居，农闲的时候，他们总是纠集成一支拾荒的队伍，不畏垃圾的恶臭，从插着玻璃碴的墙头翻越过来，将垃圾场一遍遍翻搅得底朝天。铸钢厂原来是农具厂，垃圾里总会免不了夹着边边角角的破铜烂铁，拾荒者空手而归的不多，运气好的，拾到崭新的锄头镰刀什么的不算稀奇，运气最不济的，从刚刚倾倒出来还冒着热气的煤渣堆里刨出半篓没烧透的煤块，留着冬天取暖也是不错的收获。厂里一开始自然不允许闲杂人员进厂拾荒，这些拾荒者，往往拾着拾着，就连厂里食堂种的菜、职工晾晒的衣服鞋袜一并顺手牵羊地"拾"走了，所以也曾明令禁止过，围墙上也还留有"翻越围墙者，罚款×元"的字样。但是这支拾荒队依靠近水楼台的优势，非常顽固又非常灵活，精通"敌退我进，敌进我躲"的战术，厂里基本拿他们没辙。加上荷花池隔厂房远，厂里的原材料由潘正菊一手掌管着，倒没出过大的纰漏，那个油水不多的垃圾场，后来也就无人去管了。久而久之，那一处高墙被尝到甜头的拾荒者扒开一个大大的豁口，而且屡补屡豁，厂里索性也懒得再补，那里也就成了铸钢厂的一个堵不住的后门。

把房子砌在荷花池，等于是我们的房子建在了垃圾堆上，而且取代了那截围墙，直接与那几户"刁民"为邻了。盼来盼去盼来这么一块地，不满总是有的，但二十多户人家无一例外地建在这里，大家也就平心静气了。垃圾场就垃圾场吧，厂里已经安排车子昼夜不停地往外运垃圾，那个大坑，填上砂石料也还像模像样，听说老家好多地方的移民，新房就建在乱坟岗子上呢！和刁民为邻也不要紧，垃圾场拆了，他们还敢来家里明抢不成？就算敢来，我们人多势众，也不怕那几个毛贼。

这个春节，因为新房的地基划到了各家各户，竟没有一家回三峡老家过年，大家兴奋地为建新房筹划着、准备着，激动之情溢于言表。

其实，春节期间，几乎所有的单位都放了假，留在这里，既买不到砖瓦，又雇不到匠人，只能白白守着那个光秃秃的场子干着急。但是大家似乎都心甘情愿守在这里，一天几趟地往莲花池跑，仿佛一天不去，它便会突然飞走。

多多长睡不醒，我自然更不可能回三峡。爹的信，来了一封又一封，我始终瞒着多多的病，一封也没回。爹最后一封信说，太婆快不行了，让我们无论如何回去过春节。我知道太婆最盼的是土根，就劝土根回去，可是土根咬着牙说，多多这个样子，他是不会回去的。那几个晚上，听不到土根的鼾声，我知道，他是想家了。

正月初三，一个寒风凛冽的早晨，爹找到了我们家，告诉我们太婆死了，死在大年三十，临终嘱咐儿子，孙子不回去不准发丧。如今，一家人等着我们回去后封敛出殡。

三峡大雪封山，爹靠着双腿和一截木棒走出大山，又沿途一节一节搭顺风车，花了两天两夜时间才找到我们家。

想不到，才一年多不见，五十多岁的爹苍老得让我完全认不出了！他的头发白了大半，宽宽的额头不知什么时候刻上了触目惊心的皱纹，曾经炯炯有神的眼睛因为黯淡而多了些慈祥和迟钝。爹明显地瘦了，佝偻了，加上一路风雪，猛地来到跟前，完全认不出是我那个生龙活虎的父亲！

在心里恨了千万遍又想念了千万遍的爹，那么突然地出现在眼前，我努力掩饰着的感情再也不听我的使唤，眼泪一下子纷纷滚落。而为了多多的病，我丢了工作、花光了盖房子的钱、靠着土根那一点点少得可怜的生活费度日的困境也毫无保留地呈现在爹的眼前。爹抱着沉睡的多多，也是忍不住老泪纵横。他不住地悲叹，怎么会这样！怎么会这样啊！路路啊，爹错怪你们了！爹不该在心里责怪你们呀！

土根独自跟爹回去了一趟。把太婆送上山后，从不多言的公公发话了，当着我爹和爱弟想弟姐的面，他断然宣布和土根脱离父子关系，

182

他们李家从此只有女儿没有儿子，公婆也没拦着，任由土根把双腿跪得僵硬。我知道，我们是真的伤了公公公婆的心，当土根硬着嘴跟我说脱离关系就脱离关系的时候，我已经不能用内疚来修饰我的心情。神哪，你创造了我，难道只是为了让我加害我身边一个又一个的亲人么？

土根交给我一个纸包，说是临走我爹让带给我的。

是什么？

爹说是个本子，不准我看，要回来交给你。

什么本子还不准你看？前几天来怎么没带来交给我呢？

一层层小心地撕开纸壳，一扎蓝色的百元大钞露了出来，中间夹着一张纸片：土根，路路，这是给多多治病的一万块钱，务必收下！爹的钱盖了房子，只有这么多。孩子们，东湖万一待不下去，就回来吧，三峡永远是你们的家。

春节过后，厂里安装调试设备，移民全部放假盖新房，莲花池的房子如雨后春笋般争先恐后地竖了起来，划给我们的地基，却像一排整齐的牙齿被拔掉一颗后留下的丑陋豁口，将移民楼一分为二。

孙厚德拿着一沓钱对我们说，赶快把房子盖上吧！算帮我的忙！三个月后上面要来人验收移民楼呢，一家不封顶，验收就算不合格。

多多住院的时候，我听春花说孙厚德几次开会讨论给多多报销住院费的问题，都遭到了潘正菊和财务室的反对。说车间不是孩子去的地方，多多一年来一直让家长带在车间就已经违反劳动法规了，在车间出了事，是家长的责任。况且，她在东湖看病的钱已经报销，在沙洲市的手术，是孩子自身的毛病，并不属于那次意外，所以最后的结果都是不了了之。春花曾愤愤不平地说，唉，我跟着厂长、技术员出差，他们花钱如流水，一天的开销，我们得不吃不喝挣几个月！那些乱七八糟的发票，拿回来往财务一递，眼睛不眨就报销了！你这是孩子的救命钱呀，报个销咋这难呢？

公司有公司的规定，不能报销，我也毫无办法，我虽然穷得恨不得把一分钱掰成十瓣，却也不想拿孙厚德私人的钱。我客气地对孙厚德说，谢谢厂长了！这个钱我们不能要！不过请厂长放心，房子我们会尽快想办法盖好的，一定让移民楼验收合格。

我本来不打算动爹给的一万块钱，但是，没有钱，房子用什么去盖？以后人人都搬进新房，难道我的多多还要住在这个又破又窄的宿舍楼里吗？就算不为孩子考虑，难道我不能为义无反顾的土根考虑考虑吗？一万块虽然不多，盖个毛坯却足够了，这一万块，就当是爹欠我的吧！是的，欠我的！没有你这个因，哪有我今天的果！

当我们的新房盖到一半的时候，多多醒了。我们用了整整半年时间，接受了她不再开口说话的事实。

<h1 style="text-align:center">2</h1>

快！别吃了！扔了扔了！再吃来不及了！春花一边将儿子没吃上一半的牛肉包子和牛奶扔进泔水桶，一边把儿子重重的书包挂在摩托车上。她架上墨镜，戴上头盔，抬腿上了她的爱驹南方125。亮亮赶紧抱住妈妈的细腰，蹭地跨上去，噘着嘴说，妈妈，我还没吃饱呢！春花烦躁地一踩油门，知道啦知道啦！妈妈这不是睡过头了吗？一会给你钱，下课了再去校门口买一份！

摩托车呜呜地咆哮着，母子俩随着它嘟的一声头一起前倾，再往后一扬，接着就像离弦的箭一般冲了出去，只留下淡淡的灰尘和黑黑的浓烟，引得在食堂门口买早点和蹲在一边吃早点的人们一阵唏嘘。

春花姨骑车的样子太洋啦！啧啧！我要是有钱也买一个给你！小小，你敢骑吗？何向东也随着小小的口，管我们结了婚的女人一口一个姨。

小小一把将手里吃剩的馒头塞到何向东嘴里，瞪着眼睛说，给我闭嘴吧你！一个月一百八十八块五，天天吃这个都不够呢，还摩托车！噎得何向东直翻白眼，身边的同事促狭地哂笑。

何向东苦着脸吃药似的咽下干巴巴的馒头，好不容易缓过劲来，讨好地对小小说，我是买不起，可是我爸说了，咱何家除了新房子一时半会盖不起，我和大哥只要能娶上媳妇，他个把摩托车的钱还是掏得出的！怎么样，嫁给我吧？

做梦！盖不起房子讨什么媳妇！真是好笑，你们何家娶媳妇是要把家安在摩托车上呢还是安在半天云里？

嘻嘻！要不，我倒插门到你家？何向东涎着脸不罢不休。你看，你盖着那么宽敞的新房子，嫁给我多冤哪！我们家也受不起那么重的陪嫁，家里反正还有个光棍大哥，不如我嫁给你，你做户主，房子车子都是你的！

想得美！想吃现成饭啊！滚吧你！小小从兜里掏出张皱巴巴的卫生纸，准备拿它擦并无油水的嘴，猛一看，上面已点点污渍，只好悻悻地展开、翻了个面，哪知另一面也哭丧着脸，更加污浊不堪，遂恼羞成怒地将这张不知趣的脏纸揉成一团，恨恨地朝摩托车消失的方向砸去。

吃完早餐的史大柱一边抹嘴一边撩拨小小，怎么，眼红啦？算啦，你嫩了点，斗不过那个骚娘们！你呀，当初在办公室混的时候，人家只有干瞪眼的份儿，现在呢？看看，你跟咱一样拿着一百八十八块五，人家升供销科科长啦！哈哈哈哈……

我呸！谁稀罕？！小小咬牙切齿。

三十年河东四十年河西……哈哈……风水轮流转……妹妹你大胆地往前走哇，往前走，莫回呀头……

多多惋惜地盯着泔水桶里的牛肉包子和牛奶，在那一桶肮脏的残羹剩汤中，它们像天生的贵族一样高昂着头不肯沉没。其实，不光是多多，当春花眼皮都不眨一下地将它们扔进去的时候，几乎所有的人都流露过惋惜的眼神。平常，我们食堂卖得最多的是一毛一个的馒头，两毛一个的牛肉包子每天只做一屉有时还卖不完，工人们过个早，除了厂里免费供应的清可鉴人的白米稀饭是放着肚皮喝，其他要出钱的是省了又省的，别说扔，有时就是不小心掉地上，也准会捡起来吹吹灰一口吃下去。一块钱一袋的鲜奶，食堂不供应，全厂只有春花给儿子订了一份，每天早晨，骑着自行车的送奶工准时将一袋绿色鲜奶放进春花家门口的铁皮盒子里，不多一会，那袋闪着绿光的鲜奶就被春花追着塞到了儿子手上。儿子在食堂门口一百多双眼睛灼灼的注视下，不情愿地一口鲜奶，一口牛肉包子，仿佛喝着鲜奶吃着包子是件很不开心的事。

多多不能开口，但她的眼神，流露出的对亮亮能背着书包上学的羡慕、对亮亮家挂着小锁的铁皮盒子的眼馋是显而易见的。土根曾跟我商量，给孩子订一份吧，咱多多有爹有娘的，倒可怜得不如寡妇家的孩子了！我却始终狠着心没有答应。多多长达半年的病，加上盖房子，早已掏空了我们这个家。那时，我寸步不离地照顾昏睡的多多，半年没有上班，每月只能领几十元生活补贴，和土根的工资加起来——厂里一直没能正式投产，说是工资，其实比原来的生活费也高不了多少——总共不到三百块，如此有限的大洋，如何派得了家里无限的用度啊？这两年，孩子虽然醒了，我也在厂里食堂上了班，可日子仍然捉襟见肘，基本的生活尚且没有保障，哪还敢订什么奢侈的鲜奶呢？在山里，家里即使没有一分钱，靠着山靠着水，日子总是还能往前对付，可在这里，没有钱，寸步难行哪！

多多的母猪疯虽然康复，哪知道又无端变成了哑巴！眼看着亮亮都上二年级了，多多却只能待在我身边，我心里着急呀！多多是那么聪明，我多么希望她能像个正常孩子一样读书学习、健康长大！可是，没有一所正常的学校肯收不能说话的多多，东湖市又没有聋哑学校，

沙洲市有一所，路太远，加上我们不在辖区，我们根本交不起昂贵的借读费。好在多多听话，食堂里忙的时候，她一个人安静地在一边玩，有时帮我择个菜扫个地什么的，不忙的时候，我就用烧过的木棍教她识字、写字，多多学得很快，也很用心，厨房的水泥地上，到处都是多多写得工工整整的汉字、拼音、算术题，亮亮课本上的知识，她基本全会，亮亮每次带回来的考卷，我抄下题目给多多做，她的得分都比亮亮高。

亮亮上了小学后，春花给他报了好几个辅导班，英语、奥数、作文……周末还要去学跆拳道。多多唯一的玩伴被各种各样的训练抢走了，她更加孤独。

有一回，春花临时有事，让我去接一下上跆拳道课的亮亮。我带着多多去了青少年宫，去得太早，亮亮还没下课，我们就在走廊里透过玻璃窗看他们训练。很快，多多被旁边另一个教室里的音乐吸引，拉着我走了过去。那是个舞蹈班，伴着舒缓的音乐，穿着漂亮舞蹈服的孩子们正扶着把杆练习基本功。音乐停了，老师让孩子们排成两行练习下腰，很快，老师面前便排起了两座"小拱桥"，多多竟忘情地鼓起掌来。老师发现窗外的我们，朝我们走了过来：您好！是带孩子来报名吗？很抱歉，这期已经开学三周了……我涨红了脸连连摆手，不住地说对不起。老师和善地一笑，没关系，下学期早点报名吧！摸了摸缩在我身边的多多的头，柔声说，小姑娘真漂亮！喜不喜欢跳舞？多多使劲点点头。嗯！喜欢就好！会劈叉下腰吗？多多迟疑了一下，将我往旁边推了一点，只见她，扎马步，深呼吸，双臂平伸，身子慢慢向后仰……一个干干净净的直立下腰！我愕然，劈叉下腰这些基本功，多多还是在幼儿园练过，几年过去了，她竟然还能练！老师更愕然，她激动地说，太棒了太棒了！不用等下一期，直接插班吧……

那一次，我费了好大的劲才跟老师说清楚我们不是来报名的，好心的老师失望极了，说孩子这么好的条件不培养，简直是浪费资源。

最后还不甘心地嘱咐我，如果想通了，赶紧送来吧，太迟孩子的骨骼定型了就真的浪费了！

对多多，我的愧疚太多太多，以至于老师的责备已不能让我生出更多的愧疚来。但从此我发现，多多每天除了写字，看书，她玩耍的内容，多了一项——练下腰、劈叉、压腿这些舞蹈基本功，土根见她练得认真，还教她倒立，聪明的多多不几天就学会了。

多多最害怕的，似乎不是孤单，而是围墙外边几个民居的大孩子。那几个孩子成天混在一起，只要见着多多，就追着她叫哑巴，还说些不堪入耳的脏话。多多耳朵不聋，她听得见那些恶毒的话，却不能用嘴巴去回击，只能伤心地哭泣。每次远远见到那帮孩子，她都早早躲到我的身后，吓得浑身发抖，直到有一次，土根拧了那个叫狗蛋的孩子王的耳朵。

那是个礼拜天，亮亮又去上跆拳道课了，多多一个人在门口的地上写了会儿字，竖在墙根上练倒立。狗蛋和几个参差不齐的孩子不知打哪里冒出来，幽灵一样逼近多多。多多赶紧放下双腿站立起来，准备往屋里跑，几个大孩子已经将她团团围住。

想跑？哑巴妞，喊我一声爷爷就放你走！

哈哈！喊哪！喊哪！

不会喊啊？嘻嘻！不会喊你长个嘴做啥？

老大！长嘴让你亲的嘛——

哈哈哈哈——邪恶的大笑挂在一张张与他们的年龄极不相称的脸上，多多惊恐地捂住了耳朵。

老大！这哑巴妞长得真是乖（漂亮）！

嗯！是乖是乖！我看宋美美也比不过她——只可惜小了点！又是一阵怪笑，多多无声地哭了起来。

老大！你敢不敢亲哑巴妞的嘴？一个小个子出着坏主意。

这有什么不敢的？老子连宋美美的奶子都摸过了，还怕她个哑巴？

亲她！亲她！看看她是不是个真哑巴！说不定老大一亲，她的哑巴病就好啦——哈哈哈哈——

那个被尊为老大的狗蛋被激起了英雄豪气，手一伸就捉住了瑟瑟发抖的多多……

啪——，一声巨响，狗蛋被突如其来的一个巴掌旋了个圈，等他站定，土根黑着脸铁塔似的站在跟前，手下的一班小喽啰早吓得一哄而散。其时，我跟土根都在楼上，楼下的一切我们都看在眼里，土根早就要教训这帮毛孩，今天总算逮着机会了。土根把多多揽在怀里，安抚一阵，交到随后赶出来的我的手中，随即揪住准备逃跑的狗蛋招摇的大耳朵，使劲一扯，疼得狗蛋龇牙咧嘴鬼哭狼嚎。他偏着头连声求饶，叔叔放了我吧！叔叔我再也不敢了！土根吼道，浑小子！今天总算碰到我手里！走！带路！去你家！狗蛋赶紧不吭声，乖乖地让土根押着，朝他家方向去了。

狗蛋如释重负，认为土根把他揪回家简直是放虎归山，愚蠢之极。他那个父母，一向是助纣为虐的表率，怎能容忍一个成年男人揪住才十三四岁儿子的耳朵呢？哼！去我家准有你的好果子吃！狗蛋这样猜测着，事实也是如此。当土根把瘦猴一样的狗蛋扔到堂屋他父母跟前时，那两个家长，一个像母牛护犊似的把狗蛋揽在怀里对着土根破口大骂，一个顺手抄起家伙就疯狗似的往土根身上扑。土根轻轻一避，疯狗扑了个空，手里的铁锹撞到大门上，锹柄将自己的胸脯顶得一个趔趄。他老羞成怒，顾不上胸口的疼痛，反扑过来，嘴里恶狠狠地骂道，敢动老子的儿子！臭移民佬！老子看你是活得不耐烦了！母牛在一边气势汹汹地助威，铲死他！铲死这个黑鬼！……

土根稳稳地站着，等疯狗冲到跟前时，他侧身一闪，跃到疯狗身后，然后飞起一脚，朝疯狗刹不住车的撅着的屁股漫不经心一踢，疯狗顿时扑了个四脚朝地狗吃屎，铁锹哐当一声戳到吓呆了的母子跟前，母牛愣了半晌，随即哭天抢地的撒起泼来，快来人啦——不得了啦——

移民佬打死人啦——

嘻嘻……嘿嘿……跟在土根身后瞧热闹的那班喽啰此时从大门两边露出两排圆圆扁扁的头，一个个忍不住被狗蛋一家的丑态逗乐了，土根也不回头，只一把提起闪了腰半天起不来的疯狗，一字一句地说，告诉你儿子，他要是再敢靠近我女儿一步，我见一回打一回！我女儿要是少一根头发丝儿，我把你们全家撕了喂狗！

我无论如何想象不出平时连个蚂蚁都不肯伤害的土根会有如此英雄气概，当他很认真地说以上供述均属事实时，我虽然觉得半信半疑，但是从此，狗蛋真的再也没有骚扰过多多。

多多的九岁生日，孙厚德送了一份大礼给她——一张沙洲市聋哑学校的入学通知和一学年的所有费用单据。

去吧，学校上课有专业老师，吃饭睡觉有生活老师，条件不错，多多会喜欢那里的！

我自然知道那里的条件不错！可是，这份礼物太昂贵了，我们凭什么接受呢？而且，读完这学期，下学期的费用怎么办？我飞快地在心里盘算，一学期光借读费五百元，生活费、学杂费什么的加起来至少七八百元，平均一个月一百多元，差不多花去了我们一个人的工资，以我们的能力，多多现在即使去了迟早也是退学，所以这份礼物不能接受也不必接受。

拿着吧！孙厚德将通知书硬塞给我，多多的病，是从厂里出事引起的，厂里本来也有责任。不过你们晓得，铸钢厂捣鼓了这么几年，一直都是些不挣钱的小生意在撑着门面，我们真正的核心产品高锰钢一件合格的都没整出来，整天不是设备在出毛病就是产品在扯皮，厂子至今也没正常运转起来，流动资金是三个坛子两个盖子地在拆东补西，银行天天催还款，上面天天逼产品，难哪！厂里没能及时解决多多的上学问题，你们体谅一下！这是我私人的一点心意，难得我跟多

多有缘，瞧，她连爸爸的血都不能输却能输我的，不是缘分是什么？你们就不要客气了！

厂长这么说我们更不能接受了！如果是厂里救助也就罢了，我们怎能让您私人掏钱？几年前您给多多无偿输血我们已经感激不尽，哪能再让您破费呢？

我和孙厚德还在推来推去，土根突然说，厂长，您可以借给我一笔钱吗？

哦？我和孙厚德同时一愣，这个土根，想干什么呢？

是这样，我想问厂长借两千块钱，买辆摩托车！

买摩托车？！土根今天是怎么了？我们这个家，怎么可以跟春花比，送个孩子上学，还专门买辆摩托车！再说，多多又不用上学！

我想买个三轮摩托车跑麻木，我要让多多上学！我李土根不缺胳膊少腿，有的是力气，却连女儿的学费都交不起，我对不起路路对不起孩子呀！原先我是指望着厂里，想着现在的难处是暂时的，等厂里弄顺溜了情况就好转了，可是，不是我说丧气话，铸钢厂没见有起色，反倒一年不如一年了！那点工资，哪里养得活一家人？我们那帮移民兄弟，都后悔得要死，说原来移到农村的，不管是种地的、跑运输的还是做小生意的都奔了小康。大柱那个村的，家家都装了电话，有的甚至连手机都有了，我们待在半死不活的铸钢厂，却至今除了灰突突的毛坯楼，什么都没有！唉，我们空有一身力气有什么用？厂里养不活吧，想做生意没本，想种粮食没地，老婆孩子都跟着受罪！我琢磨了好久，除了跑跑麻木这条路，没有别的路走了！我要求不高，一天只要能挣个十几块二十块，一年下来，连本带利把车子钱跑出来，把多多的学费跑出来就行了！土根像在心里打过许多遍腹稿，一口气说完，超乎寻常的利索。

土根什么时候动的跑麻木的心思我居然半点都不知道。东湖市去年兴起一股人力车热，这半年来，既吃力又跑得慢的人力车渐渐被省

191

时省力的三轮摩托车取代，很快，这种不知何以被称为麻木的东西就遍布了东湖的大街小巷。我很少坐这么奢侈的交通工具，因此也没想到土根会动它的脑筋。

我很意外，向孙厚德开口借钱，这完全超出土根的底线了。就在前不久，我们还毫不犹豫地退回了我爹寄来的五千块钱。爹来信说，红叶村开发成了旅游景点，山上的红叶、怪石很受欢迎，特别是黄牛岩、望夫石，好多外国人也专门来看呢。爹说前两年他想多挣点钱给多多看病，没舍得花钱来东湖，现在在景区守门，吃住都在景区，更不自由了，希望我们回去看看红叶村，看看土根的父母，他们都想我们，想孩子。爹在信的最后说：路路，你和土根都不是狠心的孩子，这么多年不回家，心里该藏着多大的疙瘩呀！孩子，不能告诉我们吗？我们都是最爱你们的亲人啊！

我心里的疙瘩，岂止是瞒着公公婆婆和爹，就是土根，他一样也蒙在鼓里啊！善良的土根，一直以为我的不肯回去，只是因为多多是天恕的、不是他的亲骨肉而不愿面对三峡的一切！每个春节我都催促土根回去，土根是天底下最大的好人，我的公公婆婆，是世界上最好的父母，我怎能因为我的自私而谋杀了他们的亲情呢？可是，犟牛般的土根，每次都是同样的话：要回三个一起回。随着时间的流逝，我发觉藏在心底的秘密越来越难以启齿，而我对土根的那份执着，也越来越感觉愧疚，我真想大声对世界说：不——是——的！不——是——这——样——的！

孙厚德大概也觉得意外，贫穷一直如影随形，我们却从未主动找他借过钱，今天真是破例了。土根啊，你们有了困难能够想到找我，我真的很高兴！借钱是没问题的，这点小忙我还是能帮的！不过跑麻木是个又苦又累的活儿，夏天晒冬天吹的，还不安全，咱能不能想想别的路子？孙厚德诚恳地说，我看，还是让路路来办公室吧，算是帮我——别急着打岔，听我说完——我想把供销科分成供应科和销售科，春花管销售，路路管供应，一来减轻春花的负担；二来也解决你们家实际困难，你们说呢？

我不去。我想也没想就拒绝了。谁不知道，春花如今是铸钢厂呼风唤雨的人物？她凭着一张利嘴和谁的床都敢上的胆魄，将铸钢厂的供销大权牢牢掌握在手中。厂里进谁的设备谁的原料、产品卖给谁按什么级别卖全是她嘴里一句话，那些早就淘汰的设备得以在铸钢厂安家落户，那些三分钱成本的产品只卖两分半的勾当，除了她陈春花敢做，只怕连孙厚德都要甘拜下风。孙厚德拿她没辙，却安排我去分管什么供应，岂不是让我与虎谋皮、自当炮灰？一年前，潘正菊错发了一笔货，春花不依不饶，硬是逼着孙厚德将跟随多年的姨妹子赶下了车间，并不准参与厂委任何会议。姨妹子只好求助于姐姐，姐姐满身豪气跑到厂里来闹，满以为可以扭转乾坤，哪知孙厚德依春花教给他的法子，冷冷地拿出离婚协议，那个蠢女人无趣地撒一阵泼，知道大势已去，最后灰溜溜回去了。潘正菊哭哭啼啼进了车间，却因为没有参加过培训，只得被派了个扫地的活儿，她整天吊着的那张苦大仇深的脸，与原来的那个不可一世的姨妹子联系起来，会使人无端感叹世事的难料。桂子莫名其妙被通知进了食堂，卑微胆小的她与我等为伍，显得更卑微了，她常常干着干着活儿，一张脸就突然呆滞成了祥林嫂，嘴里反反复复念叨，唉唉！迟早是她的刀下鬼，当年拼命学什么行车呢？唉唉！白白让人睡了！白白把自己男人送给她睡了！

春花自由出入于白房子，上上下下都说厂长若不娶她，就要变成傀儡了。我不关心他们谁是正主谁傀儡，我虽然缺钱，可也不会二百五到去捅这个马蜂窝去蹚这趟浑水，销售也好供应也好，分开也好合并也好，都与我无关。

土根坚决站在我一边：对！不能去！春花的负担路路分担不起，我们家的困难也不该路路解决。

我们最终接受了孙厚德给多多的生日礼物，土根也如愿买回一辆崭新的三轮摩托。他仅仅用了一个下午，就学会了驾驶它，我和多多兴奋而又提心吊胆地做了第一乘客。那天，东湖的天空很蓝，很干净。

3

喂！是路路吗？

是我！你——是——？

哎呀！我可找到你了！我是谁呀？瞧你这话问的！老同学！你不会连我的声音都听不出了吧？

你是……宝红？

算你有点良心！对啦，是我！路路，自从你上次出差到宜昌后，我一直盼着你跟我联系呢，哼，这一晃又是六七年了，今儿要不是我钻天拱地地查到废品厂电话，指望你主动跟我联系呀，只怕是下辈子吧！宝红一边埋怨，一边兴奋地告诉我，她见到天恕了！

宝红的电话整整打了一个多小时，我无论如何想不到，七年前的宜昌之行，竟然直接导致了她家庭的破裂。

那个闷热的晚上，当宝红满怀喜悦地拿回孙厚德送给她的连衣裙时，正赶上输得精光的蔡龙心情恶劣地回了家。

妈的！怪不得老子手气一直这么背！原来都是你偷人给偷得！我叫你偷！叫你偷！蔡龙三下两下撕烂了裙子，宝红去抢时，粉红的柔姿纱连衣裙已经成了几块破布，孙厚德写给她的地址电话从撕破的口袋里掉了出来。

不许捡！蔡龙飞快地将脚掌踏在宝红抓着纸片的手上，瞪着血红的眼睛吼道，不要脸的东西！还留了野男人的地址！老子倒要看看！是哪个捡渣货的臭男人看上你这堆烂货！

那只穿着皮鞋的脚牢牢地踏在宝红的手上，偶尔还像石磨一样用力碾一下，宝红的手指便如断裂般痛楚。宝红任凭男人如何碾压，只

是跪在地上紧紧攥着纸片不肯松手，这更激怒了蔡龙，他蹲下身，一边更加用力踩踏，一边狠狠地抽宝红的嘴巴，你捡！你再捡！看老子今天不废了这只手……

王八蛋！嘴角被抽出血来的宝红终于不再沉默，她啊地一声尖叫，张开大嘴，狠命朝蔡龙的腿肚子咬去。男人被突如其来的剧痛惊得跳了起来，宝红提起受伤的手，另一只手抓起纸片塞入口中，三下两下就吞了下去，来！野男人在这里！看呀！快看呀！宝红歇斯底里地大骂，蔡龙！你这个王八蛋！有种你就杀了我！没种，就滚你妈的蛋，离婚！老娘不伺候了！

宝红说，自从结了婚，她就把自己过没了。一味的忍让和委曲求全把自己逼到了绝路，这一次，她实在忍无可忍了。下岗的这两年，男人的科长出身早已不值一文，眼看着比男人级别高的官儿都下海的下海，招安的招安，一个个面对了现实，他蔡龙至今还醉死在从前的官梦中不肯醒来。他不是不清楚，如今里里外外不是靠着宝红苦撑，若指望他，别说孩子上学，别说住房子，就是一日三餐，也恐怕难以维持！但是因为习惯了自己的科长身份，习惯了一家之主的地位，他理所当然地享用着宝红的血汗，随心所欲地打骂宝红，他吃透了宝红离不开孩子离不开这个家的心思，以为捏着这个软肋，宝红就逃不脱自己的掌心。物极必反。宝红的忍耐到了极限，她忽然醒悟了，这个男人，已经无药可救，再不离开，自己迟早会被拖死！离婚！离婚！在心里翻滚了千万遍的念头终于被逼上舌尖，被她旗帜鲜明地叫响了。

哟呵，离婚？好啊！哪个不离是狗娘养的！离！房子是老子的，家当是老子的，想离简单得很，你给老子光屁股滚蛋就行了！男人一副无赖嘴脸。虽然房子是用宝红娘家的钱买的，而且至今也没把钱还给娘家，但男人却大言不惭地声称房子是他的。

行！只要你同意离婚，房子归你就归你，我只当让大水冲了！我们母女俩就是上街讨饭，也比跟着你蔡龙强！宝红一咬牙。

我们？想得美！要滚你一个人滚！丫头不许带走！王宝红，你可想清楚了，你今天从这屋里滚出去了，就一辈子莫想见丫头！男人使出撒手锏。

女儿的归属几乎是每次不得不最终打消离婚念头的理由，但是这次，宝红坦然地说，好！不见就不见！丫头跟你也好！你也是该尽尽做父亲的责任了，我呢，带着个孩子嫁人也难！

这一军算是把蔡龙将住了。他哪里是想尽做父亲的责任照顾女儿呢？他只是故伎重演地拿女儿绑住宝红，谁知这一招却失灵了。

这场马拉松式的离婚，因为蔡龙诬告宝红外头有人而拖了一年之久，宝红被拖得身心俱疲，最终还是被判离了。房子归蔡龙，女儿跟了宝红，蔡龙每个月支付80元生活费给宝红母女。宝红说，生活费的话只是一说，别说蔡龙支付生活费，他要不当掉房子做自己的生活费就不错了。离婚那年，她独自带着女儿，租住在一个便宜的地下室里，灰溜溜的像只老鼠连娘家也不敢回，日子别提有多惨！直到一年多以后，她抢到了医院门口的一个小店子的经营权，卖些鲜花水果，她们母女的生活状态才有了根本改善。

路路，这人一辈子还真是有意思！想当年，我们多羡慕城里人啊！我妈在城里长大，外公外婆死得早，想来她和舅舅在城里过得也算不上好，可我妈硬是把城里说成了天堂把山里说成了地狱。她说城里的月亮巴巴比乡下的大些、圆些，还说宁在城里扫大街，不在乡下当皇帝。我和弟弟打小听她唠叨得最多的就是怎么拼了命跳农门，怎么削尖了脑袋转户口、招工、转正。可一眨眼，舅舅拿命换的铁饭碗，到了我手里，说没用就没用了！国营大厂啊，说倒就倒；还有，舅舅住着的两间窄窄的老房子，原本是棉纺厂分给外公外婆的，可我刚一结婚房子就被厂里收回去了，离了婚，落得一片存身的地方都没有；在医院做清洁工吧，虽然也算是正式工，可是活路腌臜不说，那点钱，一租房子，喝水都不够！城里的月亮巴巴啊，非但不大，不圆，比起乡下

的月亮，还冷呢！在三峡，一家有了难，总有十家八家的伸个手帮帮忙，可是在城里你试试看？人情淡得，门对门住上三年都不认得！那年医院门面房放租，不瞒你说，我是豁出脸豁出命抢来的！再干几年清洁工，我跟女儿不饿死，也烂在那个霉坨坨的地下室了。开了这个小店，日子才慢慢过得不那么紧巴了，我是看透啦，这人要过成个人样子来，没钱不行呀！

看我扯哪里去了！路路，你打小命好，没缺过钱，跟你说这些你也不明白！说天恕吧——我嘴里说好好的提那个人干什么，心里却紧张极了，这么多年，天恕，我的亲弟弟，你现在怎样了呢？你幸福吗？当然，你一定是幸福的！那个被你称作天使的女人，也一定是天下最幸福的女人了！你们的孩子也大了吧？是男孩还是女孩呢？你说过，男孩女孩你都喜欢。是的，男孩女孩不重要，重要的是，他（她）是健康的，是两个幸福的人的爱的结晶，不像我的多多，一生下了就注定了她的不幸。我胡思乱想着，猜测着遥远的天恕遥远的婚姻生活，尽管心里一阵阵隐隐作痛，却还是不争气地想知道他的所有。幸而我和宝红隔着千里，如果面对面，我的迫不及待的心思一定会泄露无遗。

那天早上我一醒来，就觉得眼皮直跳！宝红神神叨叨地说，早跳亲，有亲人要来！会是谁呢？肯定是我妈想外孙女了吧！这么想着，就没在意。店里忙，我妈隔三岔五就来我这帮忙，算不上稀客了。我去医院开了店门，还没摆放齐整呢，就有人进来了，脚头很重，肯定是个男人。我当时头也没抬，存了心让客人慢慢看，我们做生意的最怕早上第一桩生意弄砸，那样一天都不顺当。客人倒挺爽，很快选了个水果篮和鲜花篮提到我面前说，阿姨，这两样一起多少钱？那声音听着好耳熟，但绝对不是个小得可以喊我阿姨的男生的声音。天哪，这么一个成年人的声音却喊我阿姨，我有那么老吗？我不过是为了不弄脏衣服，穿了件大号的灰罩衣而已。我气恼地抬起头，正要不顾生意修理这个不会说话的二百五，却一下子呆住了！路路啊！是天恕！知道吗？这个男人不是别人，是望天恕！天哪，他穿军装的样子，简直像电视里头的军官，我当时就傻得说不出话来啦！

我的心不由得随宝红的讲述提到了嗓子眼，忍不住问道，天恕他……他认出你没有？他还好吗？

一开始哪里还认得我？愣了半天也叫不出我的名字来，直把我给恼得凉了半截！宝红絮絮叨叨地埋怨，天恕其实一转业就分到了宜昌军分区，一直和我生活在同一个城市。他才去部队当兵的时候，我曾给他去过那么多信，每封信都工工整整写着我的联系地址，他那时不找我情有可原，可他转业了，明明知道我在宜昌的地址，却从未找过我，真是个无情的人哪！唉，那天要不是去医院看望一个战友，真不知道，我们这辈子还能不能碰到哟！我们讲不到三句话，这里我还生着气呢，他就开始打听你的消息了！我恨得牙巴骨痒，只说你们好得一个人似的，你就不晓得韩路的音信儿了，我又从哪里晓得呢？看他蔫巴巴的，又于心不忍，问他，你那么爱韩路，怎么让她嫁给了一个跑船的呢？他红着脸什么也不说，只追问你过得好不好。我说当然好啊，他们移民了，都当了工人，路路还当了办公室秘书呢，那个色迷迷的一把手，对她好得不得了！他当时就找我要你的电话，我哪有啊，七年前那张纸片被我吞了，我自己也只囫囵记得你们那个市名叫东湖来着，至于什么厂，早忘了，电话也没记住，我想就是记住恐怕也升级改号了。你不晓得，这两天，你们东湖市的工厂被我挨个儿打遍了，只差火葬厂没问。嗨，这废品回收厂的电话啊，我是绕了几圈实在没辙了才打的，不然，还是找不到你哟——路路，你什么时候跳到这么个破厂了呢？我记得你当初不像在这个厂嘛！

宝红哪里知道，平湖铸钢厂早在一年前就彻底垮了，那些花巨资买回来的设备，像一群不服水土的士兵，一场像样的仗都没能打下来，就成了残兵败将。而一轮又一轮的专家，盲人摸象似的胡乱诊断一气，胡乱开些药方，最终的结果是，铸钢厂没见起色，反倒因为这些专家额外多出的诊断费、试验费而不堪负荷，彻底息了脉。工厂越生产越亏，一车车泛着沙眼、鼓着气泡、含量偏高或偏低的废品堆满了仓库，银行讨债的、经销商退货的、供应商催款的……我不知道上头给孙厚德施加了多少压力，我只知道单单全厂工人罢工，就足以让孙厚德焦头烂额了。工人们失去了耐心，他们望眼欲穿的小康世界离自己越来越遥远，既然勤恳、敬业、谦恭、顺从等诸多美德通通留不住孙厚德编织的海市蜃楼，为什么还要干下去呢？不知谁振臂一呼，罢工的大旗之下，立即应者无数。几年前，农具厂被迫停产，工人们虽然也有怨气，但最终只是解散回家，另谋出路，毕竟，农具市场的不景气是一个大趋势，经营不下去还情有可原；可是铸钢厂，曾经占尽天时地利的铸钢厂，寄托着几十户移民全部希望的铸钢厂，人们无论如何不会原谅，它就那样好端端被孙厚德折腾得没了声息呀！——然而不原谅又怎样呢？身患绝症的铸钢厂还能起死回生吗？孙厚德原以为炼钢跟以往打制农具一样，只管将原料一股脑丢进熔炉化成水，再倒进模子里浇注成型就万事大吉了，中间多出的工艺，不过就是要求了含量、成分而已，而他花巨资东拼西凑淘回来的设备，很大程度上正是为了控制这个成分和含量的。可是，那些据说大多是过时淘汰的机器像个临时纠集的草台班子，一出好好的戏也不肯唱，便拆了孙厚德的台。它们身价不菲，却连一把锄头的价值也创造不出来，兀自载着工人们的美梦南辕北辙地越走越远。我隐约记得上化验培训班时砦老师曾跟我说过，柴油机厂化验室几年前都改用最先进的光谱测定仪测含量了，她那套熟练的"碳硫联合测定"技法幸亏没丢，不然我们厂损失就大了——一架进口光谱仪一百多万元哩，买得下一个厂了！说得我当时也对国宝级的老师充满了敬畏，压根没想到她的那套江湖早就老掉了牙、没有战斗力了。

铸钢厂停产，群情激昂的移民们将孙厚德堵在白房子里，逼着他退移民的钱，孙厚德自知对移民、银行、政府部门等各方面都无法交代，无奈之下引咎辞职。新任厂长到岗不到三天，被这个超级烂摊子吓得也弃了官印，据说不多久就去了南方。铸钢厂一下子变得群龙无首，一盘散沙，先前还有个厂长可以指着骂，如今倒好，衣食无着，连个可骂的人都没有了。

大家就在厂里闹，有扬言要砸设备的，有说要一把火烧了厂子的，也有说要把孙厚德告进大牢的，但也都不过是过过嘴瘾而已，谁也不敢真正牵起头来。厂里怨声一片，起先还有市里领导出面安抚一下，说市里也在想办法，国家那么多钱打了水漂，市里也着急云云。可是，光嘴里安抚有什么用呢？这样的空头支票开多了，大家便也不再抱有幻想：想办法想办法，一个垮掉的厂子，一时半会能有什么好办法？而且事实上，也确实没想出什么好办法来。渐渐地，领导也害怕来铸钢厂了，因为除了厂里的职工、移民的纠缠，还有要账的、银行的各色人等的跟踪追击……总之擦不完的屁股。所以到了最后，被缠怕了的领导再难登铸钢厂的门，就是后来厂子不得不进行财产清理这样的大事，竟也只是委托春花、会计等人全权处理。大家眼睁睁看着大半新的设备、库存的材料、产品被一车车拉出去，看着铸钢厂最后只剩下一张空壳，谁也无可奈何，那些拉出去的东西究竟变卖了多少钱，除了春花会计他们，谁也无从知晓。

被谎言欺骗了无数次的人们渐渐麻木，心底的那份期待渐渐寂灭。好在，铸钢厂从未有过哪怕只是短暂的繁荣的糟糕过去，让人们最终接受了它破产的现实——破就破吧，一个久病的人的死亡，有什么可惋惜的呢？人们无暇哀愁，就当是旧的离去新的开始的解脱吧。

人们开始自谋出路。移民们从自由的田间地头集结于此，被套上城市梦的锁链，绕着梦的边缘转了一圈，重新回归自由，心里的落差倒也不太大。

老职工们半边户居多，大多是在农村有家有根的，铸钢厂倒闭之后，这部分人毫无疑问撤回了大后方。

有一技之长的，譬如电工焊工什么的，也有在别的企业谋到差事的，但移民在东湖没有根基没有人脉，这样的机会少之又少。

也有摆杂货地摊、开早点铺、开夜市的。

也有干脆回三峡老家投亲靠友的。

更多的是和土根一样，加入了摩的行业。

杨小小和何向东去了东莞。

春花在解放路盘了个服装店，请我去给她看店，她自己负责进货补货。没做过营业员的我一开始心里发怵，不敢答应，春花说，不用怕，我也没做过，亏了赚了不用你负责。她让我每天把店里的衣服选一套穿上，不用多说话，大致记住每件衣服的折扣，不卖错，不弄丢就行了。春花给我的待遇不错，每个月三百块，比铸钢厂的工资翻了一番，每周日多多从学校回来，春花也考虑了，让我在家陪孩子，她自己顶班。这么好的条件，我还能说什么呢？我也确实也需要一份工作啊，稍作考虑，我就应承下来。

孙厚德离婚了。刚辞职那会儿，他躲在孙家大院不敢出门，但时不时会有心里憋屈的移民和老职工找上门去，让他家很不安宁，所以这回他提出离婚，老婆很爽快地答应了。据说她手里攒了上十万块钱，生怕男人有个什么闪失，她的钱被没收，因此离婚时，她也没闹着要房子要家产，麻利走了人。

孙厚德到店里去过一回，精神挺好，不像个丢了官受了打击的人。我说春花姐不在。春花跟他不是一年两年，他离婚后，春花更不避嫌了，有时把亮亮扔在我家，兀自就去了孙家大院。这一点，春花倒显得比他势利眼的老婆和小姨子有情义。但他讷讷地说不找春花，眼睛盯着我看。我被盯得浑身不自在，就说店里不卖男装。他说不买衣服，随便看看，还说我穿店里的衣服真好看，又问我上班习不习惯什么的，口气好像还是我的老板。我很想告诉他，你把厂子折腾没了，还好意思问我上班习不习惯，但是又想到他平时对我们一家的照顾，想到他救过多多，还有，要不是他借钱给我们买摩托车，多多也许至今还不能上学呢——难听的话就到底没说出口。

铸钢厂所有设备、库存产品、原材料都当废旧变卖了，剩下空荡荡的建筑，被一分为二。仓库和老宿舍楼租金便宜，一起租给了废旧公司；剩下高大的车间和白房子，好些人来看过，不是嫌不好改造便是嫌租金太贵，至今贴着出租广告。楼前屋后大块的空地被移民们见缝插针地种上了菜。

宝红把电话打到废品厂的时候，接电话的人并不知道我是谁，可巧被在废品厂上班的桂子听见了。桂子赶紧屁颠颠回去叫我，也巧，那天正好周日，店子由春花顶班，我在家休息，多年未通音讯的我们因此重新有了联系。

随后的日子，我开始莫名其妙地魂不守舍。早上把衣服洗了，晚上回家发现它们还躺在盆里睡大觉；店里有人试衣服，要么拿错了大小号，要么把上衣拿成了裤子；土根和我说着话，不是走了神，就是答非所问。

我知道，这都是宝红的电话惹的祸，我平静的心湖，被宝红投下一粒可恶的石子。不，一粒石子不可能掀起那么长久的波澜，那是一颗邪恶的种子，我根本无法遏制它的生长，它恣意地将我占领、包围，逼迫我的所有意识，通通成为它的奴隶。

天恕，是我无法驱逐的心魔。

当这个心魔突然地被春花带到眼前，我曾有一刹那的错觉，恍然以为是他的心，突然连通了我这一刻的期盼，破译了我此时不能示人的密码。我差一点就要忘了春花的存在，忘了所有不堪回首的过往，懵懵懂懂扑进他张开的怀抱。但只是一瞬间，眼前的男人，忽然和另一个男人的脸，叠成一张熟悉又陌生的面孔，这张面孔冷漠、阴森，陡然凝固了我奔向天恕的脚步。

路路！一声仿佛穿越了千山万水的呼唤，轻轻地却非常清晰地敲打着我的耳膜。此时，进与退都显得那么艰难，我的神经与泪腺，变得异常脆弱，仿佛一触即溃。我僵硬地转过身，让泪水不至于在天恕的注视下决堤，但是很快，当天恕温暖的手臂从背后环绕过来，紧紧搂住我瑟缩的双肩，所有的掩饰都变得徒劳。天恕扳过我的身子，用下巴抵住我不肯驯服的头，硬硬的胡茬轻轻摩挲着我的头发，嘴里喃喃地叫着我的名字。他的眼泪滴落在我的发根，炽热的呼吸将我严严包裹。这一刻，我不再躲避，我的泪在恣意地奔流，我的心在不顾一切地狂跳，我的茧在天恕的温情里一一剥落，我们彼此寻找……

我们久久沉浸在重逢的巨大眩晕里，不知道春花什么时候离开了店，当我的意识突然回到大脑，我羞愧难当地挣脱了天恕的吻。

不！不能！

对不起！路路！我知道我没资格这样……原谅我吧！

是的！你没资格！我看着痛苦万分的天恕，我的心何尝不是也万分痛苦？天恕说的没资格，是他对自己始乱终弃的责罚，其实，他的没资格，何止仅仅于此？我多么希望自己只是个曾经被他抛弃的女人，一个与韩成虎没有任何血缘关系的女人，那么，一切还可以重来，可我不是啊，天恕是我的亲弟弟，我别无选择！

路路！原谅我吧！原谅我这么多年对你的狠心残忍！其实……其实，这对我自己同样是残忍的事啊！天恕不甘心地抓起我的手，把它们捧到心口，让我感受那里疾风暴雨般的跳荡。

不——！我歇斯底里地叫喊，抽出双手，发疯地向天恕推去——

猝不及防的天恕一个趔趄，以一个奇怪的姿势倒地，他的一条腿蜷曲，另一条腿却直挺挺地前伸，天恕的双手，正痛苦地捂着那条直腿的膝盖。

完全没料到天恕会被我推倒，我扑下去，紧张得不知所措：摔到哪里了？天恕！对不起！天恕一边挡着我，一边试图挣扎着站起来，但很显然，没有我的帮助，他根本无法站立——难道，天恕摔坏了吗？他的表情，为什么如此痛苦？我来不及细想，慌忙去查看那只摔坏的腿。我的手触电般缩了回来，一丝恐惧牢牢抓住了我，天哪，天恕的小腿异常冰凉、僵硬！我闭上眼睛，再次将颤抖的手伸过去，心惊肉跳地慢慢掀开天恕的裤管，我的手摸到了他的没有凸凹的脚踝，摸到了他没有血肉的小腿，摸到了膝盖那里两颗冰凉的螺丝钉……

路路别哭！好了好了别哭！都过去了！天恕索性把我也拉到地上坐在他身边，他笑着给我拭泪，自己却双泪横流：知道吗路路？我的腿刚刚被锯掉的时候，那才是生不如死的日子啊！探亲回部队的路上，你的笑，你的好，还在眼前做着伴呢，车子就出事了。

探亲？回部队的路上？

是啊！我用了整整两个月，才接受了被截肢的事实，才给你写了那封信。

那……你的天使？

除了你，我的心里哪里还住得下别的天使？我封锁消息，还编出天使的故事，是不想拖累你啊！

你……一直……都单身吗？

是的。我后来在部队读了医大，分到了宜昌军分区医院里，也有好心人替我张罗婚事，可我一直没心思考虑。我想回三峡，想打听你的消息，又怕打扰了你，更怕自己会……我不敢哪！可是这辈子，如果就这样再也不见，我是真的不甘心呀！

见了，又能怎样呢？天恕，回去吧，我们这辈子注定无缘！我站起来，扶起天恕，狠下心肠换了一副冰冷的面孔，我们的血缘不允许那些百转千回的情愫再次滋生。

会回去的。你和土根，过得好吗？

好！很好啊！真的！我们——我跟土根的孩子也——很懂事，她……虽然不能说话，但她比任何一个孩子都善解人意！

你们的孩子……不能说话？为什么？是先天性的吗？她听不见吗？天恕急切地抓住我的双肩。

不是。是手术后遗症。我扭过头，阻止我的泪水再一次泛滥。

什么手术？怎么会有这样的后遗症？孩子的病历还在吗？她叫什么？多大了？我可以见见你们的孩子吗？

天恕扳过我的脸，他连珠炮似的问题，让我不知从何答起。多多是天恕的女儿，他虽然有权见她，土根知道了也不会反对，但这样对土根是不公平的，而且，如此拖泥带水，哪里是个头呢？所以，我只能咬牙对天恕说，对不起，你还是不要见吧，我不希望土根误会！你——回去吧！

会的。我会回去的！见到你，我就放心了！宝红说你过得很好，我得亲自来看看。我去过你家，虽然门锁着没能进去，但我总算是亲眼看见你居住的地方了。你们的家在外面看，比带我来找你的春花嫂子的家寒酸多了。墙面没有粉刷，红砖裸在外面，二楼的窗户连块玻璃都没有，用一块旧床单遮挡着。路路，不用进去我也可以想见你们生活的艰辛！不过，欣慰的是，我也看见，在一式一样的房子中，你们家门口收拾得最干净最整洁，门前还栽满了花草树木，一个没有爱的家是不会如此的——这就够了！有什么比一个充满爱的家更重要呢？现在，我又亲眼看到了你，工作算不上多好，但我一直知道，我的路路是好样的，无论什么工作，你都可以做好！所以，我放心啦！

回去后，早点成个家！你身边，得有个人照顾——也好让我放心。

放心吧，我会考虑的！等我成了家有了孩子，他（她）得管你叫姑姑，多多得叫我舅舅，我们像亲姐弟一样来往好吗？逢年过节，我们两家要一起回三峡，三峡养育了我，我有愧啊……我们一起回去看望二秀姨妈大海姨爹和成虎姨爹，还有，我父母哥哥、土根婆婆都在"那边"，我们也要给他们化点钱过去……

路路，你打算怎么办？

什么……怎么办？

别装了！旧情人跟土根呀！你总得选一个！你会和土根离婚吗？

不会。

为什么呀？你和那军官看着才是一对嘛！瞎子都看得出，他喜欢你，你也喜欢他！

别瞎说。

没瞎说。这么多年，我只见土根对你掏心掏肺地好，就没见你……怎么说呢？你也对他不赖，可就是不对劲，不像两口子的好！这个人就不同了，你不理他，还哭，他可能伤过你的心，但那又怎么样呢？你爱他，是一定的！

不！不是的！不可能！

嘴硬！别以为我春花张三李四的床都上过，就分不清真感情！我清楚得很！除了我那死鬼男人对我是真心实意，哪一个不是只贪个一时的快活？就说这孙厚德，老我十几岁，我一心一意跟他这么多年，指望他给我个名分，可他至今也没个痛快话！他的心思，压根不在我的身上！路路，我跟你说吧，土根喜欢你，孙厚德也喜欢你——你先别急着打岔——这是事实，但你对土根不是爱，对孙厚德也只有恭敬。孙厚德就不说了，我一直不明白的是，你就算是一块石头，被土根这么揣着也该揣热乎了，可你就是块揣不热的石头，自己冰凉，只怕把人家的心也揣凉了——这是为哪样呢？你的心是铁打的吗——得，现在我明白了！有这么个人挡着，你跟土根啊，八辈子也热乎不了！

春花姐！你不明白……就别瞎猜了吧！

不明白的是你呀！路路！你得舍一个，不然害了人家也害了自己！

是的。我已经舍了。我不会跟土根离婚的，这辈子都不会！我跟春花这样说的时候，我是真的放下天恕了。当我看见天恕的一条残腿，我的心疼远远超过了我们是血亲的耻辱，我多么希望那不是真的，我

206

宁可他当年是真的负了我，也不要这不幸降临在他的身上！可命运如此弄人，天恕成了残疾，我却无法留在他的身边，除了放下，除了祝福，我还能怎样呢？

你！唉——！春花一声长叹，也不知为了哪般。

第七章　难为水

1

　　铸钢厂倒闭不多久，一场整顿市场、取缔摩的非法营运的战役在东湖市正式打响了。这两年，摩的经营者如雨后春笋般遍及东湖的大街小巷，虽然干这行既辛苦又不安全，但"无人管"和低门槛使越来越多失去土地与工作的人们加入摩的行业。铸钢厂男丁继土根之后，多数成了专职或业余的的哥，虽然每日进项不多，但十块二十块的，总能贴补一下家用。如今，全省开展创文明城市评比活动，市里下定决心整顿市场，取缔摩的、临时摊点，城管、运管、交警三路兵马联手，重拳出击。每天，穿不同制服、却执行着同一指令的执法者开着车子，架着喇叭，一边喊话，一边红灯闪闪，把负隅顽抗的摩的们、小商贩们追得鸡飞狗跳。

　　土根的车子被收缴了，罚了五十块交了保证书才取出来，现在停在家里当摆设。

　　大柱的运气更差，为躲避警察追赶，慌不择路地撞到了电线杆上，头撞破了，腰也闪了，在医院躺了半个月，欠了一屁股医药费，人没

好利索就出了院，医生说大柱这辈子不要说生娃娃，以后只怕连稍重的活都没法干了。桂子寻了几回死，都被盼盼拉住，没死成。

盼盼本来考上了高中，家里供不起，辍学在家。她个头高，人也机灵，一开始说好了去宜美家超市收银，年龄不够没去成，就只好偷偷在一家小餐馆洗盘子。大柱的医药费没报到一半，外面还借着好几千没还，可是，靠着盼盼洗盘子和桂子帮废旧公司分拣破烂，何时才能还清大柱欠下的债呢？好脾气的桂子开始变得暴躁，打盼盼，骂大柱，还摔东西。

在东莞打工的杨小小回来了，是去三峡奔了丧的。小小从那个春节目睹婆婆爷爷住着四面透风的猪圈屋，就一直惦记接他们到自己身边，可是，就在小小的新家快建好时，爷爷死了，小小要把婆婆接过来，婆婆说不想把爷爷一个人留在三峡，说什么也不肯来东湖，宁可窝在大哥的猪栏屋里。现在，婆婆也死了，小小再也没有牵挂，奔完丧，在空荡荡的家里待了几天就锁了门，仍旧回东莞去了。小小这次回东湖变化可大了，光一身的珠光宝气就比春花阔气多了，还整了容，脸皮瓷嫩瓷嫩，鼻子挺得高高的，胸脯像塞进去两个气球，快爆炸似的。小小本来不丑，这么一收拾，简直跟电影明星差不多啦，移民们灰扑扑的眼珠被小小擦亮了好些天。小小走的时候，把盼盼也带走了，说让盼盼去东莞做服务员，保证每个月寄回500块，走时还预支了1000块工资给桂子。桂子高兴得心花怒放，何向东却歪里吧唧地说，小小根本不是在那里做什么服务员，是做"鸡"，钱来得不干净，劝桂子赶紧把盼盼追回来。桂子把何向东骂了个狗血淋头：你一个大老爷们自己没用，挣不到钱，却埋汰人家小小！我看小小是越来越出息了，难怪看不上你！咱盼盼只要能混到小小那个份上，甭管做鸡做鸭，能让我们家的日子过好一点，就不枉我们两口子一把屎一把尿地带大她！

官兵捉麻木大战旷日持久，几个月之后，街上开始出现一种黄色的面包出租车，起步价仅三元，有运管所核发的营运证。这种价钱低于的士、舒适和安全度远远高于麻木的"黄三元"一经面市，大受老百姓欢迎，生意好得出奇，再也没人愿意坐那提心吊胆的摩的。20台面包车投放不到一个月，经营这种黄三元的顺达出租公司又追加了10台。越来越稀少的客源使麻木们不得不开始接受一个残酷现实：自由的"摩的时代"一去不回，谁也无法改变"黄三元"彻底取代麻木的命运。不用官兵去捉，麻木们不再幻想，不再和执法大队耗着，他们心有不甘却又无可奈何地自动麻木、自动消失了……

与此同时，摆地摊的，支早点摊的，经营夜市的，也仿佛一夜之间成了城市苍蝇，被城管驱赶得不得安宁。摆摊的跑起来没摩的利索，执法大队的车上，总是载着满车收缴的秤杆笭筐帐篷桌椅什么的。东湖的大街上随处都可以看到一些"刁民""泼妇"上演着种种闹剧，或死死护着手中的家什不肯上缴，或满地打滚索要被收缴的财产，还听过一则新闻，说菜市场边上一个卖水果的女人，为了要回她那车水果，脱光了衣服拦在执法车前面……但这些插曲，无法阻挡整顿的大潮。无论如何，流动摊贩是越来越少了，东湖的大街小巷，开始有了些文明的味道……

投靠哥哥的泥鳅一家回来了。说当年迁到移民点的乡亲，至今受着当地人的排斥和欺负呢，像自己这样半道上投亲靠友去的，根本没法混。整村刚移过去时，好田好地基本上没移民的份，但勤快些的，开几分荒地，种点瓜果蔬菜，农闲时再出去找点力气活，日子也能将补着过；现在呢，荒坡荒地早让人占光了，除了天上的鸟儿管不着，连路边的石子儿都有主啦，投奔亲戚过去的，啥也分不到，最多能上个空户口。泥鳅没有土地，也没有其他糊口的手艺，一家人就靠农忙时帮人打打零工维持生计，日子过得，比在东湖还悬，回来是自然的了，至少这里还有能够存身的房子。泥鳅没有想到的是，他们一家子把户口迁走再迁回，却再也领不到移民局发放的失业期间生活补助费了，儿子的学籍也转掉了，进不了档，考不成高中了。

春花也回来了。服装店拆迁，红红火火的店子关了门，我也重新下了岗。不过，合同没到期，春花狠狠要了一笔补偿费。春花执意多给了我一个月工资，作为失业补偿，还说等以后物色到了新门面，仍然请我看店。但很快就得知，春花没去找服装门面，而是去顺达出租车公司买断了两台面包车一年的经营权，然后将它们转租出去，舒舒服服当起了"包租婆"。移民楼里的穷人们更穷了，此时只有春花，依然是这栋楼里的"有钱人"。

移民楼一下子热闹起来。无事可做无班可上，移民们的满腔怒火、闲火无以发泄，每天最大的一件事就是聚到移民楼前的空地上发牢骚。

大柱说得最多的是要休了桂子，因为他捡破烂的老婆领了几个破烂钱，居然脾气越来越大，越来越不把他放在眼里了。还有，盼盼打电话到废品厂，哭着要回来，桂子只惦记着盼盼每月寄回来的500块钱，根本不松口。可是说归说，坏了腰的大柱只要远远地看见桂子扁瘦的影子，准得立马换上另一副表情，两眼放光，讨好地迎上去……

泥鳅翻来覆去的是他们回三峡的悲惨遭遇，像个讨人嫌的祥林嫂：那是个什么鬼地方哟！那一个个的当地人，都坏得流脓！连搿把长的娃都晓得欺负咱移民的娃！他们的牛糟蹋了咱的庄稼，糟蹋就糟蹋了，可是咱移民家的鸡去试试吃棵他们家的菜看看？嘿！没准你连菜和鸡一块赔了还不成！咱移民人也不少，加上邻村的，好歹也有百多户，那次为当地人故意放光了移民秧苗地里的水，实在忍无可忍了，才联合起来督着村长去移民局闹。结果，你们猜怎么着……

怎么着？移民局稀里糊涂是非不分，将村长和移民各打三十大板，移民没落下一句好，倒还背了"刁民"的黑锅回来了……哈哈，我说泥鳅，你能不能讲讲别的，咱听了八百遍，耳朵都起茧子啦！人们打着哈哈，无关自己痛痒地揶揄泥鳅。

春花满脸鄙夷：你们哪！把你们归成刁民是抬举你们啦！能耍刁的都是聪明人，狠人！你们算吗？人家敢放我地里的水，我咋就不敢把他妈的秧苗拔了？移民移民！移民就好欺负吗？移民是缺心肝还是少心眼啦？还有脸当故事讲，丢人！你们这些大男人，我说，一个个还不如杨小小！

我倒是想学小小去做三陪，可惜人家不要男的。何向东灰溜溜地被小小从东莞赶回来后，每天来移民楼找人摆龙门阵，扯小小的闲篇，年纪轻轻的小伙子，倒似一个满口冒酸水的怨妇。

他妈的，这世道！大柱骂骂咧咧，话题又无可避免地扯到他婆娘身上去了：日他妈，挣不到钱连桂子都敢犯嫌！看老子哪天不休了她……

我看你们还是有点出息吧！小小卖×也好，鬼子犯嫌也好，总是自食其力，你们呢？天天搁这儿打嘴仗，肚子就能饱了？离七老八十远着呢，就只等阎王爷来收尸啦？

泥鳅蹭过来说，那能怎么的？我们做生意没本钱，种田又没得地，有力气得有去处使啊！春花姐能给我们支个招吗？要不，咱迟早要学后街那帮捡渣货的了，天天支个桌子斗地主混日子。

我呸！斗地主！我看你连身上这条烂短裤都要当掉了，还惦记斗地主！光屁股泥鳅，斗你个球哦！

不要紧，短裤当了扎泥巴里头，正好去认老祖宗！

哈哈哈哈……

众人哄笑，泥鳅被呛得满脸通红，他耿着脖子骂春花：骚婆娘！就你能！你有这个那个男人贴！我……我们，我们找谁贴去？

大伙一时紧张极了，这不晓得轻重的泥鳅，竟敢当面揭春花的短！戳了这颗葫芦包，只怕你浑身长腿也跑不脱！

但春花竟然不恼，反倒哈哈一笑：哟，我一个寡母子有男人贴算什么丑事！好歹是男人贴女人！只怕你们啊，往后个个靠婆娘养家糊口，让女人倒贴你们，那可就辜负你们爹妈给你们多生了个物件儿了！有本事你们莫跟我耍嘴皮子，去找移民局贴啊！咱为了国家建设，把家都捐了，如今连饭都吃不上，他国家该负责啊！

哼！国家负个屁责！哪里的移民没闹过？我上次回去，听说光我大姑那个村就找了移民局不下十回，可有个屁用啊？人家移民局儿不哭奶不胀，今天软的明天硬的总有法子对付你，哪里又能闹出个结果来？几百万移民，国家管得过来么？

我说你们哪，就坐着等运气从天上掉下来砸你们吧！你们自己不主动，国家怎么晓得你们没饭吃？那些搬到农村的移民闹事，国家肯定不得管，他们争田夺地也找国家，粮食没收成没销路也找国家，国家能认这个账么？说到底，农民只要有地在就能活，就什么都不怕，我们呢？工人没班上，连厂子都没了，能跟农民闹事起哄一样吗？

理倒是这么个理！

有理就去闹！不信就没个讲理的地方！

那去闹闹看？

就是！得去闹！

闹？说得容易！谁带头？连个主心骨都没有，闹个屁！

不是有春花姐嘛，她见的世面多！

算了吧！春花姐又不愁吃的，坐在屋头收钱，滋润死了！她拿我们穷开心呢！

狗日的死大柱！看你连一门养家的本事都没得倒净会瞎嚼蛆！这么热天把火的，我有工夫拿大家伙开心，还不如扎在屋里歇凉呢！今儿我把话说明白了，我春花一不愁吃二不愁穿，就是为咱移民打个抱不平！大家伙想不明白就算了，当我咸吃萝卜淡操心；想得明白呢，行！我春花就带起这个头了！成不成的，反正闹闹去！

对！闹闹去！

是呀！不闹肯定是死，闹了，一半死，一半活，肯定比不闹强！

……

春花果然了得，一番煽动，不出一星期，铸钢厂移民和老工人除了去外地的，一个不落地被她召集起来，于周一的八点半，兵齐马壮地堵在了移民局大门口。她还不知从哪里弄来一条横幅让人扯着，上书：三峡移民要上班！三峡移民要吃饭！两个大大的感叹号，把移民的士气鼓得高高的，气氛蛮像回事。春花的时间选得恰到好处，一般周一领导到得比较齐整，其他时间就不好说了；八点半也刚刚好，太早了怕不守时的领导还没到，迟了又怕人跑了；这个时间，早上出来买菜、办事、晃荡的人也比较多，夏天早上凉快嘛。果然，当队伍雄赳赳地从移民楼一路杀过去，跟着看热闹的人如滚雪球般越聚越多，到移民局门口时，竟里三层外三层将大门围了个水泄不通。

　　虽然早过了立秋，已是农历七月末，天气依然炎热，加上群情激昂，空气像一锅黏稠的汤，很快将我们裹杂在它的腾腾热气和浓浓浆汁里。

　　我和土根当然也夹在这锅闹哄哄的汤里，被动地随着它的节奏翻滚。

　　先是长相凶悍的门房老头出来驱赶：走走走！这里是领导办公的地方，不是你们撒欢的放牛场！赶紧走啊，要不110来了就没我这么客气了啊！

　　人群一阵骚乱，老头的话显然吓住了一部分人，包括土根，他紧张地抓住我的手说，路路，要是110一来，咱不管什么情况，赶紧跑啊，别稀里糊涂被抓，多多一个人在家呢！

　　多多马上要升初中了，小学部的老师力荐多多进舞蹈艺术班，初中部那个专业的舞蹈老师肖红也看好多多，说多多的舞蹈天赋实在太高了，自身条件也好，学校多年难遇，孩子不朝这个方向发展实在可惜。我看得出，多多也是满心期盼，她跳的孔雀舞简直成了聋哑学校每一次活动的保留节目。多多小学毕业那天，我们没有耽搁，马上就领着孩子去找肖老师，一打听，才傻眼了。特校初中部的借读费更高，其他费用也比小学部略高，艺术班还要另外收费，而我们俩下岗半年多了，

214

土根又不能跑麻木，之前攒下不多的一点积蓄眼看快见了底，读普通班也还差得远呢！

但土根坚决要让多多上学。我只好让步：那就读普通班算了？多多有残疾，学个跳舞又花钱又不能当饭吃，还不如学点实惠的将来能自己谋生啊！

不行！多多一定得上舞蹈班！一根筋的土根将麻木改装成货运三轮车，蹲在小商品市场给人拉货，但行情不好，只做了一个星期。货运业务本来不多，而大量的麻木车转入货运行列，揽活的艰难可以想象。后来又给人送水、灌液化气，每天背着个喇叭在人家住宅楼前喊。灌液化气的活倒比跑货运收入靠谱点，就是太累太危险，而且这一行都是老宾主关系，生人难得进去。土根有回碰到个住在顶楼的客人，他满头大汗把液化气送上7楼，那女人竟说坛子换了，不是她的，死活不收，逼着土根买了个新坛子给她。后来同行说，几乎所有灌汽的都踩过那女人的地雷，不是说斤两少了，就是说把坛子弄坏了，总之难得爽快给钱。土根的运气似乎"最好"，踩了个最大的。

哟！吓唬谁呢？春花挤到老头面前，演戏似的挤出一张笑脸：大爷！打110是吧？打呀！我这里有手机，是您打呢还是我打？

嘿！手机都用上啦！还装个么子穷！我跟你讲，你们这些移民，心不要太贪啦！国家把你们一个个从山旮旯儿里弄进城市，供你们吃供你们住，别不知足！回去回去！就你们？反不了天！老头唾沫横飞。

春花回过头，向闹哄哄的人群挥挥手，人群马上安静下来，她像个女大王似的大声问：回去？兄弟姐妹们，我们是要回去靠偷靠抢去养活我们的娃呢，还是要回去让我们的娃卖身卖肉来养活我们呀？你们说，咱今天就这么回去啦？

不回去！不回去……春花的临危不乱给大家壮了胆，她的演说词直戳移民的痛处，人们被煽起万丈怒火，竟然一呼百应。

对！不回去！我们要见局长！移民局是我们的衣食衙门，今儿个，

215

我们就是饿死，也要饿死在父母官面前！

老头开始不停擦汗，他低估了眼前这个泼辣的女子，在一片愤怒的吼声中，他灰溜溜逃进门房小屋，哭丧着脸拨通了电话。

老头出来的时候，换了一副惹不起大伙的嘴脸，谦恭地说，静一下！我们局长说了，有什么问题，派代表上楼去说，最多去三个，其他人回去，否则，真的要请110来了！大家伙就别为难我啦，听局长的，上去三个……

不用三个！我一个就够了！春花不等老头子啰唆完，就打断了话头，对大伙挥手说，都回去吧！只要局长肯见就行！咱又不去打架，不用大家都去！放心，今天看我的！

<h1 style="text-align:center">2</h1>

春花果然不负众望，跑前跑后几趟下来，成绩还真不小。她争取到了一个出租车公司的营业执照，弄到了20台黄三元的营运证，这20台车等于40多个岗位呢，男女不限，刚好可以一次性将移民都安置好。春花说了，如果两口子都拿了驾照，可以承包一台车，这样谁跑白班谁跑晚班就比较灵活，也不存在谁占了便宜谁吃了亏。

但问题是，现在学个驾照要两三千元，进春花的路通出租公司押金得5000元，如果两口子都去，就是至少要准备16000块钱，这笔钱不要说都不能轻松拿出来，就是拿得出，也没人敢贸然报名啊！首先是学车，三四个月下来，谁能保证考得过？考过了，一般还得跟师呢，咱生脚生手地就上路，能盘得活吗？还有，黄三元的生意看起来是火爆，但现在猛然增加20台车，还有钱赚吗？有人甚至说春花自己想出风头过官瘾，拖大伙垫背……种种顾虑，报名的热情并不高。

春花给大家洗脑：政府说了，这期移民专班，教练就是不吃不睡也要保证你们人人拿驾照！大伙就把心放回肚子里吧，四个轮子比三

个轮子的车稳当得多，你们又有跑麻木的底子，又有孙猴子保驾，还怕取不到真经？贷款批下来、新车买回来正好也需要三四个月，我打包票，只要交了钱的，到时候肯定都能上车！生意呢，大伙更不用愁，两年之内，东湖市绝对不再增加一辆黄三元！这么大个市，50台车忙都忙不过来呢！看看人家顺达，押金是10000元，还女人不要没经验的不要40岁以上的不要，拿着钱都进不去呢！我这里算是白给你们饭碗了！你们要是还不想来，我可就把指标对外啦，咱照样收一万元的押金，不怕人家不挤破门槛！移民局可说了啊，这回一安置下地，政府好歹再不管了！赶紧的，不管是借还是贷，把钱凑来吧！你们这点押金，有了挣钱的牲口，还怕挣不回来？我可是把咱两母子的老底子都搭上了还背着几十万的贷款呢，操这个心我为了谁呀？再说呢，5000也好10000元也好，公司又吞不了你们的，哪天不想干了还退给你们，不像我这一锤子买卖，亏了就亏了，砸了就砸了哟！

想想春花说得也在理，就都行动起来。也有多少有点家底，自己能拿出来的；也有找三朋四友勉强凑够了数的。最后一汇总，除了我们家和大柱家，其他每家每户至少报了一个名，剩下十多个名额，如果再没移民报名，就要对老职工子女和外部招工了，对外招工的押金据说真的是10000元。

大柱说他自己一个半瘫子，开车是不用想了，桂子胆子小又迷糊，也不是开车的料，春花搞这么个公司，反正是没他的份，扬言还得去找政府的麻烦。

春花很是不屑：就你？连婆娘都怕得要死，还找政府！别走到半道尿了裤子！见大柱耷拉着脑袋不吭声，就换了语气：我看这样吧，先把你的无赖相给我收起，咱给你破个例。你呢还是报个名，公司给你留个名额，等车回来了，你把车包出去，每天收十块钱转让费，这样押金也不用你交，油钱费用也不用你出，你每个月净得300块，比桂子的工资还高100，看她还敢对你犯嫌不？等公司弄好了，安排你看个

217

大门什么的，再给你发点工资，腰杆子就挺起了！你说，你是依我的呢还是要找政府？

大柱的笨脑袋突然开了窍，他兴奋地说：不找啦！不找啦！我就说咱俩好歹好过一场，春花姐发了财哪能把咱丢得一干二净？好春花，帮人帮到底，求你帮桂子也留个指标吧，这么好的点子，咱可不能把指标浪费了哟！

留你个头！春花的丹凤眼吊到了脑门上：死大柱！你这种人就活该让人看不起！咱公司头一条规定就是谁报名谁开车，给你破例是可怜你，你要打歪偏主意，一个指标也没得！

吓得大柱赶紧求饶。

春花到我家的时候，我正在给多多拆洗被子，为多多上学做准备。我知道春花为公司招人而来，我何尝不想让土根进路通公司啊？能够遮风挡雨的面包车怎么也比摩托车开着让人放心呀，此时，毒毒的日头下，土根正背着喇叭骑着摩托不知怎样的挥汗如雨呢！土根嘴里不说，我知道他心里也想，他倒不是个贪图安逸的人，他想多挣钱啊！但现在多多的学费尚且不够，我们家哪里还拿得出哪怕一个人报名的钱呢。东湖市无亲无故，移民楼的同事家家自顾无暇，三峡回不去，我们举债无门。

我家的情况瞎子都看得见，春花也不多问，直接就递过来一沓钱：给！3000块，赶紧叫土根去驾校报名，这一期是我们移民专班，学费打了8折的。快去，迟了就得等下一期！

谢谢春花姐啊！土根他……他不想去！其实灌液化气……也蛮安逸的……

咦！我说你们两口子才怪了！我早上在门口好心好意地把钱借给土根，这个死黑皮，跟你一样，二话没说就推了，未必我这钱上有屎，会脏了你们两口子的手？

我很诧异春花这钱已经给过一次了，但不奇怪土根也会拒绝。我们家真的是干干净净，光有这3000块有什么用呢？土根不可能厚着脸皮说，春花姐，你干脆还借我5000块押金吧！同样的话，我也说不出口，为了表示我们不能接受帮助的遗憾，我只能一个劲道歉：对不起！春花姐别误会了！真的，你的好意我们怎么会不知道呢？这么多年，春花姐帮我们家还少吗？是土根觉得送水送气的生意还过得去，不想总麻烦你！

骗鬼哟！过得去！我刚刚进门还问多多去学校报名没，丫头直拿头摇！路路啊，我拿你当亲妹子，不晓得你跟我迂腐什么！土根也是快四十岁的人了，这种下死力的活儿还能撑几年？你不心疼他，也要替多多想啊，万一他垮了，你让多多怎么办？

可是……可是……我舌头下压着一句"我们没钱交押金"的话没说出来，春花打断我，不由分说将钱塞到我手里：别可是可是了！拿着！明天不去报名，我就把你和那个大盖帽偷偷约会的事告诉土根去！记住啦，押金你们不用交，以后挣到钱了再慢慢补，对别人就说已经交了！

有你这么威胁人的吗？那个约会你不说我也会给土根交代的！我的话追了出去，春花早不见踪影了……

秧歌队在前面开道，20台新车披红挂绿，缓缓游过东湖的大街小巷，最后开进焕然一新的铸钢厂，不，现在是路通出租车有限公司。铸钢厂的车间和白房子都派上了用场，白房子作了办公室，空荡荡的车间不用改装便是一个天然车库，车间正中废弃的熔炼炉搭上架子，铺上红布，就成了临时主席台。此时，20台新车和几十名群众簇拥着台上满面春风的春花，一起将平湖铸钢厂的历史，改写成新的篇章。

没想到，孙厚德居然也在路通。春花介绍他的时候称他为总经理，大概是副的吧？因为春花自己也是总经理呢。我很快发现，尽管孙厚德辞职后移民个个背地里骂过他，但在路通，不知是他多年的余威还是别的什么，人们当面对他仍然是谦恭的，好像他原本骨子里就是我们的上司，如同随意惯了的春花，嘴里再怎么喊着陈经理，心里却只拿她当姐妹一样。

在春花的怂恿下，我稀里糊涂成了路通公司的调度。她说，你们家欠着公司的钱呢，我得把你押在公司做"人质"。我这个"人质"的待遇不错，工作也挺简单，就是安排司机的班次和收"份子钱"。45个司机，40个是固定在这20台车上的，每周倒一下黑白班，另外5个"挑土"的，就得临时安排，有请事假的顶事假，没有就顶正班司机的轮休。份子钱每天收两次，早上六点至六点半和晚上的六点至六点半，也就是白班夜班交接的时候，各收一次。白班收60块，夜班30，春花要求挺严，我每天必须在六点半收齐头一天的份子钱，谁也不能拖交，然后等到银行一开门，就将这1800块钱一分不差地存进户头。

由财务室改成的调度室里，通常只有我一个人待着，只是在收钱的时候热闹一下，没有特殊情况，我一般十点以后就可以回家买菜做饭干家务，下午三点上班。而这之间的几小时，正是春花和孙厚德的上班时间，他们共用原来的老办公室，只不过牌子由"厂长办公室"换成了"总经理办公室"，调度室和办公室之间的屋子，被春花弄成了小厨房，她和孙厚德，公开地在这里安上了家。

土根被人打了！

接到电话的时候，我以为听错了。自从土根跑上麻木的那天起，我就为他的安全担上了心，生怕有一天别人告诉我，土根出事了——被撞了或撞人了，开车的人，谁也不知道危险会在哪一秒降临，但我从未担心过土根会打人或者被打。我和春花赶到医院时，看到躺在病床上鼻青脸肿的土根，我才相信，土根真的被人打了。

打人不打脸，谁会对连虫子蚂蚁都舍不得伤害的土根下此毒手？

我心疼地握住土根的手，发现手臂上也满是伤痕，眼泪便一下子掉了下来，怎么会弄成这样？土根！我不信你会和人打架！是谁这么没有人性？快告诉我！

土根努力挤出一个龇牙咧嘴的笑，轻声安慰我：算了！别担心，路路！都是皮外伤，打完针就可以回去了！

不行！青天白日的就敢打人，哪能就这么算了？泥鳅，说说，到底是怎么回事？谁他妈干的？春花比我还急，电话里没来得及仔细问清状况，这会看到土根没有大碍，赶紧抓住泥鳅追问。

是顺达出租公司的人。泥鳅急忙报告。

土根在菜场路口接到一趟活，客人坐好后土根刚刚准备起步走，车子突然被一前一后两个顺达公司的黄三元包围了，土根还没反应过来，两个司机跳下车，拉开车门，把土根揪出来就打。土根一边躲避一边问，你们为什么打人，总得让我弄个清楚！一高一矮两个男人嘴里骂骂咧咧：打的就是你！叫你抢老子生意！给老子长点记性！车里的客人下来说公道话，两位师傅莫打了，我就是拦的这个师傅的车，他没抢你们的生意呀！两人哪里肯听，更加变本加厉，滚开，这里没你的事！你晓得个屁！他们路通把我们顺达的生意抢完了，还敢说没抢……土根被两个红了眼的男人穷追猛打，不得不被迫还击，他的身手，本来对付两个人是没问题的，但很快对方又加进来几个人，渐渐就有些招架不住了。一些看热闹的只是远远地漠然地看着，无人劝架，那个引起事端的乘客在一片混战中吓得开了溜，要不是泥鳅正好路过，大声喊"110来了"，真不知结果会怎样！

很显然，他们这是故意找茬。顺达公司本来生意做得好好的，现在杀进来一个路通，虽然市场还未饱和影响并不太大，但总不是让人舒服的事，加上路通全部是新车，如果两个车正好一块，乘客总是会选择路通，久而久之，顺达的人早就憋着一肚子不满了。

王八蛋！不满就敢随便打我的人吗？狗日的！我还不信邪了，泥鳅！送我去顺达！我倒要看看，他顺达的人有多大本事！掌柜的敢不给我个交代，我就敢把那几个无法无天的混蛋送进大牢！

算了春……陈总！土根吃力地对怒火冲天的春花说，都是出来混饭吃的兄弟，大家都不容易！他们就是出口气，够不上蹲大牢。我这点伤没动着骨头，不碍事，不会耽搁明天跑车的！

跑个屁！你给我老实养几天伤！让路路拿个镜子给你照照吧，一张脸被打成猪头了还惦记跑车！莫把客人给我吓跑了！

咱不跑也行，土根讪讪地说，陈总也别去顺达了，求个太平吧，好歹车没事！

说你什么好呢？李土根！现在没说车的事，是你人有事！你不要和稀泥了！你就是太老好，好欺负！打狗还欺主呢，这一趟啊，"陈总"非去不可，不然"陈总"在东湖没法混了！春花故意把"陈总"咬得清晰响亮，我知道那是因为她不爱听这个称呼。可是土根也为难得很，他曾说春花老在称呼上找他的茬，和人家一样叫春花姐吧，嫌把她喊老了，如今规规矩矩叫陈总吧，又说喊生了，怎么也是四五十人的头儿啊，总不能连名带姓地喊陈春花吧？我就开玩笑说人家也许希望你叫她春花妹呢，惹得土根直捂腮帮子，说莫把牙齿酸掉了。

春花不顾阻拦，像一枚火箭似的嗖地射了出去，泥鳅赶紧屁颠屁颠跟上她，我知道，这时的春花是十头牛也拉不回的。冤家宜解不宜结，我虽然也恨不得立刻变身为无所不能的侠女，将那几个毛贼打得满地找牙，但我更担心，春花这么一闹，逞了一时之快，土根要是被人记恨上就坏了，大家都在这巴掌大的地方混，以后土根还能有太平日子过吗？

但春花却端的了得，她这一趟与顺达的交锋，大获全胜、胜利而归。

哎呀呀！我活了半辈子，今天总算跟着春花姐风光了一回！泥鳅眉飞色舞地给我们讲春花大闹顺达的壮观场面，直喊"解气、太解气

了"！

长得像头肥猪的王总，以为路通不过是群弱小好欺的外马子，打了就打了，没想到路通的女掌柜是个辣劲十足的朝天椒，她风风火火地杀上门去，一不耍赖扮泼妇相；二不奴颜作可怜状，理直气壮、正颜厉色地将顺达一二号当家的骂了个狗血淋头。

告诉你们，我们是移民！不是逃荒的难民！国家既然安排我们来东湖，那东湖这地儿就有我们的份！和我们过不去，就是和国家政策过不去！姓王的，亏你还是个经理，没得政府的允许，我们路通能开吗？那既然政府都允许了，你弄几个二流子去耍一阵流氓，我们就关门了吗？好，我也不找移民局撑腰，我也不去公安局告状，我也懒得喊电视台曝光，你讲狠的我们就讲狠的，你玩阴的我们也玩阴的，我陈春花要是说个怕字就他娘的是你养的！哼，你们也看见了吧，四五个王八蛋围着打我一个兄弟，你们占了多大便宜？还亏了我兄弟心慈，他要是动起真格的，只怕你们十个也不是他的对手！老实讲，我那班兄弟，农村出来的，个个拿龙捉虎，要是真打起来，凭你手里这群三脚猫，能讨半点便宜我把陈字倒写起！

直骂得开始还傲慢无礼哼哼哈哈的王总，脸上慢慢失了颜色：误会误会啊！司机之间抢生意吵吵闹闹总是有的，不用讲成黑社会嘛！你看你，去年也包过我们公司的车——自己人嘛！这个……这个……打人的司机，我们会教育的！以后，我保证绝对不会有这种事情发生啦！

说得轻巧！光教育就完啦？不行！泥鳅受了春花的感染，用了连自己都吃惊的音量大声反对。

当然不行！春花对泥鳅赞许地点点头，冷笑着对王总说，打完了称自己人，只怕我的兄弟们不答应！要不这样？我们哪天找个时间也会会你那几个打手哥哥，不要多的，就比着我兄弟身上脸上的伤，给他们也操练一遍咋样？放心，都是"自己人"，哥哥们的汤药钱我绝不赖账！

何……何必如此呢……王总不停擦汗，女人的一身凌厉之气让他越来越不安、害怕，很显然，他是打人事件的总编导，但那几个蹩脚的"演员"，却临场胡乱发挥，超出了他的剧本内容，更要命的是，他找错了游戏对象，眼前这个刁蛮泼辣的女人，一看便知不是个省油的灯。他不时拿眼睛去瞟旁边的周副总经理，这个该死的老东西，平时能说会道得像个师爷，关键时刻却响屁也没得一个！

非得如此不可！春花把桌子一拍，步步紧逼，一副痛打落水狗的架势。

文绉绉的副总经理终于出来打圆场：息怒息怒！哎哟陈总，有话咱坐下来好好谈，事情不必闹得太大了吧？

你搞搞清楚！是你们在闹，不是我们！怎么？好戏刚开了个头就打算不演了？

得罪得罪哟陈总！今天我们那几个兄弟是冒失了些，不过也不能全怪他们，怪只怪生意不好做啊！最近兄弟们都喊交不出份子钱了呢！

"兄弟们交不出份子钱"！这话听着怎么那么别扭？敢情今儿个还不光打架来着？还有抢钱这一出没演？

不不不不！陈总误会啦！生意不好做，也不能找人打架不是？这回是我们不对！是我们不对！请千万息怒！陈总啊，人都有犯糊涂的时候，咱错了就改总行吧？同行间斗来斗去的只会两败俱伤，有什么益处呢？王总，我们诚心给人家道个歉，相信陈总大人大量，会原谅咱的！对吧？

哈哈，你们一个红脸一个白脸啊！不过，周总这话说得还差不多！做大事就得要有气量，是错了就得认错！我春花也不是个扛着杠子不换肩的人！周总绕口令似的一会儿陈总一会儿王总，还真绕出了效果，春花的火气立即去了三分。

就是就是！陈总是宰相肚里能撑船！周总暗自松了口气，话锋一

转：陈总啊，这几个月赚了不少吧？顺达可是亏得一塌糊涂哟，本钱还差得远，车子已经烂成老爷车了，三天两头地坏，生意又差，弟兄们的份子钱一拖再拖，难哪！

少给我哭穷！东湖这么大个地盘，难道还养不活这区区50台车、百把个人？我可跟你们算过账了，你们去年一年，少说也赚了四五十万元呢！

呵呵，混得热闹，鼓大锤大，这税那费的，混下地也没落几个钱！听说陈总更有办法哟，路通顶着移民的牌子，停车场办公室不要钱，税也免了，贷款利息也减了，这笔账算下来，只怕陈总你做梦都咧着嘴笑哟！

你们也别眼红路通沾了移民的光！你们公司最先试运营，落的实惠还少？告诉你，政府清楚得很，就是没有我路通，市场没饱和，他们自然也会安排个天通地通的来抢你们生意！还多亏是我们路通上了，有个移民的牌子挡着，好歹有个数量限制，名义上是保护我们，其实也保护了你们；来个别的猫三狗四，政府能限制台数？人家傻啊？多一台车多一份收入，多消灭几个闲人，那就是他们的成绩，管你有没有钱赚！真到了那一步，你们是不是准备买包炸药把市政府炸了？哼！话我说到这里，你们要是继续跟我们斗，请便！是求财呢，就多找找自己的原因。

对头对头！陈总果然是女中豪杰呀！一下子说到点子上了！做生意求的是财，我们要多想想怎么联合起来去争取国家的优惠政策，打政策的擦边球，少拿钱出去；多想想怎么让老百姓乐意掏腰包坐车，多挣钱进来，这才是重点！交给政府的钱一分不少，老百姓的钱又挣不来，光我们两家窝里斗，受损失的是我们自己呢！

副总恰到好处的马屁拍得春花很受用，索性说了个痛快：周总说的什么擦边球我不懂，大概也不是个牢靠事，我是个大老粗，我只晓得，做服务行业的，要生意长久，靠的是服务质量，靠的是老百姓的口碑！

服务质量我就不说了，只说老百姓的口碑这一条。你们那几个愣头青，就是要打人，也该找个隐蔽些的地方嘛！菜场路口，那是什么地方？那是东湖上十万老百姓人人都要去的地方！你们的人，青天白日的，就在老百姓的眼皮子下耍起了流氓！你们说，咱跑出租的，如果在老百姓眼里跟地痞流氓黑社会差不多，人家还敢坐我们的车吗？政府给我们的政策再好又管个屁用呢？

是是是！陈总的觉悟就是高！说得太对了！我们真是受教育了！要不这样吧，我一会叫上那几个司机，一起去医院看看病人，让他们当面给病人道个歉，握个手，两位老总觉得呢？

王总一看梯子搬来了，赶紧借坡下驴，忙不迭地说，行行行，赶紧去吧！还嘱咐副总，老周啊，给那五个败家子一人开200块罚款单，一来让他们长个记性；二来病人的医药费、营养费、误工费什么的也得花钱！末了点头哈腰地对春花说，陈总，我们这么处理，你总该满意了吧？

3

土根被打后的脸像胶片一样印在了我的脑海里，这使我想起十多年前他为了救我被黄蜂袭击的后的模样，禁不住一阵阵后怕。虽然这次受伤不是很重，春花最后也为我们讨回了公道，但我仍然深深感到身体乃至生命的脆弱。人生多么无常，天怨好好的就失去了一条腿，土根每天开着车在大街小巷穿梭，他的下一刻岂不是更无法预知？岁月匆匆，我和多多像两个沉重的包袱，不知不觉压弯了他的脊梁压皱了他的脸，土根始终无怨无悔，我也仿佛心安理得，从未想过要回报他的付出。我是不是太过自私？他的昨天和今天，都已毫无保留地给了我们母女，而我，又为他真正做过什么？这么多年的相濡以沫，我们已经成了生死相依的亲人，成了无法分割的整体，我的心为什么还

要紧紧关闭？难道非要等到来不及的时候才想到为他做点什么吗？

这场架，将我的心里豁然"打开"一扇窗，虽然太迟，但毕竟打开了。我感觉一缕久违的阳光破窗而入，随之而来的是失散多年的新鲜的空气，我仍然不能确定那是不是爱，可是无论如何，我决定去爱。

我将避孕药扔进了垃圾袋。

因为多多的失语，我们家是没打算装电话的，但是现在我改变主意了，我计划等经济稍微宽裕就装一部，即使只为了土根，我也要将三峡的亲情重新连接起来；然后，我们一家三口，不，也许是四口，该一起回一趟三峡了。

我悄悄地准备这一切的时候，我的心充满了感动、快乐和期待。我感动于自己的彻悟还不至于太迟，快乐于自己走出了笼罩经年的阴影，我更期待着，我魂牵梦萦的三峡不再只是梦里的牵挂。

土根当然蒙在鼓里，但他明显感觉到了我的变化。

路路，你最近怎么了？一次鱼水之欢后，土根一边喘息一边兴奋地问。

什么怎么了？我故意装糊涂。

你变了！

变好了还是变坏啦？我觉得没变嘛！我继续跟他绕圈子。

变得……变得……

见土根涨红着脸，半天不知所云，我撇撇嘴说，哼！嫌我变成坏女人了？那我还是变回去！

不是不是！……就是……就是……土根急了，磕巴了半天，终于难产似的生出一句惊天动地的话来：你这样，让我有使不完的力气想要你！

这只呆鹅，也有不呆的时候。

227

泥鳅突然出车祸死了！他的车掉进了城郊的张家湾水库，除了他自己，他的车上还有一男一女两个年轻乘客，女的已死，男的重度昏迷，送去医院抢救了。泥鳅的车是和一个半新的皮卡撞了之后一起掉进水库的，皮卡司机也死了。

车祸发生在早上交班之前，接到交警打来的电话，我心急火燎地通知了春花和孙厚德，三人碰了头，都急得不知道该怎么办。最后，还是孙厚德比较镇定，他安排我跟春花去医院交钱，看看那个病人，自己则去交警大队接受处理。交警大队队长是他表弟，可以早点弄清出事的大致情况，想想补救的法子。

我们赶到医院的时候，病人还在抢救。乘客是外地人，估计是租车去金狮洞游玩的小夫妻或男女朋友。警方一时半会没能联系上家属，所以到了医院除了两个警察带着我们去交了5000块押金，就没别的事了，倒还清净。

交警大队那边的情况就乱得多。孙厚德在电话里告诉我们，三具尸体还在尸检，皮卡司机的老婆挺着个大肚子从娘家赶来，在交警大队大哭大闹，还跟来了一帮家人和亲戚；泥鳅的媳妇和儿子也来了，也是哭得死去活来。事故发生在凌晨，出事的现场没有一个目击证人，附近的居民听到了巨大的响声才发现出了事然后报的警，唯一活着的乘客还在抢救，谁也不知道当时的情形，两个车从斜坡上滚下去都摔烂了，分不清谁撞了谁——其实就是分得清也毫无意义了——表弟悄悄吹风，对方司机人死了，车也没有保险，有责无责，出事家属肯定都得揪住有赔偿能力的那一方，不然，案子有得拖。果然，大肚子老婆放出狠话，没有二十万元她就和肚子里的孩子死在路通。表弟说，这还不算最麻烦的事，无非赔几个钱而已。最严重的，是必须将这次事故呈报到省里，因为按规定，一起交通事故中死亡人数超过两人，就必须上报。这要一报上去，交警大队、运管所甚至市里都要受牵连，路通只怕不关门，以后想在东湖发展也困难了，更不要说享受任何政

228

策优惠。

　　春花急急地问，那该怎么办呢？孙厚德说办法倒有，只是可能要不少钱打点。表弟建议路通舍财免灾，花点钱将这个案子私了了。具体方案是，交警将这个大案拆分成两个独立的案子，那个皮卡司机人已死，名义上判个醉驾落水，路通暗地赔给家属一笔钱，大肚子女人目的达到，也就无话可说；男乘客醒了最好，万一死了，就归到皮卡车名下，抚恤金跟皮卡一样；泥鳅和女乘客当然就是另一起事故了，不过黄三元入了保，保险公司可以承担一部分赔款，路通损失相应小些。孙厚德说，这是保住路通最有利也是必然的方案了，虽然得损失四五十万银子，但市政府那里能交差，媒体不予曝光，上面不追究，也是值得的。

　　春花的手机开着免提，她听着听着眼睛就直了，当听到要赔四五十万元的时候，一个"不"字没喊出来，就一头瘫倒在我身上，手机咣当掉到地下摔成了几块。我手忙脚乱地将她扶到走廊的长椅上，一边拍打一边喊，好一会儿，她才缓过劲来，呼天抢地地哭道：天哪——我的血汗钱哪——我该怎么办哪——我的钱哪！

　　春花一会儿哭一会儿笑，那么天不怕地不怕的一个人，一下子变得异常脆弱，我只好连哄带骗将她弄回家。

　　移民楼前聚集了一大群人，显然大家都知道了泥鳅的死讯，看到我们回来，正要围过来讨口信，披头散发的春花突然将丹凤眼一吊，厉声吼道：都围在这儿干吗？啊？都等着看我陈春花的笑话是不是？滚！都给我滚！我赶紧给大伙使眼色，讨了没趣的众人各自散去。

　　我寸步不离地跟在春花身边，生怕她有个闪失。

　　春花姐，莫急啊，想开点吧！钱没了还能再挣，泥鳅把命搭上了，可是再多的钱也换不回了呀！

　　不急？我能不急吗？50万元哪！赔掉50万元，路通就等于什么都没了！不行！没钱我的亮亮怎么办？没钱我要命做什么！不行不行！孙猴子！这钱该你赔！都是你！都是你的馊主意！你把我害苦了哇——路路，你说我手里攒着20万，我干什么不好？我和亮亮就是吃利息也够吃好些年，开什么出租公司啊？呜呜……孙厚德，你这挨刀的猴子！今天就是路通关门，你也得还我的钱哪！

春花情绪完全失了控，她被我摁在沙发上，时而大哭，时而狂笑，嘴里尽是些莫名其妙的胡言乱语。我正被她弄得筋疲力尽、不知如何是好，土根找来了。跑车的兄弟们听到泥鳅出了大事，都没心思拉活，一起到交警大队去看泥鳅，人没看见，被孙厚德一阵训斥，才又各自出车。土根准备离开的时候孙厚德让他去医院找我们，说春花的手机关了机，他联系不上。

其实春花的手机是摔坏了，我叮嘱土根开导开导春花，自己去办公室给孙厚德回话。土根偷偷扯我的衣角，面露难色，我知道嘴拙的他不愿意，便给了他一个鼓励的眼神，轻声说，不用你做什么，春花姐只是心情不好，陪着她就行了。

土根眼巴巴望着我下了楼，倒也乖乖留下了。可刚到门口，忽听楼上一阵噼里啪啦家什落地的声音，知道春花还没发泄够，怕土根一个人招架不住，只好又转身上楼。乒乒乓乓的乱响之后，一个沙发靠垫飞到楼梯口，接着是春花歇斯底里的号啕大哭声：土根！你这个坏蛋！你这块木头！……呜呜……你抱紧我啊！我听见土根惊恐的劝阻声：陈总！不要这样！快穿上衣服！我看你是累了，躺下歇会儿吧！春花蛮横的声音：不！我就是不穿，就是不躺！除非你这个死人抱我！陪我一起躺！

我的双脚顿时挪移不动，客厅正对门口那面墙上的巨大镜子将屋里的一切送入我的眼睛：光着上半身的春花母狼一样往土根身上扑，两只硕大的奶头欢快得像两只小兔子在土根面前跳来蹦去，土根不知所措地躲，春花不顾一切地缠，嘴里不停地骂，木头！你躲吧！你这吃斋的猫，今天非给你开了戒不可！你今儿要不从了我，我就死给你看！钱没了，我横竖也是活不成啦！呜呜……让我死了也做你家的鬼吧……陈总！你生病了！你快莫这样……你才病了！ 20万元哪！ 20万元我当初要给你，你竟然不要！你的个打起灯笼难找的二百五！你的个黑瞎子！现在你高兴了……呜呜……陈总，你快莫提这事！我跟路路拿你当恩人，当亲大姐，你不能这样！亲你个头！你要亲我，就亲我的嘴，亲我的身子！我不要当你的亲大姐！打从12岁那年你送我过黄牛岩，我就只想当你的女人……好个泼辣的春花，她这么说的时候，嘴巴到底跟土根的贴在了一起……

"咚——"的一声，不解风情的土根生生将春花从身上剥离，一把掼到地上，闷声闷气地说：春花姐，你太过火了！

呜呜……死人！你敢摔我！我哪点不如你婆娘啊？你睁大你的狗眼看看，我陈春花到底缺哪样少哪样了？当初那么多有头有脸的臭男人都敌不住老娘这身肉，你是吃了猪油蒙了心，还是鸡娃子让狼吃了呀——呜呜……

土根捡起地上的衣服扔给春花，局促地说，穿上吧，别对不起路路了。

哈哈哈哈！我对不起她？我要是不怕对不起她，早他妈八百年前就把你强奸啦！春花抖落上衣，扯住土根的裤腿，邪恶地狂笑，我倒是问你，路路对得起你不？这么多年你把她当个宝，你自己说说，她心里有你不？停！你别替她搪！我原先也以为她就是那么个冰冰凉的性子，对谁都爱答不理的，错啦！我告诉你，我亲眼见过她跟那个叫什么天恕的大盖帽，两人见面一句话没说就抱在一起啃！别说店子里人来人往像赶集，我这个大活人还杵在跟前呢，他们都来不及避一避！她的心，骚烘烘的热得很哪！只不过，这热全给了大盖帽，给你的是个冷屁股蛋子！哈哈！好你这个活王八！绿帽子都戳破天了，还在鼓里坐哟！

土根铁塔似的身子像被谁猛然抽去脊梁骨，我甚至能感觉他的脸灰成了槁木色，他抱着头，慢慢地蹲了下去……

我后悔没有亲口告诉土根天恕找过我的事，我总觉得自己问心无愧就行了，想不到，春花会选择这样一个时机告诉他。我更没想到的是，春花竟然爱着土根！我虽然不明白春花的爱情里有多少游戏、肉欲的成分，可是，一个惜财如命的女人，曾经拿着她的所有身家要投奔一个一无所有的男人，而且屡屡碰壁也无法改变她的决心，我便不能不相信那就是她的全部爱情了，这份爱的直白，我除了惭愧，竟不能有半分责怪！

我不知道自己是怎么下楼的，我的脑海里满是土根颓丧地抱着头的样子。我曾经根本不在意土根的所有感受，可是现在，我非常非常担心他，也非常非常想跟他解释，我跟天恕的一切早已结束。只是，这个解释，来得太迟，在他从春花的口中了解了事情表象的时候，我已经无法开口说清真相。我梦游似的往办公室走，竟然还依稀记得要给孙厚德打电话，我的脚步机械又轻飘，像是踩着满地的棉花。虽然是白天，移民楼却静得可怕，路上看不到一个人，白房子更是寂然阴森，这起事故，仿佛让大地悲伤得噤了声。

不知是累是饿，一阵眩晕，我倒在办公室门口，什么都不知道了。

白色的天花板，白色的床单。我在医院醒来，第一眼看见的竟然是孙厚德。

醒啦？路路！你可把我吓坏了！刚才要不是我回办公室找保险单，我的天，你可能到现在都还倒在办公室门口没人知道！

我……这是……在哪儿？

在医院呀！孙厚德亲昵地俯下身说，不过你放心，你没病！医生说，你这是怀孕了，可能是今天太累。输完这瓶液，休息一会就没事了！

怀——孕？我吓了一跳，随即想起所有事情。

是啊，医生说四十多天了，难道你都不知道？你们也真是！

我无言。怀孕，这不是我期待的吗？可是，怎么偏偏是这个时候才知道呢？早一天，或者，早几小时，也不至于这么一团糟啊……

路路，今天这都怎么了？你不是跟春花在医院的吗？她的手机老关机，我让土根去找，结果连土根也是一去永不来！

对不起！给孙总添麻烦了！陈总不是不接电话，她手机坏了。土根也去找了我们，我正是要去办公室给您打电话呢！

哦，是这样啊！现在没法子联系土根，不要紧吧？

不要紧，一会就回去了。忽然觉得这样子和孙厚德待着挺别扭的，就说，孙总，公司出了这么大的事，不用管我，您去忙吧！

那可不行！交警那边反正一天两天也处理不了，明天过去也不迟，女人怀娃娃是大事，不把你护送回去，我不放心，万一要再晕了呢？

不会的，孙总！我现在好多了。你回去看看陈总吧，她今天……情绪很不对。其实，我的内心更惦记土根，春花赤裸裸的挑逗，触动了一个女人作为人妻的妒忌天性，我不知道土根面对春花能不能稳若柳下惠，我逃开的这段时间发生的事情让我想入非非、不能释怀，可是，无论如何，我不愿就此将土根拱手相让。

没事，春花这个人就喜欢咋咋呼呼，过一阵就好了，你放一百个心，她呀，皮实得很，不快活够，才舍不得去死呢！

孙厚德执意要陪，我也只好由他去。只是，他过于专注的眼神让我浑身不自在，而我又不便就此装睡，实在窘迫至极。他大概也感觉到了我的难堪，就无话找话地说，路路，想不到，我这是第二次在医院陪你了！上次是在宜昌，还记得吧？你吐了我一身呢！

我更不自在了，红着脸说，孙总记性真好……

哈哈！还不好意思哪！孙厚德见我脸红，便换了一个话题，他漫不经心地问，路路，你们打算要这个孩子吗？

打算要吗？我问自己。这个孩子，明明就是我全心全意要献给土根的礼物啊！可是转眼之间，一切都变得像个玩笑。春花的一席表白，就算没有打动土根，可他对我，会全无芥蒂吗？这个时候告诉他怀孕的事，他肯定会不计前嫌，但如此，对他、对我、对孩子都是不公平的，而且在我，在明知春花比我多得多的爱存在之时，还能从容不迫地生下这个孩子吗？想不到，孙厚德的一句无意之问，倒蓦然惊醒了梦中人。要，还是不要？两难啊。

孙总，我怀孕的事，请你先不要告诉任何人，包括土根，好吗？最后，我这样请求孙厚德，因为无论如何，现在的情形使我无法作出决定，我需要时间捋顺一些事情，我不能让我的另一个孩子重蹈多多的不幸。孙厚德不解，却也郑重地点了点头。

孙厚德执意要送我回家，我想他反正会去春花那里，也顺路，就没有反对。

一群司机围在白房子前等着交钱，叽叽喳喳议论得正欢，看见我们走过来，赶紧都不吱声了。看到土根也在，心里踏实了不少——他要是背着我做了什么坏事，是断然不会从从容容站在这里的。我们很快对望了一下，四目相接，竟然有一丝不易察觉的陌生和不自在。孙厚德冲大家挥挥手：大伙都回去吧，今天的份子钱明天再交。又喊过蹲在一边的何向东吩咐，小何，明天你让挑土的去跑你的班，你来代收两天份子钱，韩调度有些不舒服，要在家里休息两天。

孙厚德的突然安排让我措手不及，我感觉我的脸霎时红了。土根马上挤过来紧张地问，路路，你怎么了？哪里不舒服？

我不知道该怎么回答，暗自责怪孙厚德的多此一举，我的身体其实已无大碍，他不仅搞得这么夸张，还给人以他比土根更了解我更体贴我的错觉——连土根都不知道我哪里不舒服呢——这不是陷我于难堪之境吗？见众人都好奇地等着答案，我只好支支吾吾地瞎编，可能是感冒了吧？本来也没在意，但今天头昏得很，担心上班把钱数错

了……

4

打那次春花引诱土根事件之后，一切仿佛都变了。

我和土根之间，明显多了一些隔膜。从医院回去，我一直在寻找将怀孕的消息告诉他的最好时机，我多么希望，这个孩子能在父母百分百的期盼和完整的爱中来到世界。但是那天，我在众目睽睽之下谎称自己只是感冒，土根便也信了，眼里一抹体贴来不及化开便了无踪影，之后不过无油无盐地嘱我吃药、休息而已。结婚十几年，即使他明知我心里没有他，我又何曾受过如此冷遇？如今就凭春花的一面之词，竟要置我于不顾吗？于是，我便也赌着气，你不问，我自是不语，你冷落我，可也同时冷落了你的孩子呢！疼了多多十几年的人，我就不信会不疼自己的亲骨肉！我拼命扛着，在心里恨恨地盘算，等到冰释前嫌的那一天，看我怎么"收拾"你吧！从前不在乎土根的时候，我倒不会费这么多心思跟他怄气——因为不在乎结果，便也不在乎过程。但是现在，我希望土根主动发现我的异常，主动关心我，哄我，然后，我才可以将我的礼物隆重地献给他，让他感动得下辈子还想娶我……可是，不知是分辨不出今天的负气与过去的冷漠的区别，还是对我本就已心灰如铁，土根竟一日日远了。多多不在家的时候，白天，除了简单的招呼和必要的对话，我们变得无话可说，晚上躺在床上，明明是辗转难眠，却各自蜷缩在一角互不理睬。

我跟春花的关系也变得非常微妙，她一方面是给我和土根饭碗的恩人；另一方面，因为无意中偷窥到她对土根的钟情，则应该又算我的敌人了。对她，感激和怨恨似乎都不太恰当，亲近和疏远都让人纠结。不过，事故之后，我们待在一起的时间有限，倒也避免了朝夕相处咫尺以对的尴尬。

春花几乎每天都为她的20万元在和孙厚德争吵，她坚持要将路通卖给顺达，好拿回自己参股的20万元；孙厚德却说什么也不同意，他把春花约到公司来谈收购的顺达总经理骂得一脸灰，还老实不客气地叫人家滚蛋，说自己就是去卖血，也不会卖掉路通。两个合伙人说不到一处，交警大队又天天有请，春花就闹着要退出路通公司。我这才知道，路通原来竟是孙厚德一手策划的，春花不过是挂了个总经理的牌子，参了20万元的股而已。从他们你来我往的口舌之战中，我隐约了解到，铸钢厂倒闭之后，孙厚德非常看好办客运公司，但他知道自己手头资金有限，又有铸钢厂经营不善的前科，很难申办到贷款，更无法享受一些政策优惠。于是便怂恿春花出面，煽动移民闹事，又让春花拿出全部资金跟自己联合办公司……春花手头的20万元，有一部分是任供销科长时吃下的回扣，但听他们吵架的内容，大部分钱应该是她参与铸钢厂破产清理时所得。那时孙厚德不在其位，无法参与清理，他暗中指点春花，私下将一些设备低价转手给私人企业，然后以更低的废品价格报给财务，赚取差价。春花心领神会，两人从中捞得不少。有了这次成功合作的经历，春花对孙厚德是信任的。后来孙厚德想投资客运，先是让春花在顺达包来两台车进行考察，半年后，下岗的移民怨气冲天，他感到时机成熟，便开始策划路通。春花先是不愿意，到手的钱，多稳当啊，但经不起孙厚德的一番洗脑（我猜测还要加上土根拒绝收她20万元的绝情），便壮士扼腕般拿出了她的全部家底。没想到，公司刚刚红火了不多久，便遭遇如此惨痛的打击，没经历过这么大风浪的春花懵了，她害怕从此血本无归，所以忙不迭地要抽身出来。

孙厚德极力劝说，让春花把眼光放长远一点，泥鳅的事不过是个意外，等公司喘过这口气，会好起来的。春花哪里肯依？她指着孙厚德的鼻子问，你肯娶我吗？肯给亮亮当爹吗？不肯的话就不要说那些没用的！公司以后赚再多的钱我也不眼红，我只想守着自己的20万元

236

安安心心和儿子吃利息。孙厚德也是个犟牛般的主儿，这种紧要关头了，硬是不肯跟春花去领那张纸，而是答应春花退股，一个人挑起了这个烂摊子。他手头没有那么多现金，不得已将孙家大院抵押出去，贷了20万给春花，才将春花打发了。从此，两人彻底掰了，孙厚德索性将孙家大院租了出去，住进了白房子。

孙厚德的贷款发放下来，已是一个月以后，此时，那起交通事故已处理完毕。重伤病人手术后一个星期才醒来，他的供词不仅让泥鳅担了全责，还差一点让路通关门大吉。他说，他跟新婚妻子一大早拦了好几个黄三元，但人家不是借口要交班，就是嫌金狮洞景区偏远路况又差拒载。拦下泥鳅的时候，泥鳅倒是想去，说只是车子刹车有点小问题，平道上跑犹可，去金狮洞沿途有几个弯道，坡又陡，怕是不敢跑。小两口以为又是托词，赶紧央求，还主动加了钱，泥鳅这才咬牙答应了，没想到，这一去，竟搭上三条人命！还多亏孙厚德表弟把工作做在前面，封锁媒体，安抚家属，虽然林林总总花了近40万，总算保住了公司。

春花拿到她的养命钱走出银行大门的时候，忽然神色黯然道：路路，我输惨了！输惨了……

后悔了吧？后悔就别走啊，反正公司是你的！你这一走，孙总才惨了呢，拉了一屁股债，还连个帮手都没有！

嘿！死人！孙猴子果然没白疼你！我这刚一走，茶就凉啦？春花把牙根咬得咯吱响，恶狠狠地骂道，都是些凉薄人哪！

春花姐好话歹话也分不清了吗——难道我说你走得对才不是凉薄人了？

唉——春花长叹一声道，我这不是气糊涂了吗？你说这孙猴子，我屁颠屁颠伺候了他十几年，末了，他宁可把孙家大院押在银行也不肯把钥匙交给我啊！

你们本来是一家，孙家大院迟早是春花姐的，你干吗急着退出路通呢?

哈!迟早是我的?这要是我的,百八年前就是我的了!告诉你,他有间屋碰都不让我碰,不晓得里面装着什么金银财宝!哼,不就是阴惨惨的几间破房子吗?老娘还怕住着闹鬼!春花恨恨地跺脚,路路,我跟你说,有你在,我就是等到头发白,孙家大院它也不会是我的!你是我的克星哪,这老猴子,什么都跟你留着呢!

你——!我生气地撂下春花蹭蹭蹭往前走。明明是她自个儿对这个有情那个有意,我还没找她算挖墙脚的账哩,她倒弄一屎盆子往我身上扣,这也太过分了!

春花追上来,嬉皮笑脸地拉住我,哎哎,真生气啦?我白她一眼,表示懒得跟她计较。这没脸的东西,见我好欺负,又编出一番离谱的话来:路路,假如说,我是说假如,孙厚德那个癞蛤蟆,他真想吃你这天鹅肉,把孙家大院给你,路通也给你,你会休掉土根跟他吗?

无聊!我实在忍无可忍了,冷笑着对春花揶揄道,孙家大院跟我韩路有什么关系?路通又关我什么事?我不过就是个收钱的,就这丫鬟管钥匙的差事,还是春花姐赐的呢,难道姐都忘了?姐这么莫名其妙把我跟孙总搅一块,是不是看上我家土根了?

说到了春花的痛处,她脸上有些挂不住了,讪讪地辩解道,我不过是好心好意提个醒,没别的意思……你家的那个包公,我看上了有什么用?怕是嫦娥看上了也等于零……

我暗自好笑,既然知道土根啃不动,何苦又跟孙厚德闹成这样!至少,孙厚德没有拒绝你的人,也没有拒绝你的20万元啊——当然,这些话到了嘴边是转了个弯的,我很委婉地说,春花姐,孙总是在乎你的,你不该在公司最困难的时候扔下他呢!铸钢厂倒闭的时候,孙总一无所有,丢了官,老婆也吓跑了,比起现在的光景,不知糟糕多少倍,春花姐也没有怕啊!姐多仗义的人哪,我去解放路卖衣服,我们两口子破例去公司上班,哪一样,不是承姐对我们的照顾?你跟孙总也不

是一天两天，现在是他最需要你的时候，你搭把手，难关兴许就渡过去了，这往后，孙家大院的钥匙还不就顺理成章交给你了？我知道春花姐不是薄情的人，别掂派孙总了，还是回去吧！

回不去啦！难得你们还记得我的好！唉，你们是不晓得内情……孙猴子那里但凡还有一点指望，我也不会松手啊！我也不怕掉底子，今儿跟你实话实说吧，你们两口子来路通上班，还有你在解放路给我卖衣服，都压根不是我的主意——我又不是菩萨，自己都顾不过来，哪还顾得上你们！路通是孙厚德的，解放路那服装店也是他的，他怕你不肯去，才竖了我的牌子——也只有我这个脑壳进了水的，才会这么苕啊！他要用你的名字做公司的招牌，我也没有反对。他这是故意打我的脸呢，可我忍着，抓不住心，先抓住人再说。我只想，你心里没有他，他闹一闹，也就算了，男人嘛，光是空想，吃不上嘴，总会厌的。哪晓得，这个贼心不死的老疯子，我法子也使尽了，他的心思，就是不在我身上啊！

我不禁愕然，怎么会这样呢？孙厚德对我们一家确实非常关照，但对我似乎也并没有特别出格的言行，如果如春花所说，他对我一直怀有不良企图，往后在路通上班岂不是很冒险？

孙总，买这么多菜啊？今天不去吃盒饭，春花姐回来了吗？正要下班回去做午饭，见孙厚德提着一大兜菜上了楼，颇为诧异。春花走后，孙厚德几乎顿顿吃盒饭，他们的小厨房已久无烟火气了。

来来来！路路，正要求你呢！我今天特意买了菜，你就帮我做一顿家常饭吧！再吃几天盒饭，我要饿成风筝了！孙厚德不由分说，将我堵了回去。

公司正是多事之秋，孙厚德跳上跳下忙成了三头六臂，盒饭也是吃得饥一餐饱一餐的，抬眼望去，果然满脸憔悴。我在心里叹口气：自作自受！知道没有春花姐的区别了吧？当下不忍回绝，接过提兜说，我来做吧。不过孙总一个人吃饭，我可只做一荤一素一汤啊，回头还得给土根做饭呢！我想给孙厚德做一顿饭，怎么也得半个多小时，回去再做我们自己的有些迟，但也只好这样了，无非土根跑车回来多等一会，权当休息了。

那不行！我买了这么多，你得都做了让我解解馋！孙厚德孩子似的耍起了无赖，他亦步亦趋地跟在我后面，自告奋勇要给我打下手。他说，土根回来我让他过来跟咱一块吃，我可不忍心你大着肚子一顿中饭做两回。

不到两个月，我的肚子哪里大了？既然不忍心，做一回和做两回又有什么区别？我在心里这样反驳孙厚德。不过，土根跟我的冷战旷日持久，猛然听到一个外人关心的话，哪怕只有只言片语，也足以感动得鼻子一酸。土根，你这没嘴的葫芦，你要闷到几时啊……

网兜里全是洗切好的净菜，鲫鱼的鳞和肠肚剖得干干净净，牛蛙剥了皮，肉丝拌好了佐料，青菜掐成了段……看来，这顿饭虽然丰盛，做起来倒也简单。厨房太窄，我系上围裙，叫孙厚德去外面待着，他却挤在厨房一会递根葱一会拿个碟地忙开了。

剥了皮的牛蛙以缴械的姿势贴在锅里，那些横七竖八的胳膊腿儿，宛如向我求助的娃娃张开的臂膀。我有些恍惚，小时候，每逢插秧的季节，晚上稻田里的蛙声总是引得哥哥们手心发痒，不过庄稼人不吃青蛙，哥哥们捉回的青蛙，玩一会也就都放了。只是有一次，哥哥们不知是有意还是无意弄死了几只青蛙，我妈舍不得扔，就做了一碗青蛙肉，那一次，我记忆中唯一的一次爹冲着我妈发了火，那碗青蛙肉，谁也没敢动一筷子。我使劲甩甩头，使劲跟自己说，锅里是牛蛙不是青蛙，可是，我的眼睛里，一会儿是一些黏黏糊糊、一鼓一鼓的青蛙的腮帮子，一会儿又是些触目惊心的青蛙腿。怀孕使我对油烟味和鱼肉的腥气变得过敏，但忍一忍也能过去，这几只牛蛙却使我怎么也抑制不住胃里的恶心……

240

当我们听到春花的尖叫，同时从镜子里看到土根铁青的脸，孙厚德尴尬地松开了紧紧搂着我的胳膊。失去重心的我一个踉跄，被挤过来的春花左右开弓两记狠狠的耳光抽得直冒金星，她一边打一边狂叫：婊子！臭婊子！你要把天下的男人都抢光吗？我的两颊好似涂了辣椒水，火辣辣地发烫，胃里仍然一阵紧似一阵地翻涌，又一股浊浪扑向喉头，哇——顾不上脸上跟心上的痛，我趴在面盆上又一阵狂吐……

陈春花！你疯了？孙厚德一把推开红了眼睛的春花，重新扶住我，恶狠狠地冲土根喊：李土根！你是个死人啊？把这个疯婆子弄出去！你要看着她打掉你的孩子吗？

哈哈哈哈！土根，孩子？你相信你老婆肚子里有你的孩子吗？这么多年也没听说她要给你生孩子，怎么这有了兵哥哥有了孙猴子，人家就要生孩子啦……春花话没说完，被孙厚德拽住胳膊拉了出去，走廊里，早已站满看热闹的人们。

春花还在不停地咒骂，李土根，你睁开眼睛看清楚，你媳妇究竟是什么货色！臭婊子还真会装啊，今儿要不是我在菜场看见孙猴子亲自买菜，强行拉你过来验货，你只怕还跟我一样，当她是滴水不进的正经货哟！姓韩的！你有土根对你好，当兵的对你好，你连老得能做你爹的孙猴子也不放过哇，你这个千人踏万人×的骚骨头……

土根一言不发地走了。孙厚德驱赶着意犹未尽的观众。我像个失魂落魄的小丑，梦游般跌坐在水池边。

都是牛蛙惹的祸。伤痕累累的牛蛙在锅里翻煎着，我的胃在我臆想的血淋淋的屠宰场翻煎，当浩浩荡荡的油烟夹杂着腥气夹杂着狰狞的胳膊腿儿一起向我袭击，我被彻底击溃了：菜池里泡着青菜，我来不及冲到走廊里，来不及找到垃圾桶，铺天盖地的污物直接喷到了跟过来的孙厚德的衣裤上，孙厚德不顾恶臭，手忙脚乱地将我扶进他卧室里的洗手间。我们的样子一定狼狈极了，也一定暧昧极了，我的外衣和围裙沾满了呕吐物，被孙厚德褪下来扔在一边，身上不伦不类地披着孙厚德的夹克；孙厚德的衣裤更脏，他脱了外衣裤子，来不及换上，只穿着秋衣秋裤，土根进来的时候，孙厚德正一只手搂着我，一只手端着漱口杯，我则捂着肚子不住地喘息，身子几乎大半倒在孙厚德怀里……

土根终于躺下了，留给我一个落寞的背。他从柜子里另外翻出一床被子，独自盖上——结婚这么多年，我们第一次分被而卧。

土根钻进另一个被筒的一刹那，伤心和委屈如决堤的江水将我湮没，我的心比掉进隆冬的老虎嘴还冰凉。那一刻，我突然感知了土根的痛苦，土根一个无言的脊背，在我已如同刀割般疼痛，而我年长日久的冷漠，我不顾一切的枯萎，该是怎样践踏过他的心呢？不！我不能坐以待毙！我的爱已被土根的深情唤醒，我不能任由误会绞碎我们刚刚开始的日子！我掀掉土根身上离间我们的棉被，将他卷进我的被筒中。我试着扳过土根生硬的肩膀，扳过他背对着我的脸。一滴温热的液体滴落在我的指尖，土根转过身来，犹豫片刻，粗糙的大手终于揽我入怀。此时，我像个满腹委屈的孩子，土根宽宽的胸膛成了我宣泄撒娇的靶子，我狠狠地捶打，尽情地流泪，土根只是紧紧地搂着我，用硬硬的胡茬扎我的脸，用厚厚的嘴唇吻我的泪。我在心里骂，笨蛋，明明是爱我的，却如此怯懦，我若再不主动，你是打算让幸福从此流走的么？

土根一只胳膊搂着我，一只手轻轻地拍打我的脊背。慢慢地，拍打变成怯怯的摩挲，那只颤抖的手无比惶恐又无限留恋地抚过我的背、我的腰，抖抖索索滑向我的小腹……

一股暖流弥漫全身。闭上眼，我又看见了那只小麻雀。阳光温柔，天空湛蓝。漫山遍野的红叶，欢快激越的江涛。小麻雀兴奋地拍着翅子，她幻想自己是最幸福的女人，她期待着赋予孩子生命的爱人来应和、验证她的幸福，她要把他们爱的种子庄严地呈给他，请他仔细阅读、凝神倾听……

孩子……是谁的？红叶倏然隐去，江涛戛然而止，小麻雀落荒而逃。土根躲闪、犹豫的诘问，犹如寒气袭人的冰凌，瞬间刺痛我的心，简短的五个字，看似缥缈轻薄，却似有千钧之力，擎制了我全身所有穴位。我一时凝固，除了一句生涩的"是我一个人的"，我喉咙发干，舌头僵硬，再难吐出半个字来。

度日如年。无论是上班下班，抬头低头，背后总有几束躲闪而又兴趣盎然的目光追逐着我，如同挥之不去的苍蝇。

妊娠反应越来越让人难受，没有食欲，任何味道都让我恶心作呕。孙厚德见我病恹恹的神思恍惚，曾问我要不要回家休息，被我毫不犹豫地拒绝了。家里更让人窒息，多多上了初中后，学业紧了，又要练舞，难得回一次家，我跟土根别别扭扭地待在家里，虽然不至于互为隐形人，但基本无话可说，与其这样堵心，还不如上班做事时间混得快呢。而且，土根在家的时候，我得拼命抑制住恶心作呕的难受状，因为我需要的是他为自己的错误道歉，而不是因为怜惜我的身体跟我低头。

害喜将我折磨得身心俱疲，我还是一再修改忍耐的底线，我期待着土根的悔悟和道歉，我相信谣言和假象不会将他蒙蔽太久，相信他会还我跟孩子的清白。

但是命运，总是在关键时刻将我推上致命的风口浪尖。

5

天恕走进调度室的一刹那，我的思绪正不知在何处漫游，一声浑厚的呼唤，让我以为出现了幻觉。我慢慢抬起头，一望之下，一张俊朗的脸已在眼前。这张脸似乎受了惊吓，眉心蹙起一个深深的川字，储满焦灼与不安。路路，你怎么了？病了吗？怎么瘦成这样？天恕绕过办公桌，一把抱住晃晃悠悠站起来的我，连珠炮似地追问。

我轻轻地挣扎着，虽然我是那么依恋那个温暖怀抱。我不敢正视天恕的眼睛，我怕那里面太多的心疼会将我击碎。没有啊，我还想减肥呢！我忍着泪强颜欢笑，天恕，今天怎么会来东湖？专程来看……姐姐的吗？对天恕，我第一次自称姐姐，我是他真正的姐姐啊！

路路，我要结婚了。天恕颓然地放开我。

我跌坐到椅子上。是了，天恕终于也要有他自己的幸福了——这不是我期望的吗？这也正是他早该拥有的啊——然而仍然有些失落，此刻，仿佛世间就多了我一个。

恭喜你，天恕！新娘……多大？她是……宜昌姑娘吗？

不是姑娘了，王宝红。我们的同学。

又是一个意外。其实也不算意外。宝红从初中认识天恕第一天就喜欢他了，这么多年，无论何时提起天恕，她从不隐瞒对他的喜欢，想不到，兜兜转转几十年，她的喜欢竟然修成了正果。心里便暗自感叹造化弄人。

天恕告诉我，本来打算两个人搬到一处就算完了婚，可宝红非要办个酒席不可，而且还要西式婚礼。前几天两个人回三峡拜望了土根的父母和我爹（其实也是他的亲爹），请了我爹当证婚人，现在宝红又想出新点子，希望我当她的伴娘呢。

路路，你去不去做伴娘都没关系，你晓得宝红就是个人来疯，三十好几的人，姑娘都那么大了，还穿个什么婚纱！我来，一是想成了家让你放个心；二来是想看看你们的女儿多多，我联系了上海一家医院，他们能治后天性哑巴，我想先把多多的病历带回去发给他们看看。路路，我跟宝红回了趟三峡，家乡的变化太大了！唉！当初要是不去当兵……不说了！我听成虎姨爹讲，多多受了好多罪，你们也吃了好多苦，可是，我和成虎姨爹还有二秀姨妈、大海姨爹不明白的是，你们为什么这么多年都没有回过三峡？几个老人望穿了眼睛呀！路路，究竟是怎么了……

别问了！总有回不去的理由！天恕像个多事的老太婆，喋喋不休地唠叨开了，我冷冷地打断他。

那个理由是什么，告诉我好不好？天恕不甘心。

叫你别问了！重提旧创，那些耻辱的疮疤被一一撕裂，我的心开始疼痛。

路路，天大的事，说出来大家扛！你总憋在心里，自己苦，人家也干着急啊！多多的病，是在三峡就有的，姨爹姨妈也没有怪罪于你们，你们肯定不是因为这个不回三峡的！到底因为什么？你不告诉我理由，叫我怎么安心哪？

我异常激动地站了起来，冲着天恕咆哮道，我当然有理由！那不是回不去的理由，那是死的理由啊！喊出这些，我的脑袋里如同千军万马踏过之后的凌乱和空洞，全身的血像长了翅膀往四面八方飞去，我站立不稳，只觉得整个人薄得像纸就要飘走。

路路！路路！你怎么了……我听得见天恕骇然失色的呼唤，却张不开嘴回答。

孩子流产了。命运又一次捉弄了我。十几年前，我想尽了法子都弄不掉多多，如今，我一心期盼的孩子，却如此轻易地胎死腹中。

天恕、土根和春花围在我的病床前，医生错把送我到医院的天恕当成了家属，她大声责怪：亏你还是个军官！你这个老公是怎么当的？你老婆是高龄孕妇，还严重营养不良，不流产可能吗？孩子两个多月了，跟个把月差不多，几乎没有长！这年头，我只见着孕妇营养过剩的，还没见过一个营养不良的！你们家有那么穷啊？好端端的孩子都给饿死了！春花连连说，错啦，错啦！医生白她一眼，一点没错！孩子没了也好！这么怀下去，大人迟早没命！

天恕把手指握得啪啪作响，我看不清他的表情，却看得见他即将爆发的愤怒，立即预感到一场风暴的来临。果然，医生一走，他拉住土根，低低地命令，走！我们出去。

等等！我吃力地欠起身喊道，土根，我要上厕所！两个人只好站住，转身，天恕一脸寒霜。春花愣了一下，随即说，我来我来！床底下有尿盆，让他们出去待会儿！

不！我固执地盯着土根说，你过来！

土根木偶似的来到我跟前，眼神呆滞得像八十岁的老头，脸上一副"我是死刑犯，任凭发落"的表情。这张麻木的脸让我好一阵心酸，储存了许久的眼泪和委屈终于泛滥。土根俯下身，笨拙地给我拭泪，嘴里讷讷地说对不起，一边欲扶我起床。我不顾手上的输液管，双臂狠狠环住他的脖子，痛哭失声：那是我们的孩子啊，我们头一个孩子啊！土根！土根！我天天等着你来疼他（她）爱他（她），你好狠的心哪……

等等！头一个孩子？路路，那多多呢？多多是谁的孩子？土根！路路！你们说呀！多多她……她……难道是……

不！多多是我们的孩子！是我跟土根的孩子！我知道我的辩解是苍白的，但是，我还是用尽力气说了出来。极度的伤心，我又晕了过去。

我的漏嘴之言伤害了土根。天恕猜到了多多是他的孩子，土根无法排遣心头的极度抑郁和悔恨，情绪失控地冲出了医院……

春花卖了移民楼的房子，在沙洲市最高档的住宅区买了套商品房，和儿子搬走了。临走前，她幽怨地对我说，她要离我远远的，找个疼她的男人开始新的生活。

第八章　不是云

1

拖了一年之久，天怼到底跟宝红结婚了，我和土根却离了婚。

多多自从从学校偷偷跑到三峡去看了土根回来，已经一个月没回家了。我去学校找她，她总是躲着我，逼急了就托老师带纸条给我，说要升高中了，让我不要打扰她。

宝红说，没有婚礼就没有婚礼吧，去年因为要个婚礼差点让天怼毁了婚，她再也不敢瞎折腾了。宝红对东湖的一切并不知情，她把电话打到我手机上时，我正靠在孙家大院二楼的一扇窗户边，看一抹夕阳慢慢被这个城市吞噬。

孙厚德做好了晚饭，笃笃地爬上楼来。

来来来，吃饭了，吃完饭，我带你去一个地方！孙厚德神秘地对我眨眨眼。

孙家大院宽敞得让人透不过气来。大院坐北朝南，院门正对面是三间两进的两层小楼，东西各有一溜三间厢房，正房和厢房有长长的回廊相连，环成了一个带前后院的四合院。前院较小，不过是废弃的花圃、石桌石凳石板路石台阶；后院看样子曾是个大花园，也许是块菜地吧，但现在杂草丛生，基本荒芜，只有假山水池依稀可辨。主建筑一色的青砖灰瓦，家具也是一色的黝黑发亮。闹市处有这么一个闲得发慌的陈旧所在，我毫不惊异，不知为什么，第一次踏进大院，竟有似曾相识的感觉。斑驳的围墙似乎隔断了时空，在这里，我的思绪跑得不见影儿，人，也不知丢在了何处。

孙厚德说这房子是他爷爷建的，爷爷是地主家的独苗，年轻时留过洋，所以房子建得亦中亦西。我想起土根妈讲的玉兰幺幺的陈家大屋，就说地主家的房子居然还留到现在，不简单。孙厚德说，爷爷是地主，我爹可不是。爷爷留洋时把身子弄坏了，娶了一大堆老婆，一个也没生，后来在孤儿院抱的我爹。爷爷还没解放就死了，几个老婆解放时斗的斗死了，吓的吓跑了，我爹正年轻，光溜溜的一个人就参加了南下剿匪。也幸亏爹曾是南下干部，这房子才保住。不过，爹后来当了局长，还是叫人整死了。

我就不合时宜地乌鸦嘴了一把，喔，那这个房子肯定风水不好。看看，你爷爷断子绝孙了，你爹也没得个好死，你嘛——我悄悄打量孙厚德，幸灾乐祸地欣赏他极力忍住难堪的痛苦表情——你也好不到哪里去，没老婆没儿，孤家寡人一个。

孙厚德只是尴尬地笑笑。

来，我带你去一个地方！

和其他房间不一样，东厢房里的家具不再是阴沉沉的黑色，而是较亮的朱红，虽然做工远没有那些黑色的家具精致，但是看上去亲切多了。房间很大，一个雕有梅兰竹菊的屏风将房间一分为二，外间摆放着一个毛巾架、一张写字台、一个方形小茶几和几只矮凳。家具很干净，房间应该住着人。

这是你的卧室吧？我望着里间露出的大挂衣柜的一角，问孙厚德。

进去看看呀。孙厚德说。

绕过屏风，一张宽大的滴水床赫然出现在眼前。这张床占了大半空间，对面依次是梳妆台、五屉柜、挂衣柜，挂衣柜顶上摞着两口红木箱。滴水床上面层层叠叠、花花绿绿的雕龙绣凤看得我眼晕，床上居然还铺着少见的红底金丝锦缎龙凤被。太婆也有这么一张床，但是简单多了，四四方方像个黑屋子，被子当然也没这么鲜亮。我忍不住哈哈大笑，孙总，这都什么年代了，你在家不会还天天睡这龙床吧？

哪儿呀？这屋子锁了几十年，锁都锈了，前几天才雇人收拾了一下。这是我跟前妻的婚房。

前妻？我对着挂衣柜门上的穿衣镜撇撇嘴，你才离婚几年，这屋子就锁了几十年？其实，我心里想说，看不出你对潘正英有这种感情嘛。

不是潘正英。她呀，给我前妻提鞋都不够格。

孙总几个前妻呀？我不无揶揄。

五屉柜上方的墙上，用紫红的天鹅绒蒙着个东西，看大小，不是一幅画，便是一个相框。孙厚德小心翼翼地取下来，慢慢地打开——果然是个相框。

是孙总跟前妻的结婚照吧？快让我看看，这个神仙长得啥样……我风风火火从孙厚德手中接过相框，只看了一眼，便如雷击般傻了。天哪，照片上的女人分明就是十几年前的我啊！可是，可是……孙厚德的前妻？我怎么会跟他的前妻这样相像？我撞了鬼似的把相框扔给孙厚德，然而又不甘心，黑白照片里女人忧郁的眼睛，仿佛能勾人魂魄，我不由自主又将相框夺了回来。

我脑子里混沌一片，小麻雀，红叶，小花被，前妻……许许多多莫名其妙的东西搅在一起，使我头痛欲裂……

她叫什么名字？我突然有个预感，虽然只是如流星般一闪而过，但它一经出现，再难视而不见。我多么希望孙厚德告诉我一个陌生的名字，然而，他清清楚楚地说，她叫杜鹃。

路路！你怎么了？你说话呀！你不要吓唬我！

孙厚德！畜生！王八蛋！胸中郁结的恶气终于爆发，我捧着母亲的相框号啕大哭，妈！你为什么要生下我啊？你知不知道女儿吃了多少苦遭了多少罪？你一个人去了天上，为什么不带上我啊？我的亲娘呀——

路路，你知道杜鹃是你妈妈？你竟然知道？孙厚德大惊失色。

这么说，你也是知道的对不对？我妈妈是让你逼死的！你是杀人犯！你杀了我妈妈，让我成了孤儿，我就是杀了你也不能解恨！

不！路路！你不懂！我当初是爱你妈妈的，就是因为太爱，我不能忍受你是别人的孩子！

我懂！可是我妈妈爱我父亲在前，你恨她有了别人的孩子，为什么不同意离婚？为什么不放了她？我妈是人，不是你家养的小猫小狗，你让她抛弃自己的孩子跟你，你配说爱吗？

对不起！路路，你妈妈死了，这个世界上最伤心最后悔的是我呀！把你送走，我也受到了良心的谴责。其实，去三峡招工，我就是冲着你去的。我不知道你外婆把你送给谁了，只知道你的父亲是红叶村的，我去那里，只是想碰碰运气，没想到，那天车子一坏，竟让我们有缘见了面！你不知道，当时，我真恨不得给老天爷烧香磕头啊！

你撒谎！是你亲手把我扔给自身难保的外婆，你要是良心受到了谴责，为什么不直接去找我外婆？为什么要舍近求远去三峡碰运气？

我哪里敢去见你外婆啊！她当初没了女儿，一句责怪的话也没有，只求我留下你，还……还给我……下了跪……我都硬着心肠没有答应，我没脸见她老人家呀！后来，我去农村插队，为了回城，我娶了潘正英，不光在外面乱搞，还和小姨子鬼混，但是天地良心，我的心里只有你妈妈！这间婚房，从你妈妈走了以后，我就给封死了，任谁也没有进来过……

2

三十多年了，第一次和妈妈离得如此近，竟是在她的坟头。此时，妈妈一定感知了我的到来，她的笑，是那么温暖，那么平和。照片上的妈妈比我年轻，比我漂亮，妈妈的眼睛，像月亮一样干净而明亮。

妈妈，你在天上还好吗？你知不知道，此刻，我多想随你而去！可是，我不能啊！你的外孙女多多还离不开我的照顾，我不能让她像当年的自己一样孤苦无依。从小，路路看不到妈妈，妈妈的笑，妈妈的怀抱，妈妈的宠爱，都只能在路路的想象中，路路最知道没有妈妈的孩子的凄凉，所以，路路不能让多多没有妈妈，至少，路路要看着多多长大成人、嫁人生子……

妈妈，我只知道外婆住在沙洲市，却一直不知道我们离得这么近！你放心，以后，我会常常来看你！还有，我会去沙洲市打听外婆的下落，即使她不在了，也要找到她的墓地，逢年过节，去给她磕个头，化点钱。只是，对爸爸，那个妈妈心里最爱的男人，请原谅女儿不能在他身边尽孝！尽管他是个好父亲，尽管他养大了路路，对路路恩重如山！

外婆如果健在，应该是七八十岁的高龄了，想来已爱不动亦恨不动，我让孙厚德陪我去找外婆，他便没有拒绝。

一幢幢新大楼争奇斗艳，沙洲市一医院早已人去物非，我们问遍了能问的人，没一个人听说过外婆的名字。是啊，那么老的一个人，也许早已不在人世，谁还能记得呢？

我怏怏地准备鸣金收兵，孙厚德突然想起一个人来，路路，走，我们去问问石碌的下落就知道了！石碌小时候和我一块长大的，他是你妈妈继父的儿子，也就是你的舅舅，记得原来在医院烧锅炉。石碌年轻，没准有人认得，咱们找到他不就晓得你外婆的下落啦？

果然是个好主意。没想到，一提石磙，竟有不少人知道：他呀？那年在锅炉房强奸了一个护士，判了好多年呢！现在？现在不晓得上哪里了。你说石磙的养母？哦，那个瘫子老太婆啊！好像是进了养老院的！还在不在就不晓得了……

我们火速赶往养老院。

大嗓门的院长一听我们的来意，不等我们说完就抢着说，有有有！有这么个人！老太太还真把外孙女给盼来了！

我激动地抓住院长的手，急切地说，院长，我外婆在哪儿？请您快带我去看她！

不不不！你外婆人不在啦，她有信留给你！这老太婆，拖得只剩一把骨头了，还舍不得死，念念不忘她的外孙女！跟我千嘱咐万嘱咐，无论如何把东西交给你！我呀，眼看明年就退了休，正犯愁完不成任务哪，你要是再不来，我退了休只好也住进养老院，专门等你喽！

院长交给我一个封得严严实实的包裹，我细细拆开，里面是一封信和一个蓝色的日记本。

3

没有邮戳的信封上，工工整整写着两排字，收信人一栏写着：外孙女雀尕收；寄信人没有名字，只写着外婆寄三个字。雀尕是谁？我吗？我愣了一下，来不及多想，打开外婆留给我的信。

我亲爱的雀尕：

你被送走的时候，并没有名字，雀尕是外婆在心里叫着的名儿，这是因为你妈妈曾在你身上挂着一个手编的雀尕，而你的苦命，又多么像那些可怜的无家可归的小雀！

　　崔尕，外婆给你写这封信的时候，实在是走投无路了！外婆所做的错误决定，如今已无可挽回，我只但愿，我的这封信以及你妈妈的日记和一封绝笔信能最后能交到你手中！宝贝，原谅外婆，原谅妈妈吧，我们是那么爱你，却又那么无能为力！

　　当年，我迫不得已把你送到三峡，回到沙洲市一个多月后，才收到你妈妈托同事辗转寄来的信和日记，读完它们，我惊呆了！我都做了什么呀！我一刻也没耽误，连夜赶往东湖，到时天都亮了。可是，等我走到你妈妈曾经居住的孙家大院，大门上却贴着醒目的封条，一问，才知道半个月前，这家人因为父亲出了事早已妻离子散、家破人亡！当局长的老头子受不了大刑撞了墙，儿子不知被送到哪里插队去了，老婆受不了打击喝了农药……

　　外婆想不到，一个好端端的家，散起来这般容易！想当初这是多么风光多么殷实的一户人家呀！外婆没奈何，只好拖着沉重的身子回了家。我苦命的崔尕，我多想把你接来外婆身边，可是，外婆没有这个能力，外婆的家里，住着两个恶魔，外婆做不得半点主却又摆脱不了这两个魔鬼！有时候，外婆真想去死，你是不知道外婆过得那种窝窝囊囊毫无尊严比死都可怜的日子！可是，想起你，想起我的崔尕，外婆怎能死呢？外婆死了，你妈妈将永远蒙受不白之冤，崔尕也将永远不知道自己是谁啊！

　　外婆只好狠心让崔尕先在三峡委屈着，外婆在心里给崔尕鼓气，宝贝，和外婆一起熬吧，总会有天亮的一天！可是，崔尕啊，外婆自己先食言了，没过几年，没等到天亮，外婆中风了，双腿瘫痪了！那两个魔鬼，看到外婆再也不能做牛做马地服侍他们，反而成了连自己的生活都不能自理的负担，就把外婆赶出了家门。外婆离婚了，快六十岁的外婆再一次成了寡妇，这一次，外婆比当年失去你亲外公时更悲惨，身体垮了，房子没有了，女儿没有了，女儿唯一的骨肉，连再看一眼都成了奢望！

外婆被扔在宿舍楼低矮的楼梯间里，那是我们原来封起来堆放破铜烂铁的杂屋，后来就成了外婆长达两年的栖身之所。这两年，外婆也不知道是怎么熬过来的，外婆不是个邋遢的人，可是，在那个楼梯间里，外婆依靠着一张木椅子代替双腿走路，却不得不与多得数不清的老鼠蟑螂臭虫蚊子为伍！好的是，医院里也有许多好心人，外婆原来的许多同事、姐妹，给过我不少帮助，不然，外婆只怕也挨不过那两年！

外婆的腿，因为一刻也不能歇着，竟然慢慢有了些知觉，虽然还不能丢了木椅子走路，毕竟是在见好啊。外婆有了信心，只要外婆的腿稍微利索一些，就一定会去三峡！外婆想啊，就算我没有能力抚养你长大，可总能见着你、让你知道自己是谁啊！

八十年代初，外婆改嫁的那个守太平间的男人病死了，他的儿子石磕，在开水房强奸了一个女护士，还差点把人家掐死，关进了大牢，判了二十年，现在还关着呢！这个作恶多端的坏蛋，总算恶有恶报。医院落实了政策，把外婆的房子还给外婆了，医疗也有了保障，外婆的腿却还是老样子，不死不活地拖着，外婆扔了木椅子，换成了两个轮子的轮椅，想去三峡的愿望越来越强烈，而去三峡的路却似乎越来越漫长！

这几年，外婆的耳朵听不见，眼睛也快瞎了，记性更是糟透了，那天在家里烧着水，竟把房子烧着了！幸亏几个邻居发现得早，将外婆抢救出来，要不然，外婆那天就去阎王殿报到啦！外婆的腿本来有病，这一烧伤，更没法动弹了，在医院里养好伤后就被居委会送进了福利院。唉，外婆七十多岁啦，早是一丁点用都没有的人了，活着的唯一理由就是，要见你一面，我的雀尕啊！可是，外婆没有力气去找你了，我的孩子，你会回来找外婆吗？

外婆从住进福利院那天起，就开始写这封信了，我怕万一哪天走了，雀尕不知道外婆的心啊！信写得断断续续的，字也是东倒西歪，想当年，

254

外婆可是医院一支笔呀！唉……外婆真的是老啦！

千言万语，说不尽外婆对你们母女的爱和愧疚！我的崔尔，真希望你能读到这封信！那样外婆就是在地底下，也才能安心哪……

爱你的外婆

一九九×年×月×日

日记本的扉页和塑料封皮之间夹着一页折了四折的信纸，纸质完全发黄变脆了，上面隐隐约约一些淡淡的墨迹，想必是外婆说的妈妈的绝笔信吧？可能由于年代久远，加上泪水的浸淹，信上的字迹根本无法辨认，我只得小心翼翼按原来的折印复原，打算看完日记后再仔细辨认。

我迫不及待打开妈妈的蓝色日记本。

一九七×年×月×日　晴

昨天，我们从沙洲市出发到达石头坪公社的时候，一共是十八人，今天一早，大家三三两两地被分下大队去了，每个大队都有三五个人，偏偏红叶大队就分了我一个。我紧张极了，不知道等待我的红叶大队是个什么模样。

带路的大队书记三十来岁吧，和其他大队派来的干部比起来显得很年轻、很威风，就是太严肃了，像个军人。他背着我重重的行李在前面健步如飞，把我甩得老远，无论我暗自使多大的劲都跟不上，只能远远地盯着他的蓝色背心才不至于失去方向。

走了不知多远，又坐了一种叫豌豆角的小划子，再眼冒金花地爬了半天山，总算到了红叶大队卫生室。红叶大队是那么偏僻、穷困，卫生室是那么简陋、肮脏，妈妈，如果你亲眼看到鹃子下乡在这么一个地方，你一定会心酸得吃不下睡不着，可是，鹃子此时的心却很平静，真的！我想踏踏实实睡个觉了。

×月×日　晴

来红叶大队一个星期了。妈妈，原谅鹃子一直没给您写信！

其实，鹃子是想念妈妈的，鹃子知道该恨的人不是妈妈而是妈妈身边的魔鬼，可是，这魔鬼不是因为别的，正是因为妈妈的再婚而带来的呀……

×月×日

妈妈，我发现，我开始喜欢红叶大队了，真的，这并不是因为鹃子心情不好换了环境的一时兴起。这儿的人，非常淳朴非常有意思，就连邋邋遢遢的关医生，我都觉得她很可爱。她穷得跟什么似的，对捡来的两个有残疾的孩子却像亲生的一样，城里人谁做得到呢？

×月×日

今天才看到了韩书记的爱人。天哪！我不知道韩书记是怎么娶了这样一个妻子的！妈妈，您绝对无法想象，韩书记长得又高又帅，就像《红色娘子军》里饰演洪常青的王心刚，他的妻子，居然会是——怎么形容呢？我无法形容！那个女人，又矮又胖还撇着内八字！怪不得韩书记的两个儿子都不像他呢。

不知为什么，我替韩书记惋惜，我觉得他们的婚姻简直跟妈妈您嫁给继父一样是作孽。

×月×日

这几天，村子里好多人真奇怪，都说自己浑身不舒服，我又是数心跳又是量血压，眼皮也翻了，舌苔也看了，就是瞧不出病来。难道，村里出了我没见过的瘟疫？

韩书记会不会也染上这种瘟疫呢？他每天去大队部都打门前过，他经过卫生室的时候，为什么不顺便进来查一下呢……

×月×日

韩书记受伤了！割油菜的时候，他的手腕被割破一道长长的口子！听说是最后一镰，为什么这么不小心呀？

我用碘酒帮他清创的时候发现，那个刀口，竟然深得看得见骨头！

我的手抖得厉害，缝合针第一次不听使唤……

我这是怎么啦……

×月×日

韩书记的伤口拆线了。当他轻声问我，明天还用不用换药的时候，我不知道，我为什么会脱口而出地骗他说需要。其实，他的伤口已经不碍事了，我却虚张声势地给他包扎得隆而重之。

平时威严的书记，换药时乖得像个敬畏老师的小学生，而我，是个尽力显得从容不迫其实随时都可能穿帮的演员。

究竟谁病了呀？

×月×日

快中午了，韩书记还没来换药。平常，他总是在上午过来，山里人把上午时间看得金贵，舍不得用它来看病，所以，他每次来换药的时间，也是我最闲的时间。可是今天，他却迟迟没来。我昨天说，明天是最后一次换药，难道，韩书记突然发现他的伤口早就不需要换药了？

我正要无精打采地去厨房烧饭，他来了。他结结巴巴地说，杜医生，我的伤口痒，不小心抓破了皮，对不起……

快让我看看！我一把抱过他的胳膊，焦急地掀开纱布，果然，已经结痂的伤口上有一道道血印子，我的眼泪不知怎么就掉下来了，根本没去深想，伤口明明包着好几层纱布，怎么会"不小心"抓出那么多血印子呢？

他突然抽出胳膊，一把抱住我，炽热的嘴唇吻上了我的眼睛……

天哪，现在想来，当时我竟没有反抗！我糊里糊涂地被吻了，接着竟糊里糊涂回吻了他！

×月×日

我们相爱了。妈妈，我知道你不会答应，可是我们真的相爱了！

知道吗？成虎今天告诉了我一个秘密，他说，他的"受伤"，其实是个苦肉计，他故意割破了手腕，只为能让我亲手帮他疗伤！他笑我是个傻瓜，我才不服气呢，我说你那个伤口早好了，我却骗你多换了一个星期的药，你才傻呢！谁知道，他说，他才乐意被骗呢，当我告诉他明天换完药就不用来了的时候，他急得一夜无眠，快到中午才想出"抓痒"的法子以延长幸福的"刑期"！

妈妈，怎么办哪？鹃子是真的爱上他了！

×月×日

成虎给我讲了他的无爱又无奈的婚姻，我哭了。妈妈，爱上一个已婚的男人，我知道自己多么大逆不道，我也知道今后的道路必将荆棘遍布，可是，我们不想放手！再大的困难，我们都愿意一起克服，再苦的逆境，我们都愿意一起面对！村里已经有了许多风言风语，我不怕！妈妈，祝福我们吧！女儿不会像您一样为了生存下嫁给一个魔鬼，女儿的心，永远只交给值得交付的人！

×月×日

早猜到妈妈的病重电报是个谎言，我还是回来了。快过春节了，

我虽然舍不得成虎，更不愿见家里的两个坏男人，可我想妈妈啊！只是，我万万没想到，妈妈和继父联手骗我回来，竟是为了让我嫁人！

我不会答应！绝对不会！

×月×日

妈妈和继父天天逼着我答应孙家。

我知道，妈妈是为了我好，可是黑心的继父，你打的什么算盘我又怎能不知道呢？哼！收了人家的彩礼，你就着急去吧！

成虎，你等着我，我绝不会嫁进孙家！

×月×日

成虎，对不起！约好等你离了婚再把我们的事告诉妈妈，可是，妈妈天天逼我嫁人，我不得不把你交代出来呀！我本来想，我们的事，迟早是要告诉妈妈的，也许现在说出来能打消妈妈原来的念头，谁知道……谁知道……

妈妈以死相逼……

妈妈！鹃子恨你！恨你！

×月×日

从石头坪回来了。三峡，石头坪，红叶大队，成虎，一切恍然如梦。

昨天和妈妈站在江堤上，望着红叶大队的方向，泪水迷了我的眼睛……别了，红叶村，我心里最干净的地方！别了，成虎，我深爱过的男人！

×月×日

本来是做好了关闭心灵、一心一意去经营我的婚姻的打算的，可是今天，我新婚的第二夜，我不得不又重新拾起日记本来。

孙厚德昨晚打了我一巴掌之后，今天一整天没和我说话，晚上，他居然抱着枕头去了隔壁的客房。

贴着大红喜字的贵重家具，红底金丝的锦被，雕龙画凤的滴水牙床……妈妈啊，纵有这满屋的奢华，又怎能驱散女儿满心的悲凉？

我知道这不怪他。新婚之夜，谁让我不是处女之身的呢？

可是，这又怎能怪我？怪只怪老天瞎了眼，让妈妈改嫁，让那对魔鬼般的父子住进了我们家！

往事不堪回首。一年前，妈妈还没退休，除了值夜班，刁钻的继父要求妈妈每天晚上给他送饭。那个寒假，我从卫校放假回来，送饭的任务自然就交给了我，而且变成了天天送。我虽然万分惧怕阴森森的太平间，可是，我天真地对自己说，一个连太平间都不敢去的人，当什么医生？何况这只是替妈妈做一件小事！

现在想来，我真恨自己的天真！那天，我提着饭盒，靠一支歌壮胆走进继父开着门的昏暗小屋，却发现里面没人。我放下饭盒正要出去，门却嘭地关上了，石磙红着眼睛饿狼似的向我扑来……

我哭干了眼泪，喊破了喉咙，也没能逃脱石磙的掌心，在门口放哨的继父还威胁我，要敢把这事告诉妈妈，他就向医院检举，告我们母女两个勾引他儿子，弄我们一身臭狗屎，永远抬不起头来……

那个寒假成了我的噩梦，所以后来一听说要替石磙下乡，我丝毫没有悲伤和埋怨。我多么盼望能去一处陌生的地方洗净我的污垢，我简直是迫不及待地踏上了异乡的路。

可是，有些污渍，粘上了，还洗得净吗？

看来，刚刚结婚，我得准备离婚了。不过，这本来就是一桩不该存在的婚姻，离就离吧……

×月×日

那天他把我扔到娘家，饭也不吃就走了，我还以为这个婚必离无疑，谁知道，昨天他竟早早地去接回了我。

晚上，他疯了似的一遍又一遍地要……

他是那么凶猛，又仿佛十分脆弱，他不停地胡言乱语：鹃子，我爱你！我从第一眼看见你就爱上了你！我娶了你，高兴得要发疯啊，我是世界上最幸福的人啦！我发现你不是处女，恨得要发狂！你不交出他是谁，我忌妒得快死了！可是，把你送回娘家，我又那么想你！鹃子，鹃子！只要你忘了那个男人，我也从此不提，我们好好过日子，好么？

昨晚的呓语还在耳边，我还能要求他怎样呢？成虎，忘了我吧！

院子里响起他的口哨，他下班了……

×月×日

我怀孕了。

厚德对我越来越好。他真的是个好丈夫，只可惜，他不是成虎……如果，他是成虎，那我此时的幸福，大概连老天爷也会妒忌吧？

有了孩子的感觉好奇妙。

厚德给我这个准妈妈规定了许多不准，不准干重活，不准登高，不准跑和跳，不准睡太晚，不准吃太少……好像他是个专家似的。不过，听同事们说，准妈妈要做的事可多了，给孩子准备小衣服小鞋子小被子啦，厚的薄的尿布啦，用碎布缝个布娃娃布老虎什么的啦……总之，往后只怕忙得连偷偷记日记的工夫都没有了。

手巧的同事会用废弃的输液管编小金鱼，大家纷纷效仿，有的编好了拿回家给孩子当玩具，有的挂在钥匙扣上，都挺不错。我呢，突然好想好想用这种透明的小管子编一只三峡的雀尕，那种即使在寒冷的冬天找不到吃食仍然不肯像燕子一样离去的雀尕。唉，成虎，原谅我，我们的缘分只好来世再续，就让这只雀尕作为我对三峡最后的念想吧……我能编得出吗？

×月×日

宝贝，你终于睡了。两天前，你待在妈妈的肚子里还幸福得像个小公主，可是今天，你出生不到两天，妈妈竟然为了要喂你吃奶而不得不给你爸爸下跪!

我可怜的孩子，妈妈不该回娘家呀，妈妈现在浑身长嘴也说不清啊! 孩子，你爸爸坚决不要你，我该怎么办呢? 如果时间能回到前天，我是死也不该回去看你外婆呀。可我回去了，还是你爸爸高高兴兴地送过去的!

你已经七个多月，你爸爸见我笨重得像只狗熊，便不让再上班，给我请了产假，我也想念不能随便出门的外婆，就借着产假回娘家小住。头一晚，我和你外婆拉了半夜的家常，早上醒得迟了些，你外婆什么时候出了门我都不知道。半梦半醒中，我迷迷糊糊觉得有人在脱我衣服，惊醒后，发觉赤身裸体的石磙将大着肚子的我也脱得一丝不挂! 石磙喘着粗气向我扑来，我先是惊恐万分地拼命反抗，对他又抓又咬，然而我拖着那么笨重的身子，哪里敌得过这个发情的畜生! 我一边反抗，一边哭着求他，不能啊，不能这样啊! 这个该千刀万剐的恶魔，哪里肯放过我? 直到看见我腿间喷涌而出的羊水，才穿上裤头，胡乱地用床单裹住我的身子，将我抱进医院产房……

在医生的帮助下，你提前出世了。医生的诊断是羊水早破导致的早产，可是你的爸爸哪里相信? 他狂怒地质问我，早产的孩子会那么健壮吗? 为什么早不生迟不生偏偏一回娘家就生了? 这不是算好了预产期回娘家是什么? 告诉我，这个野种是谁的? 按这个野种的出生时间算，那个野男人应该在三峡，是不是? 他是谁? 他是三峡人还是知青?

我百口莫辩，我不知道该怎样向你的爸爸解释这一切! 我只能反反复复告诉他，这是你的孩子，千真万确是你的孩子，她真的只是早

产而已！

你爸爸早已失去理智，他根本不听我无力的辩解，他逼着我交出野男人，逼着我将你送人或扔掉，不让我给你喂奶，孩子啊，妈妈该怎么办呀？

×月×日

今天是你的满月，这个日子本该高朋满座、笑语喧哗，然而今天的孙家大院没有欢笑，没有祝福，陪伴我们母女的，只有那只小小的雀尕儿……

早上，我小心翼翼跟你爸爸商量，他爸，孩子今天满月了，你给起个名字吧，一来好喊，二来也该去上户口了……

你爸一听，脸拉得比锅底还黑：名字？这不是有现成的吗？野种，就叫野种好啦！我告诉你杜鹃，这野种想上我们家户口本，门儿都没有！你趁早断了这个念头！

接下来，我们照例是一番激烈的争吵，你爸照例是将我们母女鄙薄得一文不值然后摔门而去。一个月了，他对你正眼也不瞧一下，只是逼着我抛弃你。爷爷奶奶对我们的战争由开始的关心、劝解，到麻木不仁，到熟视无睹，如今，上升到和你爸爸一起同仇敌忾了，他们不再过问我们母女的饮食起居，反而常常冷言冷语。孙家大院天宽地阔，却容不下我们母女啊。

孩子，你爸爸不是坏人，妈妈已经打算跟他过一辈子了，可是命运为什么要这样捉弄人？我要怎样才能让他相信，你是他的亲生骨肉？他要怎样才会明白，他苦苦相逼的，是自己的血脉亲人！

难道，只有离婚，才是我们母女的唯一活路？

×月×日

今天去外婆家了。孩子，这个世界上，除了妈妈，真心疼你的，就只有外婆了。可是，妈妈不敢待在外婆家，妈妈对外婆身边的两条毒蛇又恨又怕，他们把你和妈妈害惨了呀！

妈妈对外婆说想离婚的时候，其实是多么的无奈！外婆越来越多的白发，外婆愁苦的脸，让妈妈觉得自己是个十足的罪人。

然而不离婚，沉重的日子何时是个头？时间，真的会使你爸爸慢慢接纳我们吗？

×月×日

又是个黑暗的日子。

妈妈洗完满满一盆衣服在院子里晾晒，你爸爸用几粒花生米逗着家里的狗翻筋斗玩儿，摇篮中的你醒了，大概饿了，亮开嗓子哭了起来。我惦记将盆里的衣服尿布晾完，斗胆支使你爸爸进屋抱抱你，你爸爸白我一眼，继续和狗玩着。

妈妈替你委屈呀！爸爸凭什么能和一条狗玩就不能抱抱自己的孩子呢？我扔掉手里的衣服，冲进屋抱起你就要走，你爸爸阴沉着脸跟了进来，挡住我们的去路：鹃子，把孩子扔了，我们好好过日子！不然，这孩子的哭声，总有一天会惹得我杀了她！

我不想再忍让了，我狂怒地喊道，孙厚德！我们离婚！这孩子，就当她没有你这个爸爸！

哼！离婚？你想都别想！你爸爸抓起抽屉上的镜子，狠狠地摔到地上。随着哗啦一声，镜子摔成了碎片，一张照片露了出来……

我和你爸爸同时去抢这张照片……

哈哈哈哈！野男人原来藏在这里！不错！扛着枪的兵哥哥！人赃俱获，看你这回还有什么好说的！你爸爸劈手将你夺下，重重地扔到床上，然后抓住我的肩膀拼命摇晃，咬牙切齿地说，我要杀了这个野种！杀了这个野种……

孩子，照片上的人不是你爸爸呀！他叫韩成虎，是你妈妈的初恋，

可是我们之间，始终是干干净净、清清白白的呀！

　　但是，谁能相信？谁能让你爸爸相信？

　　蓝色的日记本掉到了地上……